Asilerin,
kaybedenlerin,
hayalperestlerin,
küfürbazların,
günahkârların,
beyaz zencilerin,
aşağı tırmananların,
yola çıkmaktan çekinmeyenlerin,
uçurumdan atlayanların...
dili, sesi

Yeraltı Edebiyatı...

CHUCK PALAHNIUK: Washington eyaletinin doğusundaki bir çiftlikte büyüdü. Bir süre Eyalet Üniversitesi'ne devam ettikten sonra Oregon Üniversitesi'ne geçti ve öğrenimini orada tamamladı. Üniversite yılları boyunca yazar olmayı aklından bile geçirmedi. Geçimini Freightliner adlı şirkette otomobil tamirciliği yaparak kazanmakta iken, 1996'da, arkadaşlarıyla birlikte devam ettiği bir edebiyat grubu çerçevesinde *Project Mayhem* (Kargaşa Projesi) adlı kısa hikâyeyi yazdı. Söz konusu hikâye üç ay gibi kısa bir süre içinde *Fight Club*'a (1996) [*Dövüş Kulübü*, Çev. Elif Özsayar, Ayrıntı Yayınları, 2000] dönüştü. İlk romanını yayımlatmayı başarana kadar yayınevleri tarafından pek çok kez geri çevrildi. Genellikle adında "nehir" kelimesi geçen ağırbaşlı romanlara esin kaynağı olmuş bir coğrafyada, ilk romanı büyük ses getirdi. Palahniuk, 1999'da katıldığı bir yazarlar konferansında, *Writing to Fail* (Reddedilmek İçin Yazmak) adlı bir çalışma grubu yürüttü. Pacific Nortwest Booksellers Association Award ve Oregon Book Award ödüllerine değer bulunan *Fight Club*, 1999'da filme çekildi. *Survivor* (1999) [*Gösteri Peygamberi*, Çev. Funda Uncu, Ayrıntı Yayınları, 2002]; *Invisible Monsters* (1999) [*Görünmez Canavarlar*, Çev. Funda Uncu, Ayrıntı Yayınları, 2004], *Fugitives and Refugees* (2003) [*Kaçaklar ve Mülteciler*, Çev. Esra Arışan, Ayrıntı Yayınları, 2005]; *Diary* (2003) [*Günce*, Çev. Funda Uncu, Ayrıntı Yayınları, 2005]; *Lullaby* (2002) [*Ninni*, Çev. Funda Uncu, Ayrıntı Yayınları, 2007]; *Haunted* (2005) [*Tekinsiz*, Çev. Funda Uncu, Ayrıntı Yayınları, 2009]; *Rant* (2007) [*Çarpışma Partisi*, Çev. Funda Uncu, Ayrıntı Yayınları, 2010], *Snuff* (2008) [*Ölüm Pornosu*, Çev. Funda Uncu, Ayrıntı Yayınları, 2011], *Pygmy* (2009), *Tell-All* (2010) adlı kitapları kaleme alan Palahniuk, Oregon'un Portland şehrinde yaşamını sürdürüyor.

Ayrıntı Yayınları

Yeraltı Edebiyatı

Tıkanma

Chuck Palahniuk

Ayrıntı: 380
Yeraltı Edebiyatı Dizisi: 14

Tıkanma
Chuck Palahniuk

İngilizce'den Çeviren
Funda Uncu

Yayıma Hazırlayan
Gökçe Çiçek Çetin

Kitabın Özgün Adı
Choke, 2001

© Chuck Palahniuk
Türkçe yayım hakları Ayrıntı Yayınları'na aittir

Kapak İllüstrasyonu
Sevinç Altan

Kapak Tasarımı
Deniz Çelikoğlu

Kapak Düzeni
Gökçe Alper

Dizgi
Esin Tapan

Baskı ve Cilt
Kayhan Matbaacılık San. ve Tic. Ltd. Şti.
Davutpaşa Cad. Güven San. Sit. C Blok No.:244
Topkapı-İstanbul Tel.:(0212) 612 31 85
Sertifika No.: 12156
Birinci Basım 2003
Onuncu Basım 2012
Baskı Adedi 2000

ISBN 978-975-539-379-7
Sertifika No.: 10704

AYRINTI YAYINLARI
Hobyar Mah. Cemal Nadir Sok. No: 3 Eminönü - İstanbul
Tel.: (0212) 512 15 00 Fax: (0212) 512 15 11
www.ayrintiyayinlari.com.tr & info@ayrintiyayinlari.com.tr

Tıkanma

Chuck Palahniuk

Ayrıntı Yayınları

Yeraltı Edebiyatı

YERALTI EDEBİYATI DİZİSİ

DÖVÜŞ KULÜBÜ
Chuck Palahniuk

EŞİKTEKİLER
Philippe Djian

SON SÜRGÜN
Dragan Babic

YATAK ODASINDA FELSEFE
Marquis de Sade

ACEMİ PEZEVENK
Ola Bauer

TAVANDAKİ KUKLA
Ingvar Ambjörnsen

GÖNÜLLÜ SÜRGÜN
Suerte
Claude Lucas

EROJEN BÖLGE
Philippe Djian

KOZMİK HAYDUTLAR
A.C. Weisbecker

HAYRAN OLUNASI CASANOVA
Philippe Sollers

GÖSTERİ PEYGAMBERİ
Chuck Palahniuk

KUZEY GÖZCÜSÜ
Ola Bauer

İSİS
Tristian Hawkins

TIKANMA
Chuck Palahniuk

HIRSIZIN GÜNLÜĞÜ
Jean Genet

DENİZCİ
Jean Genet

FLAMENKO'NUN İZİNDE
Duende
Jason Webster

ODA HİZMETÇİSİNİN
GÜNLÜĞÜ
Octave Mirbeau

GÖRÜNMEZ CANAVARLAR
Chuck Palahniuk

ADSIZ DEVLER
Pascal Bruckner

ANNEM
Georges Bataille

ÇARPIŞMA
J.G. Ballard

MELEKLER
Denis Johnson

FAHİŞE
Nelly Arcan

KAÇAKLAR VE MÜLTECİLER
Chuck Palahniuk

CENNETTE BİR GÜN DAHA
Eddie Little

SEVDALI TUTSAK
Jean Genet

YALANIN ERDEMİ
Joachim Zelter

İSA'NIN OĞLU
Denis Johnson

UYKU
Annelies Verbeke

GÜNCE
Chuck Palahniuk

ARA BÖLGE
William S. Burroughs

BEYAZ ZENCİLER
Ingvar Ambjörnsen

BALKON
Jean Genet

AMERİKA MEKTUPLARI
Joachim Zelter

NİNNİ
Chuck Palahniuk

İŞKENCE BAHÇESİ
Octave Mirbeau

BETTY BLUE
Philippe Djian

SIKIGÖZETİM
Jean Genet

PARAVANLAR
Jean Genet

ERSKİNE'NİN KUTUSU
Kym Lloyd

BROOKLYN'E SON ÇIKIŞ
Hubert Selby Jr.

CENAZE MERASİMİ
Jean Genet

TEKİNSİZ
Chuck Palahniuk

YOLDA
Jack Kerouac

LANETLİLERİN SAÇ STİLİ
Joe Meno

ZEN KAÇIKLARI
Jack Kerouac

YERALTISAKİNLERİ
Jack Kerouac

ÇARPIŞMA PARTİSİ
Chuck Palahniuk

BİR DÜŞ İÇİN AĞIT
Hubert Selby Jr.

SUÇLULUK KİTABI
Kym Lloyd

ÖLÜM PORNOSU
Chuck Palahniuk

BÜYÜK MAYMUNLAR
Will Self

LAZZARO, DIŞARI ÇIK
Andrea G. Pinkett

Bir

Eğer bunu okumaya niyetliyseniz vazgeçin. Birkaç sayfa okuduktan sonra, burada olmak istemeyeceksiniz. Bu yüzden unutun gitsin. Gidin buradan. Hâlâ tek parçayken hemen kaçın.
Kendinizi kurtarın.
Televizyonda mutlaka daha iyi bir şeyler vardır. Ya da madem bu kadar boş vaktiniz var, gidin bir akşam kursuna falan katılın. Doktor olun. Kendinizi adam edersiniz belki. Kendinize bir akşam yemeği ziyafeti çekin. Saçınızı falan boyayın.
Artık gençleşmiyorsunuz.
Burada anlattığım şeylere kafanız iyice bozulacak. Sonra her şey daha da kötü olacak.

Burada okuyacağınız şey, aptal bir çocuğun aptal hikâyesidir. Asla tanışmak istemeyeceğiniz önemsiz birinin aptal ve gerçek hayat hikâyesi. Bacak kadar boyu ve yandan ayrılıp taranmış bir avuç sarı saçı olan küçük bir spastiği getirin gözünüzün önüne. Bu ruhsuz bok parçasının dökülen süt dişlerinin yerine yer yer çıkmakta olan yamuk yumuk kalıcı dişlerini ortaya seren bir sırıtışla poz verdiği eski okul fotoğrafını canlandırın kafanızda. Üzerinde de sarı-mavi çizgili, doğum günü hediyesi aptal süveter olsun. O kadarcıkken bile aptal tırnaklarını yediğini düşünün. En sevdiği ayakkabıları Keds marka. En sevdiği yemek lanet olası mısır ununa bulanarak kızartılmış sosis.

Akşam yemeğinden sonra, annesiyle birlikte, çalınmış bir okul otobüsünde, emniyet kemerini takmadan yolculuk eden itici, küçük bir çocuk getirin gözünüzün önüne. Annecik, kaldıkları motelin önünde sırf bir polis arabası duruyor diye saatte yüz yirmi kilometreyle geçip gidiyor motelin yanından.

Bu hikâye, şimdiye kadar yaşamış kesinlikle en aptal, en korkak, en ispiyoncu, en sulu gözlü veledin; kendini çakal sanan sinsi bir salağın hikâyesidir.

Karı kılıklı ufaklığın.

Annecik, "Acele etmemiz gerek" diyor ve dar bir yoldan rampayı tırmanıyorlar. Arka tekerlekler buz üstünde bir o yana bir bu yana kayıyor. Farların ışığında masmavi görünen karlar yolun kenarından karanlık ormanın içine kadar uzanıyor.

Bunların hepsinin onun hatası olduğunu düşünün. Küçük yoksul beyazın.

Annecik, otobüsü sarp bir kayalığın az yakınında durduruyor ve otobüsün farları kayalığın beyaz yüzeyine vuruyor. "Buraya kadar" derken ağzından kocaman, beyaz bir buhar bulutu çıkıyor; ciğerleri o denli büyük.

Annecik el frenini çekiyor ve "İnebilirsin ama paltonu otobüste bırak" diyor.

Anneciğin, bu aptal bücürü okul otobüsünün tam önünde dikilttiğini gözünüzün önüne getirin. Küçük, sahte Benedict Arnold otobüsün önünde durmuş, farlara bakıyor ve Annecik, oğlanın en sevdiği süveteri üzerinden çıkarıyor. Domuz yavrusu yarı çıplak halde karın içinde dikiliyor, otobüsün çalışır durumdaki motorunun gürültüsü kayalıkta yankılanırken Annecik gecenin ve soğuğun içinde çocuğun arkasında gözden kayboluyor. Farlar oğlanın gözlerini kör ediyor; motorun gürültüsü rüzgârın ağaçlarda uğuldayışını bastırıyor. Hava, tek seferde derin bir nefes alınamayacak kadar soğuk; bu yüzden bizim küçük mukoza zarı iki kat hızlı nefes alıp vermeye çalışıyor.

Oğlan kaçmaz. Hiçbir şey yapmaz.

Arkasından bir yerden Annecik, "Ne yaparsan yap ama sakın arkanı dönme" diyor.

Sonra da ona çok çok eskiden Yunanistan'da yaşamış olan bir çömlekçinin güzel kızının hikâyesini anlatmaya başlıyor.

Anneciğin hapisten çıkıp onu almaya geldiği her seferinde olduğu gibi, yine her gece ayrı bir motelde kalıyorlar. Her öğünü alelacele bir şeyler yiyerek geçiştiriyorlar ve günleri sabahtan akşama direksiyon sallayarak geçiyor. Bugün öğle yemeğinde çocuk mısır unlu sosisini çok sıcakken yemeye çalıştı ve neredeyse bütün bütün yuttu; ama sosis boğazına takıldı ve Annecik masadan kalkıp dolanarak yanına gelene dek, çocuk ne nefes alabildi, ne de konuşabildi.

Annecik arkasından çocuğa kollarını doladı ve onu havaya kaldırdı. "Nefes al! Lanet olası, nefes al!" diye fısıldadı.

Sonra da çocuk ağlamaya başladı ve restorandaki bütün müşteriler etraflarına doluştu.

O anda çocuk dünyadaki herkesin bu olayla ilgileniyor olduğunu sandı. Bütün müşteriler ona sarılıp kafasını okşuyordu. Herkes ona kendini nasıl hissettiğini sordu.

Sanki o an sonsuza dek sürecekmiş gibi geldi oğlana. Sevilebilmek için hayatını riske atmak gerektiğini düşündü. Kurtarılabilmek için ölümün kıyısına kadar gelmek gerekiyordu.

Annecik, "Tamam" dedi. Çocuğun ağzını sildi ve "Şimdi sana hayat verdim işte."

Bir dakika sonra garson kız, çocuğu eski bir süt kutusunun üzerindeki resminden tanıdı ve şimdi, Annecik kötü domuz

yavrusunu kaldıkları motele götürmek üzere saatte yüz yirmi kilometre hızla sürüyordu otobüsü.
Yolda otobandan çıkıp bir kutu siyah sprey boya satın aldılar. Bütün o koşuşturmacadan sonra gecenin köründe hiçliğin ortasında bir yere vardılar.
Şimdi, arkası dönük olan çocuk Anneciğin elinde sallamakta olduğu sprey boya kutusunun içinde bilyenin takırdayışını duyuyor. Annecik antik Yunan'da güzel bir kızın, genç bir delikanlıya nasıl da âşık olduğunu anlatıyor.
"Ama genç adam başka bir ülkeden gelmişti ve geri dönmek zorundaydı" diyor Annecik.
Bir fıslama duyuluyor ve çocuk sprey boyanın kokusunu alıyor. Otobüsün moturunun sesi değişiyor, bir gümbürtü duyuluyor ve motor daha hızlı ve gürültülü çalışmaya başlıyor. Otobüs ağır ağır iki yana sallanıyor.
Böylece kızla delikanlı son gecelerinde birlikte olmak üzere buluştuklarında diyor Annecik, kız yanında bir lamba getirdi ve onu öyle bir yere koydu ki delikanlının gölgesi bir kayanın üzerine vurdu.
Sprey boyanın püskürme sesi kesiliyor, sonra tekrar duyuluyor. Önce kısa, sonra uzun bir fıslama.
Annecik, "Genç kız sevgilisinin gölgesini kayaya çizdi. Böylece âşığının nasıl göründüğünün kaydını, o anın bir kanıtını, birlikte oldukları son dakikayı her zaman saklayabilecekti" diyor.
Küçük sümüklü, dosdoğru farlara bakmaya devam ediyor. Gözleri sulanıyor; gözlerini kapattığı zaman da farların parlayan ışığını, gözkapaklarında, yani kendi kanından ve canından kırmızı renkte görmeye devam ediyor.
Ve Annecik ertesi gün kızın sevgilisinin gittiğini ama gölgesinin orada kaldığını söylüyor.
Çocuk bir saniyeliğine arkasına, yani Anneciğin çocuğun aptal gölgesini kayanın üzerine çizmekte olduğu yere bakıyor. Çocuk çok uzakta durduğu için kayaya vuran gölgesi Annecikten bir kafa daha uzun. Çelimsiz kolları çevreyi saracak kadar büyük görünüyor. Güdük bacakları çekile çekile uzatılmış gibi. Daracık omuzlarının gölgesi kocaman.

Annecik, "Bakma. Parmağının ucunu bile kımıldatma; yoksa bütün işi berbat edersin" diyor.

İspiyoncu küçük aptal tekrar dönüp farlara bakıyor.

Sprey boya fıslıyor ve Annecik Yunanlardan önce hiç kimsenin sanattan haberi olmadığını söylüyor. Resim işte böyle bulundu, diyor. Kızın babasının, kayanın üzerindeki resmini kullanarak, delikanlının çamurdan bir modelini yaptığını ve heykelin de böylece icat edilmiş olduğunu anlatıyor.

Annecik ciddi bir ses tonuyla, "Sanat asla mutluluktan doğmaz" dedi.

İşte semboller orada doğmuştu.

Çocuk parlayan ışığın önünde titriyor ama kıpırdamamaya çalışıyor. Annecik işini yapmaya devam ederken, dev gölgeye, ona öğrettiği her şeyi gün gelip insanlara anlatacağını söylüyor. Bir gün insanların hayatını kurtaran bir doktor olacak. Onlara mutluluk dağıtacak. Ya da mutluluktan daha iyi bir şey: Huzur.

Saygı görecek.

Bir gün.

Bu olaylar, paskalya tavşancığı diye bir şeyin olmadığı ortaya çıktıktan sonra gerçekleşiyor. Noel Baba, Diş Perisi, Aziz Christopher, Newton fiziği ve atomun Niels Bohr modelinden çok sonra bile bizim salak çocuk Anneciğin söylediklerine hâlâ inanıyor.

Bir gün, büyüdüğü zaman, diyor Annecik gölgeye, çocuk buraya geri gelecek ve tam da Anneciğin bu gece kendisi için çizdiği siluet kadar büyümüş olduğunu görecek.

Çocuğun çıplak kolları soğuktan titriyor.

Ve Annecik, "Kendini tutmaya çalış, lanet olasıca. Kıpırdama. Her şeyi berbat edeceksin" dedi.

Çocuk ısındığını düşünmeye çalıştı ama farlar ne kadar parlak olursa olsun hiç ısıtmaz.

"Net bir siluet çizmem gerek" dedi Annecik. "Eğer titrersen, vücut hatların belirsizleşecek."

Yüksek okuldan üstün başarıyla mezun olup Güney Kaliforniya Üniversitesi Tıp Fakültesi'ne girmek için kıçını yırtana kadar, hatta yirmi dört yaşına gelip tıp fakültesinde ikinci sınıfa geçene kadar, ki o yıl annesine hastalık teşhisi konmuş, kendisi de onun koruyucusu ilan edilmişti, güçlü, zengin ve zeki olmanın insanın hayat hikâyesinin yalnızca ilk yarısını oluşturduğu, bu zavallı aptalın, bu küçük yardakçının kafasına dank etmemişti henüz.

Antik çocuğun kulakları soğuktan zonkluyor. Başı dönüyor ve soluk soluğa kalıyor. Çığırtkan güvercini gibi çıkık olan küçük göğsü, derisi yolunmuş tavuk gibi pütür pütür olmuş. Göğüs uçları dimdik ve kırmızı sivilceler gibi görünüyor. Ve küçük fırlama kendi kendine, "Gerçekten bunu hak ettim" diyor.

Sonra Annecik, "En azından dik durmaya çalış" diyor.

Çocuk omuzlarını geriye atıyor ve farların ateş topu olduğunu hayal ediyor. Zatürree olmayı hak ediyor. Tüberküloz olmayı da.

Ayrıca bakınız: Hipotermi.

Ayrıca bakınız: Tifo.

Ve Annecik, "Bu geceden sonra seni azarlamak için etrafında olmayacağım" diyor.

Otobüsün motoru rolantiye geçip mavi bir duman salıyor.

Sonra Annecik, "Bu yüzden kıpırdamadan dur da seni pataklamak zorunda kalmayayım" diyor.

Ve tahmin edersiniz ki bu küçük velet pataklanmayı hak etti. Başına ne geldiyse hepsini hak etti. Geleceğin gerçekten daha iyi olacağını düşünen, kandırılmış küçük taşralıdan söz ediyoruz burada. Tabii eğer yeterince çok çalışırsa. Yeterince çok şey öğrenirse. Yeterince hızlı koşarsa. Her şey düzelecekti ve hayatı istediği noktaya gelecekti.

Rüzgâr şiddetle estikçe, kuru kar taneleri ağaçlardan etrafa serpiliyor ve her kar tanesi çocuğun kulaklarına, yanaklarına batıyor. Ayakkabılarının bağcıklarında daha fazla kar eriyor.

"Göreceksin" diyor Annecik. "Şu işkenceyi çektiğine değecek."

Bu, çocuğun kendi oğluna anlatabileceği bir hikâye olacak. Günün birinde.

Yunan kız sevgilisini bir daha hiç görmedi, diye anlatmaya devam ediyor Annecik.

Ve çocuk bir resmin, bir heykelin veya hikâyenin, sevilen birinin yerini alabileceğini sanacak kadar aptal.

Annecik, "Gelecekte seni bekleyen o kadar çok şey var ki" diyor.

Yutkunmak bile zorlaşıyor; ama geleceğin çok parlak olacağını düşünen bizim aptal, tembel ve komik ufaklık orada öylece durmuş titriyor ve farların ışığına, motorun gürültüsüne gözlerini kısarak bakıyor. Umudun insanın büyüdükçe terk ettiği bir başka evre olduğunu bilemeyecek kadar aptal yetiştirilmiş birini gözünüzün önüne getirin. Kim herhangi bir şeyi sonsuza dek sürdürebileceğini düşünür ki?

Bunları hatırlaması bile çok aptalca. Çocuğun bu kadar uzun yaşamış olması bile bir mucize.

Bu yüzden tekrar etmekte fayda var. Bunu okuyacaksanız, hemen vazgeçin.

Bu, cesur, nazik ve kendini bir davaya adamış birinin hikâyesi değil. Asla âşık olmayacağınız birinin hikâyesi.

Bilmeniz açısından söyleyeyim: Okuduğunuz şey, bir bağımlının amansız hikâyesinin tamamıdır. Çünkü on iki basamaklı tedavi programlarının çoğunda, dördüncü basamağa gelince sizden hayatınızın bir envanterini çıkarmanızı isterler. Bir defter edinip hayatınızın bütün zayıf, rezil anlarını yazmanız gerekir. Böylelikle işlediğiniz her günah parmaklarınızın ucuna gelir. Sonra da hepsini telafi etmenizi beklerler. Bu sistem alkolikler, uyuşturucu bağımlıları ve aşırı oburlar için olduğu kadar seks bağımlıları için de geçerlidir.

Böylece istediğiniz zaman geriye dönüp hayatınızın en boktan zamanlarını inceleyebilirsiniz.

Güya geçmişini unutanlar, onu tekrar etmeye mahkûm olurlarmış.

Bu yüzden, doğruyu söylemek gerekirse, burada anlatılanlar sizi hiç ilgilendirmez.

Bu salak küçük çocuk, o soğuk gece ve bütün olup bitenler, seks sırasında boşalmayı geciktirmek için akla getirilen salakça şeylerden biri olup çıkar. Tabii eğer erkekseniz.

O gün sümsük göt yalayıcının Anneciği, "Biraz daha sabret, biraz daha dayan, göreceksin her şey yoluna girecek" dedi.

Hah!

"Bir gün bütün çabalarımıza değdiğini göreceksin. Sana söz veriyorum" dedi Annecik.

Ve bizim korkak, salak oğlu salak pislik, karın ortasında yarı çıplak ve titrer vaziyette dikilirken, birileri imkânsızı vaat ettiğinde bunun gerçekleşebileceğine gerçekten inandı.

Bu yüzden eğer bunu okumanın sizi kurtaracağını sanıyorsanız...

Herhangi bir şeyin sizi kurtaracağını sanıyorsanız...

Bunu lütfen son ikazım olarak kabul edin.

İki

Kiliseye vardığımda hava karanlık ve yağmur yağmaya başlıyor; Nico soğuktan büzüşmüş, birilerinin yan kapıyı açmasını bekliyor.
"Lütfen şunu tutar mısın?" diyerek elime bir avuç ipek tutuşturuyor.
"Sadece birkaç saatliğine tut" diyor. "Benim cebim yok da."
Üzerinde, yakası parlak turuncu kürklü, yapay süetten turuncu bir ceket var. Çiçek desenli elbisesinin eteği, ceketin altından sarkıyor. Çorap giymemiş. Kilisenin kapısına çıkan merdiveni dikkatli adımlarla tırmanıyor; ayağında sivri topuklu siyah ayakkabılar var.
Elime tutuşturduğu şey sıcak ve nemli.

Külotu. Ve Nico gülümsüyor.

Cam kapının ardında kadının biri yerleri paspaslıyor. Nico camı tıklatıyor, sonra bileğindeki saati gösteriyor. Kadın paspası kovasına daldırıyor, sonra da kaldırıp sıkıyor. Paspası kapının kenarına dayadıktan sonra iş gömleğinin cebinden bir tomar anahtar çıkarıyor. Kapıyı açarken bir yandan da camın öteki tarafından bağırıyor.

"Siz bu gece 234 Numaralı odada olacaksınız" diyor. "Pazar okulu sınıfında."

Bu arada insanlar park yerine doluşmaya başlamış bile. Merdivenleri çıkarken birbirlerine selam veriyorlar; o sırada ben de Nico'nun külotunu cebime tıkıştırıyorum. Kapı kapanmadan yetişebilmek için arkamdaki diğer birkaç kişi son basamakları koşarak tırmanıyor. İster inanın ister inanmayın, buradaki herkesi tanıyorsunuz.

Bu insanların hepsi birer efsanedir. Buradaki her erkeğin ve her kadının hakkında yıllardan beri bir şeyler duymuşsunuzdur.

Tanınmış bir elektrikli süpürge üreticisi 1950'lerde süpürgenin dizaynını biraz geliştirmeye çalışmıştı. Süpürge hortumunun ucundan iki üç santim içeriye jilet gibi keskin bıçakları olan bir döner pervane yerleştirilmişti. İçeri emilen hava bıçağı döndürecek, bıçak da hortumu tıkayabilecek kumaş tiftiği, ip veya hayvan kıllarını ince ince kıyacaktı.

En azından böyle olması planlanmıştı.

Fakat olay, penisi parçalanmış bir sürü herifin hastanelerin acil servisine koşmasıyla sonuçlanmıştı.

En azından anlatılan hikâyeler böyle.

Hani şu, sevimli ev hanımına sürpriz yaş günü partisi yapmak için evin bir odasına gizlenen bütün arkadaşlarının ve ailesinin "Mutlu Yıllar Sana" diye bağırarak ortaya çıktığında, evin hanımını koltuğa yayılmış, evin köpeğine bacakları arasından fıstık ezmesi yalatırken yakaladığı kent efsanesini bilirsiniz...

İşte o kadın hayal ürünü filan değil, gerçek.

Araba kullanan erkeklere oral seks yapan efsanevi kadının, bir seferinde arabanın kontrolünü kaybedince bütün gücüyle frene basan adamın şeyini ısırarak kopardığı hikâyeyi de bilirsiniz. İşte ben o ikiliyi tanıyorum.

Bütün o kadın ve erkekler burada.

Bütün hastanelerin acil servislerinde elmas uçlu matkap bulundurulmasının sebebi bu tür insanlardır. Amaç, şampanya ve soda şişelerinin kalın altlarına delik açarak basıncı kaldırmaktır.

Bunlar, gecenin bir vakti yalpalaya yalpalaya hastaneye gelen ve tökezleyerek bir kabağın, ampulün, Barbie bebeğin, bilardo toplarının veya can havliyle kıpraşan bir sürüngenin üstüne düştüklerini söyleyen insanlardır.

Ayrıca bakınız: Bilardo sopası.

Ayrıca bakınız: Oyuncak ayı.

Duşta kayıp kaygan bir şampuan şişesinin tam üstüne düşmüşlerdir. Kendilerine tanımadıkları birileri saldırır her zaman ve bir mum, beysbol topu, katı pişmiş yumurta, el feneri veya tornavidayla tecavüz eder ve şimdi bu şeylerin bedenlerinden çıkarılması gerekmektedir. Jakuzilerinin su giriş borusuna penisi sıkışan adamlarla doludur burası.

234 Numaralı odaya giden koridorun ortasında Nico beni duvara yaslıyor. Yanımızdan geçen insanların uzaklaşmasını bekledikten sonra, "Gidebileceğimiz bir yer biliyorum" diyor.

Bizim dışımızdaki herkes Pazar sınıfının toplandığı soluk badanalı odaya gidiyor. Nico arkalarından sırıtıyor. Uluslararası işaret dilinde deli demek için parmağını kulağının yanında döndürme hareketini yaparken, "Kaybedenler" diyor. Beni diğer tarafa, üzerinde "Kadınlar" yazan bir tabelaya doğru çekiştiriyor.

234 Numaralı odadaki ahalinin arasında on dört yaşındaki genç kızları vajinalarının nasıl göründüğü konusunda küçük bir sınavdan geçirmek için uğraşan sahtekâr il sağlık görevlisi de bulunuyor.

Midesi yıkandığında içinden dört yüz elli gram sperm çıkan amigo kız da içeride. Adı LouAnn.

Sinemada film izlerken penisi popkorn kutusunun altına

sıkışan Steve isimli adam da orada ve bu gece dertli kıçını Pazar sınıfındaki plastik çocuk sandalyelerinden birine sıkıştırmış, boya lekeleriyle dolu bir masanın etrafında diğerleriyle oturuyor.

Bütün bu insanlar size şaka gibi geliyor, değil mi? Öyleyse durmayın, geberene kadar gülün.

Bunlar seksle güdümlenenler.

Bunlar sizin sadece birer kent efsanesi olduğunu sandığınız gerçek insanlar. Hepsinin bir ismi ve yüzü var. İşi ve ailesi var. Yüksekokul diploması ve sabıka kaydı var.

Kadınlar tuvaletinde Nico beni soğuk karoların üzerine yatırıyor ve kasıklarımın üstüne çömelirken pantolonumun içinden şeyimi çıkarmaya çalışıyor. Diğer eliyle ensemden tutup yüzümü ve açık ağzımı kendisininkine bastırıyor. Dili dilimle güreşirken, bir yanda da parmağıyla benim aletin başını ıslatıyor. Kot pantolonumu kalçalarımdan aşağıya indiriyor. Gözleri kapalı, kafası hafifçe yana yatmış halde, elbisesinin kenarını reverans yapar gibi havaya kaldırıyor. Kasıklarını sertçe kasıklarıma dayarken kulağıma bir şeyler fısıldıyor.

"Tanrım, çok güzelsin" diyorum çünkü birkaç dakika sonra gelebilirim.

Nico yüzüme bakabilmek için geri çekiliyor ve "Bu da ne demek oluyor şimdi?" diye soruyor.

"Bilmiyorum" diyorum. "Sanırım hiçbir şey demek değil" diyorum. "Boş ver" diyorum.

Zemin, dezenfektan kokuyor ve yerdeki pütürleri çıplak kıçımda hissedebiliyorum. Duvarlar yükselerek fayans kaplı akustik tavanla buluşuyor ve hava akımıyla birlikte toz ve çerçöpten oluşan tüy yumakları havada uçuşuyor. Bir de, kullanılmış kâğıt havluların atıldığı paslı metal çöp kutusundan gelen şu kan kokusu var.

"İzin kâğıdın" diyerek parmaklarımı şıklatıyorum. "Yanında mı?"

Nico kalçasını biraz yukarı kaldırıyor, sonra bırakıyor, tekrar kaldırıyor ve yerleşiyor. Kafası hâlâ arkaya yatık, gözleri hâlâ kapalıyken elini elbisesinin yakasından içeri daldırıyor ve katlanmış mavi bir kâğıt çıkarıp göğsüme bırakıyor.

"Akıllı kız" diyerek gömlek cebimdeki kalemi çıkarıyorum.

Nico her seferinde kalçasını biraz daha yukarı kaldırıp hızla oturuyor. İleri geri hareket ederek hafif hafif göbek atıyor. Ellerini uyluklarına dayamış, kendini yukarı çekiyor, sonra da bırakıyor.

"Dön" diyorum. "Nico hadi dön!"

Gözlerini birazcık aralayarak bana bakıyor. Kahve karıştırıyormuş gibi elimdeki kalemi döndürüyorum. Elbiselerime rağmen yerdeki karoların izinin sırtıma çıktığını hissediyorum.

"Hadi dön" diyorum. "Hadi bebeğim bunu benim için yap."

Nico gözlerini kapatıp, eteğini iki eliyle beline kadar topluyor. Bütün ağırlığıyla üstüme çöküyor. Bacağını göbeğimin üzerinden aşırıyor. Diğer bacağını da aynı şekilde çeviriyor; böylece hâlâ üstümde oturuyor ama yüzü ayaklarıma dönük.

"Harika" derken katlı mavi kâğıdı açıyorum. Kâğıdı Nico'nun yusyuvarlak, kamburlaşmış sırtına koyup *kefil* yazan yerin altına imzamı atıyorum. Elbisesinin üstünden, sutyeninin beş altı tane elastik kopçadan oluşan kalın birleşim yerini hissedebiliyorsunuz. Kalın kas tabakasının altındaki kaburga kemiklerini hissedebiliyorsunuz.

İspanyol sineği diye bilinen uyuşturucuyu aldıktan sonra bir Ford Pinto'nun vitesinde neredeyse kendini öldürene dek tepinen ve en yakın arkadaşımın kuzeninin sevgilisi olan kız şu anda 234 Numaralı odada. Kızın adı Mandy.

Beyaz bir gömlek giyip gizlice bir kliniğe sızarak, pelvis testi yapmaya kalkışan adam da orada.

Motel odalarında yatak örtülerinin üzerinde, çıplak vaziyette sabah ereksiyonuyla hizmetçinin gelmesini bekleyen ve kadın içeri girene dek uyuyormuş numarası yapan adam da orada.

Hakkında dedikodu yapılan arkadaşlarımızın arkadaşlarının arkadaşlarının arkadaşları... İşte hepsi buradalar.

Otomatik süt makinesi yüzünden sakat kalan adamın adı Howard.

Kendini duş perdesinin rayına çıplak olarak asan, otoerotik boğulma yüzünden neredeyse yarı ölü halde bulunan kızın adı Paula ve o bir sekskolik.

Selam Paula.

Senin fortçuları gönder bana. Yağmurluklarının önünü hızla açıp kapayan teşhircileri gönder.

Kadınlar tuvaletine girerek klozetlerin kenarına kamera yerleştiren adamları.

ATM makinelerindeki zarfların kapaklarına menisini süren adamı.

Bütün röntgencileri. Bütün azgın karıları. Yaşlı pis herifleri. Tuvaletlerde pusuya yatanları. Otuz bircileri.

Annenizin sizi hakkında uyardığı türden cinsi sapık kadın ve erkekleri. Kulağa küpe olması için anlatılan bütün o korkunç hikâyeleri.

Hepimiz buradayız. Canlıyız ve hastayız.

Burası seks bağımlılığının on iki basamaklı dünyası. Cinsel davranış bozukluğunun. Her gece bir kilisenin arka odasında toplanırlar. Ya da bir tür sosyal yardımlaşma toplantı merkezinde. Her şehirde, her gece. İnternette sanal toplantılar bile yapılıyor.

En yakın arkadaşım Denny'yle bir sekskolikler toplantısında tanıştık. Denny öyle bir noktaya gelmişti ki, normal kalabilmek için günde en az on beş kez mastürbasyon yapmak zorundaydı. Yumruğunu bile zor sıkabiliyordu artık. Üstüne üstlük, kullandığı petrol bazlı jelin uzun vadede kendisine vereceği zararlar konusunda da endişeliydi.

Jel yerine cilt kremi kullanmayı düşünmüştü; ama cildi yumuşatan herhangi bir şey olayı amacından saptırırdı.

Korkunç, komik veya itici olduğunu düşündüğünüz Denny ve diğer bütün herifler ve hatunlar burada içlerini döküyorlar. Hepimizin açıldığı yer burası.

Güvenlik önlemlerinin asgari düzeyde olduğu kodeslerinden üç saatlik izinle buraya gelen orospularla seks suçluları, anal seks hastası kadınlarla porno satan kitapçılarda kendilerine oral seks yaptıran herifler burada yan yana. Fahişeler müşterileriyle bir araya geliyor. Tecavüz edenle, tecavüze uğrayan yüz yüze bakıyor.

Nico kocaman, beyaz kıçını neredeyse aletimin tepesine kadar kaldırıyor, sonra da hızla aşağıya çarpıyor. Yukarı, aşağı. Aletimin etrafını saran bağırsaklarının üstünde gezintiye çıkıyor. Piston yukarı kalkıyor, sonra hızla aşağıya iniyor. Uyluklarıma bastıran kollarındaki kaslar gittikçe şişiyor. Ellerinin altında hissizleşen uyluklarım bembeyaz oluyor.

"Artık birbirimizi tanıdığımıza göre, benden hoşlandığını söyleyebilir misin Nico?" diye soruyorum.

Dönüp omzunun üzerinden bana bakıyor ve "Doktor olduğun zaman herhangi bir ilaç için bana reçete yazabileceksin, değil mi?" diye soruyor.

Tabii, eğer okula geri dönersem. Tıbbı bitirmiş olmanın birilerini düzmek için ne denli güçlü bir silah olacağını hafife almayın. Ellerimi kaldırıp her iki avcumu da Nico'nun gerilmiş ve pürüzsüz poposuna dayıyorum, kalkıp inmesine yardımcı olmak için ve serin, yumuşak parmaklarını benimkilere doladığını fark ediyorum.

Aletime sıkıca abanmış vaziyette, geriye dönmeden, "Arkadaşlarım senin evli olduğuna dair benimle iddiaya girdiler" diyor.

Beyaz, pürüzsüz poposunu avuçlarımın içinde tutuyorum.

"Ne kadarına iddiaya girdiniz?" diye soruyorum.

Nico'ya arkadaşlarının haklı olabileceğini söylüyorum.

Gerçek şu ki, dul bir anne tarafından yetiştirilen her erkek çocuk, evli doğmuş sayılır. Bilmiyorum ama, bence annesi ölene dek bir erkeğin hayatındaki diğer kadınların hiçbiri metres olmaktan öteye geçemez.

Modern Oedipus hikâyesinde babayı öldürüp oğula kavuşan kişi annedir.

Ve annenizi boşayamazsınız da.

Öldürmeniz de söz konusu değildir.

Nico, "*Diğer kadınların hiçbiri* derken neyi kastediyorsun? Kaç tane hatundan söz ediyoruz biz Tanrı aşkına?" diyor. "Neyse ki prezervatif kullandık."

Seks partnerlerimin eksiksiz bir listesi için dördüncü basamak kayıtlarımı kontrol etmem gerekir. Ahlaki envanter defterimi. Bağımlılığımın eksiksiz ve amansız tarihçesini.

Tabii eğer geri dönüp lanet olası dördüncü basamağı tamamlarsam.

Sekskolikler toplantısının on iki basamaklı kursunda bulunan, 234 Numaralı odadaki herkes için olayı kavramak ve iyileşmek açısından çok önemli ve değerli bir araç... Olaydan ne kastettiğimi anlıyorsunuz.

Bu kurs benim için muhteşem bir "nasıl yapılır" semineri. İpuçları. Teknikler. Hayalini bile kuramayacağınız götürme stratejileri. Kişisel görüşmeler. Hikâyelerini anlattıklarında, bu bağımlı insanların aslında ne kadar da zeki olduklarını anlıyorsunuz. Ayrıca seks bağımlılığıyla ilgili terapiye katılmak üzere üç saatliğine izinli olan mahkûm kızlar var.

Nico da onlardan biri.

Çarşamba akşamları Nico demek. Cuma akşamları Tanya. Pazarları Leeza. Bu hatun o kadar çok sigara içiyor ki terinin rengi bile sarı. Öksürmekten karın kasları öyle sıkılaşmış ki iki elinizle belini kavrayabiliyorsunuz. Tanya sürekli kaçak plastik seks oyuncakları satın alıyor; genellikle de vibratör veya lateks boncuk dizili ipler. Müsli kutularının içinden çıkan sürpriz hediye gibi seks oyuncakları bunlar.

Güzel olan herhangi bir şeyin insana ömür boyu zevk vermesiyle ilgili o eski kural benim için geçerli değil. Şahsi tecrübelerime göre, en güzel şeyin bana verdiği zevk bile en fazla üç saat sürüyor. Sonrasında hatun, çocukken geçirdiği travmalardan bahsetmeye kalkıyor. Mahkûm kızlarla takılmanın en güzel yanı saate bakıp hatunun en geç yarım saat sonra demir parmaklıkların arkasında olacağını bilmektir.

Külkedisi hikâyesinden tek farkı, hatunun gece yarısından sonra hapishane kaçağına dönüşmesi.

Bu kadınları sevmediğimden değil. Onları en az dergilerden çıkan posterler, porno kaset veya porno siteleri kadar çok seviyorum ve inanın bir sekskolik için bu, kucak dolusu sevgi anlamına gelebilir. Üstelik Nico'nun da bana çok âşık olduğu söylenemez.

Olay, romantizmden çok fırsatları değerlendirmektir. Her gece yirmi sekskoliği bir masanın etrafına toplarsanız, olacaklara da şaşırmamalısınız.

Ayrıca, cinsel ilişkiye girmek isteyip de nasıl yapacağınızı bilmiyorsanız, burada satılmakta olan seks bağımlılığından kurtulma kitaplarında her türlü ipucunu bulabilirsiniz. Elbette bu kitaplar seks bağımlısı olduğunuzun farkına varmanız için yazılmıştır. Kitaplar, "Aşağıdakilerden herhangi bir tanesini yapıyorsanız, alkolik olabilirsiniz" tarzı bir kontrol listesiyle birlikte dağıtılır. Yol gösterici ipuçlarından bazıları şöyle:

Cinsel organlarınız daha belirgin olsun diye mayonuzun astarını kesiyor musunuz?

Camlı bir telefon kulübesine girip telefonla konuşuyormuş gibi yaparken, pantolonunuzun fermuarını ya da bluzunuzun düğmelerini açık bırakarak, iç çamaşırı giymediğinizin anlaşılmasını sağlayacak şekilde durduğunuz oluyor mu?

Seks partneri bulabilmek için sutyensiz veya askısız koşuya çıktığınız oluyor mu?

Bütün bu sorulara cevabım: *Evet, artık hepsini yapıyorum!*

Üstelik cinsi sapık olmak sizin suçunuz değildir burada. Cinsel davranış bozukluğunun her daim aletinizi emdirmenizle bir ilgisi yoktur. Bu bir hastalıktır. Tedavi masraflarının sağlık sigortasından karşılanması için *Teşhis İstatistikleri Listesi*'ne girmeyi bekleyen fiziksel bir bağımlılıktır.

Rivayete göre, Adsız Alkolikler Derneği'nin kurucularından Bill Wilson bile içindeki seks dürtüsünü yenememiş ve ayık olduğu zamanları karısını aldatarak ve kendini suçlu hissederek geçirmiş.

Rivayete göre seks bağımlıları, devamlı seks yapmaktan ötürü, vücudun salgıladığı bir maddenin bağımlısı oluyor. Orgazm olunca vücut endorfin salgılıyor; bu da acıyı hafifletiyor ve insanı sakinleştiriyor. Seks bağımlıları aslında sekse değil, endorfine bağımlılar. Seks bağımlılarının mono-amin grubu içeren molekül oksidaz seviyeleri doğal olarak daha düşük. Seks bağımlılarının aslında deli gibi arzuladığı şeyler şunlar: Tehlike, karasevda, risk veya korkuyla tetiklenen peptit feniletilamin salgısı.

Bir seks bağımlısı açısından karşısındakinin göğüslerinin, penisinin, klitorisinin, dilinin veya kıç deliğinin, her zaman kullanıma hazır şekilde zulada tutulan bir vuruşluk eroinden farkı yok. Bir eroinman malını ne kadar çok seviyorsa, biz de Nico'yla birbirimizi o kadar çok seviyoruz.

Nico ıslak iki parmağını kullanarak aletimi vajinasının ön duvarına sıkıştırıp eziyor.

"Ya şu temizlikçi kadın içeri dalarsa?" diyorum.

Nico aletimi içinde döndürürken, "Ah evet. Çok heyecan verici olurdu" diyor.

Cilalı yer seramiklerinin üstünde bırakacağımız parlak göt lekesinin nasıl olacağını düşünmeden edemiyorum. Tepemizde bir sıra lavabo. Florasan ışıklar göz kırpıyor ve lavaboların altındaki krom borulara Nico'nun boğazı ince ve uzun bir tüp gibi yansıyor; kafası geriye düşmüş, gözleri kapalı ve soluğu tavana vuruyor. Krom borulardan Nico'nun büyük, çiçek desenli göğüslerini görüyorum. Dili ağzının kenarından dışarı sarkmış. Boşalttığı sıvı kaynar derecede sıcak.

Boşalmamak için, "Sizinkilere ikimizle ilgili neler anlattın bakalım?" diyorum.

"Seninle tanışmak istiyorlar" diyor.

Bundan sonra söylenecek en mükemmel şeyi düşünüyorum; ama aslında hiçbir önemi yok. Bu noktada her şeyi söyleyebilirsiniz. Lavman, toplu seks, hayvanlarla ilgili herhangi bir müstehcen şey söyleseniz bile hiç kimse şaşırmaz.

234 Numaralı odadakiler savaş hikâyelerini yarıştırıyorlar. Herkes sırasıyla anlatıyor. Toplantının ilk bölümünde yoklama yapılıyor.

Sonra metinler okunacak, dualar edilecek, gecenin konusu belirlenecek. Herkes hangi basamaktaysa ona göre bir çalışma yapacak. İlk basamakta güçsüz olduğunu kabullenmeye çalışırsın. Bir bağımlılığın vardır ve vazgeçemiyorsundur. İlk basamakta hikâyeni anlatırsın; hem de en kötü kısımlarını. Beterin beterini. Seksle ilgili sorun da diğer bütün bağımlılıklarla aynıdır. Her zaman iyileşirsin. Sonra yine yoldan çıkarsın. Rol kesersin. Uğruna savaşacak bir şeyler bulana kadar, bir şeylere karşı savaşmayı seçersin. Seks güdümlüsü olarak yaşamak istemediğini söyleyen bu insanlara benim diyeceğim tek şey, boş verin gitsin olur. Yani hayatta seksten daha iyi ne var ki?

Hiç şüpheniz olmasın; en kötü oral seks bile, mesela en güzel gülü koklamaktan iyidir... en güzel günbatımını izlemekten de. Ya da çocukların kahkalarını duymaktan.

Hiçbir zaman, ter fışkırtan, popoya kramp saplayan, kasık ıslatan bir orgazm kadar güzel bir şiir okuyabileceğimi sanmıyorum.

Resim yapmak veya opera bestelemek, yeni bir istekli götle karşılaşana dek öylesine yapılan işlerdir.

Seksten daha iyi bir şeyle karşılaştığınız anda hemen beni arayın. Benim için de rezervasyon yaptırın.

234 Numaralı odadaki insanlardan hiçbiri Romeo, Kazanova veya Don Juan değil. İçlerinde Mata Hari veya Salome yok. Bunlar sizin her gün el sıkıştığınız insanlar. Ne çirkin, ne güzeller. Bu efsanelerle asansörlerde yan yana durursunuz. Size kahve servisi yaparlar. Bu mitolojik yaratıklar sizin biletlerinizi keserler. Çekinizi bozarlar. Kutsal ekmeği dilinizin altına koyarlar.

Kadınlar tuvaletinde Nico'nun içindeyim ve kollarımı kafamın arkasında birleştiriyorum.

Önümüzdeki ne kadar süreceğini bilemediğim bir süre boyunca hiçbir şeyi dert etmeyeceğim. Ne annemi. Ne onun hastane masraflarını. Ne müzedeki boktan işimi. Ne de otuz birci en yakın arkadaşımı. Hiçbir şeyi.

Hiçbir şey hissetmeyeceğim.

Bunun devam etmesi için, yani boşalmamak için Nico'nun çiçek desenli sırtına onun ne kadar güzel ve tatlı olduğunu, ona ne kadar da çok ihtiyacım olduğunu söylüyorum. Teninden ve saçından bahsediyorum. Uzun sürmesi için. Çünkü böyle şeyleri ancak böyle zamanlarda söyleyebiliyorum. Çünkü işimiz bittiği anda, birbirimizden nefret edeceğiz. Çünkü tuvaletteki karoların üstüne uzanmış, soğuk soğuk terlediğimizi fark ettiğimiz anda, ikimiz de geldikten sonra, birbirimize bakmak bile istemeyeceğiz.

Birbirimizden nefret ettiğimizden daha çok nefret edeceğimiz biri daha olacak. O da kendimiz.

Sadece bu birkaç dakika zarfında insan olabiliyorum.

Sadece bu dakikalarda kendimi yalnız hissetmiyorum.

Üstümde gidip gelmeye devam ederken, "Eee, annenle ne zaman tanışacağım?" diye soruyor Nico.

"Hiçbir zaman" diyorum. "Yani bu mümkün değil" diye ekliyorum.

Bütün vücuduyla beni kavramış, kaynayan, nemli içiyle benimkini emen Nico, "Hapiste veya tımarhanede falan mı?" diye soruyor.

Evet, hayatının çoğunu bu gibi yerlerde geçirdi.

Seks yaparken bir erkeğe annesini sorarsanız, büyük patlamayı sonsuza kadar geciktirebilirsiniz.

Nico, "Öldü mü yani?" diye soruyor.

"Sayılır" diyorum.

Üç

Annemi ziyarete gittiğimde artık kendimmişim gibi davranmaya zahmet bile etmiyorum.
Lanet olsun; kendimi çok iyi tanıyormuşum gibi yapmayı bile bıraktım.
Hiç yapmıyorum artık.
Annemin, geldiği bu noktada tek yaptığı şey kilo vermek. O kadar zayıfladı ki kukla gibi görünüyor. Sanki özel efektle yapılmış gibi. Kalan sarı derisi o kadar küçüldü ki, hiç kimse o derinin içine sığamaz. Kukla gibi incecik kolları battaniyenin üstünde gezinip sürekli iplik parçaları topluyor. Küçülen kafası her an dağılıp ağzındaki pipetin etrafına dökülecekmiş gibi duruyor. Annemi kendim olarak, yani Victor, onun oğlu Victor Mancini olarak ziyaret ettiğim zamanlarda, ziyaretlerin hiçbiri on dakikadan fazla sür-

mezdi. On dakika içinde annem hemşireyi çağırmak için düğmeye basar ve bana çok yorgun olduğunu söylerdi.

Sonra günün birinde, annem benim kendisini birkaç kez savunmuş olan Fred Hastings isimli bir savunma avukatı olduğumu zannetti. Beni görünce, "Ah Fred" diyerek arkasındaki yastık yığınına yaslanıp kafasını hafifçe sallıyor. "Bütün o saç boyası kutularının üzerinde parmak izlerimi bıraktım. Bütün kutuları açıp kapatırken kendimi delicesine bir tehlikeye attım; ama yine de çok zekice planlanmış sosyopolitik bir eylemdi."

Mağazanın güvenlik kameralarında pek de öyle görünmediğini söylüyorum ona.

Ayrıca adam kaçırma da vardı. Hepsi videoya kaydedilmişti.

Annem gülmeye başlıyor; gerçekten gülerken, "Fred beni kurtarmaya çalıştığın için çok salaksın" diyor.

Yarım saat bu tür şeylerden konuşuyoruz, en çok da saç boyasıyla ilgili talihsiz olaydan bahsediyoruz. Sonra da dinlenme salonundan bir gazete getirmemi istiyor.

Odasının önündeki koridorda, elinde bir dosya tutan, beyaz gömlekli bir kadın doktor duruyor. Uzun, siyah saçlarını arkasında beyin gibi duran bir topuz yapmış. Yüzünde makyaj olmadığı için teninin gerçek rengi ortada. Siyah çerçeveli gözlüğünü gömleğinin cebine asmış.

Siz Bayan Mancini'nin doktoru musunuz, diye soruyorum.

Elindeki klipsli dosyaya bakıyor. Gözlüğünü cebinden çıkarıp takıyor ve dosyaya tekrar bakıyor. Bütün bu işleri yaparken de, "Bayan Mancini, Bayan Mancini, Bayan Mancini..." diye tekrarlıyor.

Bir yandan da sürekli elindeki tükenmezkalemin tepesine bastırarak çıt çıt sesler çıkarıyor.

"Neden hâlâ kilo kaybediyor?" diye soruyorum.

Saçlarının arasından, kulaklarının üstünden ve arkasından görünen teni öyle beyaz ve duru ki, iç kısımlardaki güneş değmemiş yerler de aynen böyle görünüyor olmalı. Eğer kadınlar kulakmemelerinin, tepedeki küçük ve karanlık oyuğun ve ortalardaki pürüzsüz kıvrımların sarmalanarak içerideki daracık karanlığa girişinin nasıl göründüğünü bilselerdi, kesinlikle saçlarını toplamazlardı.

"Bayan Mancini'ye beslenme tüpü takılması gerekiyor" diyor.
"Açlık hissediyor ama bu hissin ne anlama geldiğini unutmuş. Sonuç olarak yemek yemiyor."

"Bu tüp kaça patlar?" diye soruyorum.

Koridorun ucundan bir hemşire, "Paige?" diye sesleniyor.

Doktor, pantolonuma ve yeleğime, pudralı peruğuma, tokalı ayakkabılarıma baktıktan sonra, "Nesin sen?" diye soruyor.

Hemşire, "Bayan Marshall?" diye sesleniyor.

İşimi burada anlatmak çok zor. "Sömürge dönemi Amerika'sının belkemiği oluyorum" diyorum.

"Yani?" diyor.

"İrlandalı sözleşmeli bir uşağım."

Suratıma bakıp başını sallıyor. Sonra elindeki çizelgeye bakıyor. "Ya midesine bir tüp koyarız ya da açlıktan ölür" diyor.

Kulağının içindeki gizemli karanlık deliğe bakarken, başka seçeneğimiz yok mu, diye soruyorum.

Koridorun ucundaki hemşire ellerini beline koyuyor ve "Bayan Marshall!" diye bağırıyor.

Doktor irkiliyor. Beni susturmak için işaretparmağını kaldırıyor ve "Dinle" diyor. "Vizitemi tamamlamam gerekiyor. Bir dahaki gelişinizde daha detaylı konuşuruz."

Sonra dönüp hemşirenin bulunduğu on, on iki adımlık mesafeyi katediyor ve *"Hemşire* Gilman" diyor. Hemşire sözcüğünü vurguluyor ama hızla konuştuğu için kelimeler birbirine giriyor; "En azından bana seslenirken *Dr. Marshall* deme nezaketini gösterebilirsiniz" diyor. "Özellikle bir hasta *ziyaretçisinin* önünde. *Özellikle* koridorun bir ucundan bağıracaksanız. Bu küçük bir görgü kuralıdır *Hemşire* Gilman; bakın ben bu nezaketi edinmiş bulunuyorum ve eğer siz de bir profesyonel gibi davranmaya başlarsanız, etrafınızdaki herkesin sizinle işbirliği yapacağına emin olabilirsiniz..." diye ekliyor.

Dinlenme salonundan gazeteyi alıp gelene kadar annem çoktan uykuya dalmış. Korkunç sarı ellerini göğsünün üzerinde kavuşturmuş ve bileğinde, ısıtılarak yapıştırılmış plastik hastane bilekliği var.

Dört

Eğildiği anda Denny'nin peruğu yerdeki çamur ve at boku karışımının içine düşüyor ve iki yüz Japon turist, Denny'nin tıraşlı kafasını kameraya çekmek üzere kıkırdayarak yaklaşıyor.
Peruğu yerden alırken, "Affedersin" diyorum. Peruk artık eskisi kadar beyaz değil ve buraya her gün milyonlarca köpek ve tavuk işediği için haliyle berbat kokuyor.
Baş aşağı durduğu için, boyunbağı yüzünü örterek Denny'yi kör ediyor. "Dostum" diyor Denny, "bana neler olduğunu anlatsana."
Sömürge dönemi Amerika'sının belkemiğiyim ben burada.
Bu boktan işi para için yapıyoruz.
Sömürge valisi olan Yüksek Majesteleri Charlie kasaba

meydanının bir kenarında kollarını göğsünde kavuşturmuş, bacakları birbirinden neredeyse bir metre ayrık vaziyette durmuş, bizi izliyor. Sütçü kızlar kova kova süt taşıyor. Ayakkabı tamircileri önlerindeki ayakkabılara çekiç vuruyor. Nalbant aynı demir parçasını dövüp duruyor ve tıpkı diğerleri gibi o da, kasaba meydanında ayak bileklerinden baş aşağı sarkıtılmış olan Denny'ye bakmıyormuş gibi yapıyor.

Denny ayaklarıma, "Beni sakız çiğnerken yakaladılar dostum" diyor.

Yere doğru iyice eğik durduğu için akmaya başlayan burnunu çekip duruyor. "Hiç şüphe yok ki" diyor yine burnunu çekerek, "Majesteleri bu defa belediye meclisinde ötecek."

Ortadan iki parça halinde açılan ahşap boyunduruğun üst parçasını tenini incitmemeye özen göstererek boynuna oturtup kilitliyorum. Ufak bir sümük parçası Denny'nin burnunun ucundan sarkıyor. Cebimden çıkardığım paçavrayı hemen burnuna dayayıp, "Sümkür dostum" diyorum.

Denny iyice sümkürüyor; bezin içine uzun ve yoğun bir sümük parçasının yapıştığını hissediyorum.

Bez parçası pis ve sümük dolu olduğu için tek yapmam gereken Denny'ye temiz ve güzel bir yüz mendili uzatmak; ama bunu yaparsam disiplin cezası alırım ve Denny'nin ardından sallandırılmak üzere sıraya girmiş olurum. Burada boka basmanın bin bir türlü yolu var.

Birisi Denny'nin kafasının arkasına parlak kırmızı keçeli kalemle, "Ye beni" yazmış. Yazıyı kapatmak için boklu peruğu silkeleyip Denny'nin kafasına yerleştirmeye çalışıyorum; ama peruk içine düştüğü kahverengi iğrenç sıvı yüzünden sırılsıklam olduğu için birkaç damla Denny'nin kazınmış kafasından yuvarlanıp burnunun ucundan damlıyor.

"Beni kesin kovacaklar" diyor ve burnunu çekiyor.

Soğuktan titremeye başlayan Denny, "Dostum bir yerden soğuk vuruyor... Sanırım belim açıldı" diyor.

Denny haklı. Ve turistler Denny'nin göt yarığının her açıdan fotoğrafını çekiyorlar. Sömürge Valisi gözlerini dikmiş, bu durumu izliyor; turistler fotoğraf çekmeye devam ederken, çaktırmadan Denny'nin pantolonunu çekiştiriyorum.

Denny, "Bu alete vurulmanın iyi yanı, üç haftadır mecburen temkinli davranmayı başarmış olmam" diyor. "En azından burda asılıyken her yarım saatte bir tuvalete gidip mastürbasyon yapmak zorunda kalmıyorum."

"Şu tedavi olayına dikkat et dostum. Her an patlayabilirsin" diyorum.

Önce sol, sonra da sağ elini alete yerleştirip kilitliyorum. Geçen yazın büyük kısmını bu alette geçirdiği için, Denny'nin hiç güneş yüzü görmeyen boynunda ve bileklerinde beyaz halkalar var.

"Pazartesi günü dalgınlıkla saat takıp gelmişim" diyor.

Peruk tekrar kayıyor ve şlap diye çamura batıyor. Denny'nin sümükten ve yerdeki çamurdan ıslanan boyunbağı suratını yalıyor. Sanki bütün bunlar önceden prova yaptığımız bir skeçmiş gibi, kıkırdıyor Japonlar.

Vali tarihsel olarak uygunsuz bir şey yapıyor muyuz diye Denny'yle beni dikizlemeye devam ediyor. Eğer yakalarsa bizi buradan attırmak için belediye meclisi üyelerini etkilemeye çalışacak. Bizi kapı dışarı edecek ve ormandaki vahşiler, oklarıyla işsiz kıçlarımızı delik deşik edecek.

Denny ayakkabılarıma, "Salı günü Majesteleri dudağımdaki yumuşatıcı kremi gördü" diyor.

Aptal peruk onu yerden her kaldırışımda daha da ağırlaşmış oluyor. "Ye beni" kelimelerinin üzerini örtmeden önce bu defa peruğu çizmelerimin yanına vurarak silkeliyorum.

Denny, "Bu sabah" diyor ve burnunu çekiyor. Ağzına gelen kahverengi balgamı yere tükürüyor. "Büyük Hanım Landson beni, öğle yemeğinden önce toplantı salonunun arkasında sigara içerken yakaladı. Sonra burada asılıyken dördüncü sınıftan bok kafalı bir velet peruğumu çekti ve kafama o boku yazdı."

Sümüklü paçavrayla Denny'nin gözlerindeki ve ağzındaki pisliğin büyük bir bölümünü siliyorum.

Siyah beyaz tavuklar, gözleri veya tek ayağı olmayan biçimsiz tavuklar, botlarımın üzerindeki parlak tokaları gagalamak için etrafımda dönüp duruyor. Nalbant, önündeki demiri dövmeye devam ediyor. Hiç durmaksızın yaptığı iki hızlı ve üç yavaş vuruştan, bunun sevdiği eski bir Radiohead şarkısının bas gitar ritmi olduğunu anlıyoruz. Herif aldığı ekstasilerden kafayı sıyırmış.

Adı Ursula olan minyon sütçü kız gözüme ilişiyor. Yumruğumu aletimin hizasına getirip sallıyorum. Bu, evrensel işaret dilinde mastürbasyon demek. Kolalı beyaz şapkasının altında kıpkırmızı kesilen Ursula, narin ve solgun elini önlüğünün cebinden çıkarıyor ve bana ortaparmağını gösteriyor. Sonra da bütün öğleden sonra şanslı bir ineği sağmak üzere uzaklaşıyor. Oysa Ursula'nın, kralın muhafızına kendisini ellettirdiğini de biliyorum; çünkü bir keresinde muhafız bana parmaklarını koklatmıştı.

Bu mesafeden ve at boku kokularının arasından bile Ursula'dan buhur gibi yükselen esrarlı sigara kokusunu alabiliyorsunuz.

Bütün gün inek sağıp sütü çalkalayarak yağ yaptıkları için sütçü kızların çok iyi otuz bir çektiklerinden adım gibi eminim.

"Büyük Hanım Landson orospunun teki" diyorum Denny'ye. "Bakanın söylediğine göre, herifin aletini kavurmuş."

Evet, sabah dokuzdan akşam beşe kadar karı aristokrat bir Yanki gibi takılıyor; ama onun Springburg'da liseye gittiğini ve futbol takımındakilerin hepsinin onun için Douche* Lamprini dediğini herkes biliyor.

Aptal peruk artık düşmüyor. Vali bizi kesmekten vazgeçip Gümrük Dairesi'ne giriyor. Turistler de başka fotoğraf fırsatlarını değerlendirmek üzere uzaklaşıyorlar. Ve yağmur başlıyor.

"Tamamdır dostum" diyor Denny. "Benimle birlikte burada dikilmek zorunda değilsin."

On sekizinci yüzyılda boktan bir gün işte.

---

* Davranışlarıyla çok beyinsiz olduklarını ortaya koyan kişiler için kullanılan, onları vajinaların temizlenmesinde kullanılan ürünle karşılaştırılan sözcük. (y.h.n.)

Burada küpe takarsan hapse girersin. Saçını boyarsan, burnuna hızma taktırırsan, deodoran sıkarsan doğrudan hapse girersin. Hem de hiç beklemeden. Boka basmanın bir âlemi yok.

Tütün çiğniyor, kolonya sürünüyor ya da kafasını kazıtıyor diye, Denny'yi haftada en az iki kere boyunduruğa vurduruyor Yüce Vali.

Günün birinde de 1730'larda kimsenin keçisakalının olmadığı dersini verecek Denny'ye.

Denny de, "Belki de kolonide keçisakalı bırakacak kadar karizmatik tipler de vardı" diyerek Vali'ye küstahlık edecek.

Ve Denny için gerisingeri boyunduruğa dönüş olacak bu.

Denny'yle yaptığımız bir şaka var; biz 1734'ten beri birbirimize bağımlıyız deriz. Dostluğumuz o kadar eskiye dayanır yani. Sekskoliklerin toplantısında tanıştığımızdan beri. Denny bana bir iş ilanı gösterdi ve birlikte başvurduk.

Görüşme sırasında sırf merakımdan, kasaba orospusu olarak birini işe alıp almadıklarını soruyorum.

Belediye meclisindekiler öylece suratıma bakıyor. Yani işe alan ekip. Bunlar, yanlarında hiç kimse olmasa bile sömürge dönemi peruklarını hiç çıkarmayan altmış yaşlarında adamlar. Her şeyi kuştüyü kalemleri mürekkebe batırarak yazıyorlar. Ortada oturan Sömürge Valisi iç geçiriyor. Arkasına yaslanıp tel gözlüğünün ardından bana bakıyor. "Dunsboro kolonisinde kasaba orospusu yoktur" diyor.

"Peki kasabanın delisi?" diye soruyorum.

Hayır anlamında kafasını sallıyor.

"Yankesici?"

Hayır.

"Cellat?"

Kesinlikle hayır.

Canlı tarih müzelerinin en berbat yanı da bu işte. İşin en güzel kısmını hesaba katmazlar. Mesela tifüs. Afyon. Zinacı kadınların göğsüne işlenen kırmızı Z harfi. Zina. Cadı yakma törenleri.

Vali, "Görünüş ve davranışlarınızın her açıdan tarihte canlandırdığımız dönemle tutarlı olması konusunda sizi uyarıyorum" diyor.

Benim buradaki görevim, İrlandalı sözleşmeli bir uşağı canlandırmak. Saatte altı dolar kazandığıma göre işim aslında gayet gerçekçi.

Buraya ilk geldiğim hafta, yağ yaparken Erasure'den bir şarkı mırıldanan kız hapsi boyladı. Evet, Erasure zaten tarih olmuş bir gruptur diyorsunuz; ama yeteri kadar eski değil işte. Burada Beach Boys kadar eski gruplar bile başınızı belaya sokabilir. Nedense kendi aptal pudralı peruklarını, pantolonlarını ve tokalı pabuçlarını *retro* saymıyorlar.

Majesteleri dövmeyi de yasakladı. İşe gelmeden önce hızmalarınızı çıkarmayı unutmayın. Sakız çiğnemek yasak. Beatles'ın bir şarkısını ıslıkla çalmak bile yasak.

Vali, "Karakterinizi ihlal edecek bir şey yaparsanız, cezalandırılırsınız" diyor.

Ceza mı?

"Ya işten ayrılırsınız ya da iki saatliğine boyunduruğa vurulursunuz" diyor.

Boyunduruk mu?

"Kasaba meydanında" diyor.

Kölelikten söz ediyor. Sadizmden. Rol kesmekten ve insan içinde aşağılanmaktan. Vali, çorap ve iç çamaşırı olmadan daracık yünlü pantolonlar giymemizi istiyor ve buna otantik olmak diyor. Tırnaklarına oje süren kadınların vurulmasını isteyen biri o. Ya boyunduruğa vurulursunuz ya da tek kuruş tazminat almadan işten atılırsınız. Kıçımıza tekmeyi konduracak berbat bir referans da cabası. Ve tabii ki hiç kimse boktan bir mumcu olduğunu özgeçmişine yazmak istemez.

On sekizinci yüzyılda, yirmi beş yaşında ve bekâr birinin fazla seçeneği olmuyor. Uşak. Çırak. Mezarcı. Fıçıcı, her ne haltsa. Lostracı, her ne demekse. Baca temizleyicisi. Çiftçi. Meclis "seyyar satıcı" dediği anda Denny atladı ve "Evet. Tamam" dedi. "Ben bunu yapabilirim. Gerçekten yapabilirim. Ömrümün yarısını feryat figan bağırarak geçirdim zaten."

Majesteleri, Denny'ye bakıp, "Şu gözündeki gözlüğü takmak zorunda mısın?" diye soruyor.

"Görebilmek için takıyorum" diyor Denny.

Ben işi kabul ettim; çünkü hayatta en sıkı dostunla birlikte çalışmaktan daha beter şeyler vardır.

Bir çeşit sıkı dost.

Siz yine de bunun, kadrosunda Drama Kulübü müdavimlerinin ve kasaba tiyatrocularının bulunduğu eğlenceli bir iş olduğunu düşünebilirsiniz. Ama dışlanmışların kurduğu çetelerden oluşan insanlarla değil. Bu Püriten yalancılarla hiç de eğlenceli değil.

Eski Belediye Meclisi, kadın terzisi Bayan Plain'in iğne bağımlısı olduğunu bir bilseydi. Değirmenci, kristalize metamfetamin üretiyor. Hancı, okul gezileriyle buraya zorla getirilen otobüsler dolusu sıkkın çocuğa asit satıyor. Bu çocuklar her gün kendinden geçmiş vaziyette Bayan Halloway'in yünü tarayıp iplik yapışını, bir yandan esrarlı kekini yerken, koyunların üremesiyle ilgili ders verişini izliyorlar. Çömlekçi metadon, camcı perkodan kullanıyor, kuyumcu Vicodin çakıyor ve bu insanların hepsi kendine en uygun yeri bulmuş gibi. Kulaklıklarını üç kenarlı şapkasının altına saklayan seyis yamağı, aldığı ketaminin etkisi altında dinlediği müzik eşliğinde kendine özgü dansını yaparak seğiriyor. Bu herifler, boktan kırsal eşyalar satan tükenmiş bir grup hipiden başka bir şey değil; ama yine de, tabii bu benim şahsi görüşüm.

Çitfçi Reldon bile mısırların, fasulye sırıklarının, çerçöpün arkasında kalan bir yerde, kendi adına bir parselde marihuana yetiştiriyor. Ama o bunlara marihuana değil de, kenevir diyor.

Dunsboro kolonisinin belki de tek komik yanı fazlasıyla otantik olması; ama kesinlikle yanlış sebeplerden ötürü. Bütün bu zavallı ve delilerin burada saklanmasının sebebi, gerçek dünyada ve gerçek işlerde başarılı olamamaları; başlangıçta İngiltere'yi terk edip Amerika'ya gelişimizin sebebi de bu değil miydi zaten? Kendi almaşık gerçekliğimizi yaratmak için. Hacılar o dönemin delileri değiller miydi? Mesai arkadaşlarım olan bu zavallılar Tanrı'nın sevgisiyle ilgili değişik bir şeylere inanmak yerine, özgürlüğü davranış bozukluklarında bulmak istiyorlar.

Ya da küçük iktidar ve aşağılama oyunlarında. Dantelli perdelerin ardındaki Majesteleri Charlie başarısız bir drama oyuncusundan başka bir şey değil. O burada kanunu temsil ediyor ve tek yaptığı boyunduruğa vurulanları izleyip beyaz eldivenli elleriyle aletini sıvazlamak. Bunları tarih derslerinde öğretmiyorlar tabii; ama sömürge döneminde geceyi boyunduruğa bağlı geçirmeye mahkûm olan kişiyi her önüne gelen mıhlayabilirdi ve bu gayet adil sayılıyordu. Tepetaklak boyunduruğa asılan kadın veya erkeğin kendisini yumruklayanın kim olduğunu öğrenme şansı da olmazdı. İnsanların bu cezaya çarptırılmak istememesinin asıl sebebi buydu. Tabii, sabaha kadar yanınızda duracak, sizi koruyacak, kıçınıza sahip çıkacak bir akrabanız veya arkadaşınız varsa sorun olmazdı.

"Dostum" diyor Denny. "Yine pantolonumla sorunum var."

Pantolonunu yukarı çekiyorum.

Denny'nin yağmurdan ıslanan tişörtü bir deri bir kemik kalmış sırtına yapışmış olduğu için tişörtün altından omuz kemiklerinin ve omurgasının izi belli oluyor. Denny'nin teni, üzerindeki pamuklu kumaştan bile beyaz. Tahta sabolarının tabanlarının etrafında biriken çamur içine damlıyor. Kafamda şapka olmasına rağmen paltom ıslanıyor ve nem yüzünden yün pantolonumun ağında büzüşen aletim ve toplarım kaşınmaya başlıyor. Sakat tavuklar bile kendilerine kuru bir yer bulmak için gıdaklayarak kaçışıyorlar.

Denny, "Dostum" diyerek burnunu çekiyor. "Gerçekten yanımda durmak zorunda değilsin."

Hatırladığım fiziksel belirtilere göre, Denny'nin bu denli solgun olması karaciğerinde tümör olduğu anlamına gelebilir.

Ayrıca bakınız: Kan kanseri.

Ayrıca bakınız: Akciğer ödemi.

Yağmur daha şiddetli bastırıyor. Bulutlar öyle kara ki, içerideki insanlar lambaları yakmaya başlıyorlar. Bacalardan çıkan duman üzerimize çöküyor. Turistler tavernaya doluşup Endonezya yapımı kalaylı maşrapalardan Avustralya birası içecekler. Dülger nalbant ve ebeyle marangozhanede oturup bali çekecek. Bu arada ebe de, kurmayı düşledikleri ama hiçbir zaman kuramayacakları müzik grubunun solisti olmaktan söz edecek.

Hepimiz burada kısıldık kaldık. Mütemadiyen 1734'teyiz. Hepimiz aynı zaman kapsülünün içinde hapsolduk, tıpkı aynı insanların otuz sezon boyunca kalacakları aynı ıssız adaya düştükleri ve asla yaşlanmadıkları ya da kaçmadıkları televizyon dizileri gibi. Bu insanlar hiç yaşlanmazlar; ama her bölüm biraz daha fazla makyaj yaparlar. Bence bu diziler garip bir biçimde oldukça otantik.

Garip bir biçimde kendimi hayatımın sonuna kadar burada dikilmiş olarak görebiliyorum. Denny'yle hep aynı bok diye sonsuza dek mızıldanmamız aslında bir lüks. Hep iyileşiyoruz. Tabii ki burada ona bekçilik ediyorum; ama daha da dürüst olmak gerekirse, Denny'nin kovulup burada beni bir başıma bırakmasındansa, onu her gün boyundurukta görmeyi tercih ederim.

Her hafta omurganızı kurcalayan bir doktor gibi olduğumdan pek de iyi bir arkadaş sayılmam.

Ya da size eroin satan torbacı gibi.

"Parazit" doğru kelime değil ama şu anda ilk aklıma geleni.

Denny'nin peruğu tekrar çamura düşüyor. Yağmurda sanki yaradan sızan kan gibi görünen "Ye beni" yazısı, Denny'nin soğuktan morarmış kulaklarının arkasından pembe bir yol çizerek iniyor, gözlerinin çevresinden ve yanaklarından süzülüp pembe damlalar halinde çamura düşüyor.

Duyduğumuz tek ses çamura damlayan, sazla kaplı damlara vuran ve bizi erozyona uğratan yağmurun sesi.

Sizi kurtardıktan sonra sonsuza dek bana tapınmanızı bekleyen biri olduğumdan pek iyi bir arkadaş değilimdir ben.

Denny hapşırıyor ve burnundan kıvrılan uzun ve sarımtırak bir sümük öbeği çamurun içinde duran peruğun üstüne düşüyor. Denny, "O iğrenç keçeyi tekrar kafama koyma olur mu dostum?" diyor. Sonra burnunu çekiyor. Sonra öksürüyor ve gözlüğü burnundan kayıp yerdeki pisliğin ortasına düşüyor.

Burun akması kızamık belirtisi olabilir.
Ayrıca bakınız: Boğmaca nöbeti.
Ayrıca bakınız: Zatürree.
Denny'nin gözlüğü bana Dr. Marshall'ı hatırlatıyor ve Denny'ye hayatımdaki bu yeni hatundan bahsediyorum; gerçekten doktor olduğunu ve onu götürmek için harcanacak çabaya değecek bir hatun olduğunu anlatıyorum.

Denny, "Sen hâlâ dördüncü basamakta mısın? Günlüğüne yazacağın olayları hatırlamanda yardımcı olmamı ister misin?" diye soruyor.

Seks bağımlılığımın eksiksiz ve amansız hikâyesini. Ah, evet, şu konuyu. Yaşadığım her ezik, her boktan dakikayı.

"Her şey yolunda, dostum. Hatta tedavi bile" diyorum.

Tıpkı büyümenizi asla istemeyen ana babanız gibi, pek iyi bir arkadaş değilimdir ben.

Baş aşağı asılı olan Denny, "Günlük tutmak her şeyin ilkini hatırlamama yardımcı oluyor" diyor. "İlk kez otuz bir çektiğimde, bunu benim keşfettiğimi sanmıştım. Avcumdaki sulu şeye baktım ve 'Bu beni zengin edecek' diye geçirdim içimden."

Her şeyin bir ilki vardır. İşlediğim suçların tamamlanmamış envanteri. Tamamlayamadığım şeylerle dolu olan hayatımda, bir tamamlanmamış olay daha.

Yerdeki çamurdan başka bir şey görmeyen Denny, "Dostum hâlâ orada mısın?" diye soruyor.

Bez parçasını burnuna dayayıp, "Sümkür" diyorum.

Beş

Fotoğrafçının kullandığı çiğ ışık arkalarındaki beton duvarda çirkin gölgeler oluşturmuştu. Birilerinin bodrum katındaki boyanmış duvardı bu. Maymun yorgun görünüyordu; uyuz hastalığı yüzünden derisi yamalıydı. Herifin görünüşü berbattı; neredeyse beline kadar inen bukleleriyle solgundu ama oradaydı işte, gevşemiş, ellerini dizlerine dayayıp kullanılmaya boyun eğmiş, şiş göbeği sarkmış, yüzü omzunun üzerinden fotoğraf makinesine dönmüş, gülümsüyordu.

"Mutlu" doğru kelime değil ama ilk akla geleni.

Küçük çocuğun pornografide hoşuna giden ilk şey seks değildi. Kafaları arkaya düşmüş, sahte orgazm pozları vererek birbirlerini düzen güzel insanların resimleri değildi hoşuna giden. En azından ilk başta değildi. Şu fotoğrafları internette bulduğunda daha seksin ne olduğunu bile bilmiyordu. Her kütüphanede internet vardı. Bütün okullarda da vardı. Nasıl her gittiğiniz kentte bir Katolik kilisesi bulabiliyorsanız ve bulduğunuz her kilisede aynı ayini duyuyorsanız, işte aynı şekilde çocuk da, evlatlık olarak gönderildiği her evde internet buluyordu. Aslına bakarsanız, eğer İsa çarmıha gerildiğinde kahkahalarla gülmüş olsaydı, Romalıların üzerine tükürseydi veya acı çekmekten başka bir şey yapabilseydi, çocuk kiliseyi çok daha fazla sevebilirdi.

Çocuğun en sevdiği internet sitesi pek de seksi değildi; en azından ona seksi gelmiyordu. Site, Tarzan kostümü giymiş o tıknaz herif ve herifin kıçına közlenmiş kestane gibi görünen o şeyleri sokan budala bir orangutanın yaklaşık bir düzine fotoğrafından ibaretti.

Herifin leopar desenli peştamalı bir yana kaymış, elastik kemeri ise fıçı gibi göbeğinin altına gömülmüştü.

Maymun da elindeki kestaneyle birlikte çömelmiş vaziyette hazır bekliyordu.

Bunun seksi olan hiçbir yanı yoktu. Yine de sitenin sayacı, bu fotoğrafları yarım milyondan fazla insanın görmüş olduğunu söylüyordu.

"Hac" doğru kelime değil ama ilk akla geleni.

Çocuğun aklı maymun ve kestanelere ermiyordu; ama herifi takdir ediyordu. Çocuk aptal olmasına aptaldı ama gene de bunda dimağının kavrayabileceğinin çok ötesinde bir şeyler olduğunu biliyordu. Doğrusu, hiç kimse bir maymunun bile kendisini çıplak görmesini istemezdi. Kıçının görünüşünden, çok kırmızı veya sarkık olabileceğinden endişe ederdi. Kaldı ki bir maymunun önünde domalmak için son derece cesur olmak gerekirdi ki, bu da çoğu insanda yoktu. Birisi bir maymunun, bir kameranın ve ışıkların önünde domalmaya cesaret etse bile, önce milyonlarca mekik çeker, solaryuma girer, saçlarını tıraş falan ettirirdi. Sonrasında da en güzel hangi pozisyonda göründüğünü keşfetmek üzere bir aynanın karşısında saatlerce domalırdı.

Ve sonra, sırf kestanelerle olsa bile gayet rahat görünmek gerekecekti.

Maymunla prova yapma fikri bile korkunçtu. Çünkü maymunlar tarafından reddedilme olasılığı vardı. Yeterli parayı öderseniz, bir insanı kıçınıza çeşitli nesneler sokmaya veya fotoğraflarınızı çekmeye razı edebilirdiniz. Peki ya bir maymunu? Bir maymun dürüst davranacaktır.

Tek umudunuz şu malum orangutanla çalışmak olurdu; çünkü görüldüğü kadarıyla bu orangutan pek de seçici değildi. Ya seçici değildi ya da inanılmaz derecede iyi eğitilmişti.

Sözün özü, olayın sizin güzel ve seksi olmanızla hiçbir ilgisi yoktu.

Sadede gelmek gerekirse, herkesin her zaman güzel görünmeye çalıştığı bir dünyada, bu adam güzel değildi. Maymun da değildi. Yaptıkları şey de değildi.

Sadede gelmek gerekirse, aptal çocuğu ilgilendiren şey pornografinin seks kısmı değildi. Çocuğu ilgilendiren kendine güvendi. Cesaretti. Bütünüyle utanmazlıktı. Rahatlık ve içten gelen dürüstlüktü. Orada öylece durup dünyaya şunu söyleyebilen öncü ruhtu: *Evet, boş bir öğleden sonramı böyle değerlendirmeyi seçtim ben. Götüme kestane sokan bir maymunla poz vererek.*

Nasıl göründüğüm benim gerçekten hiç umrumda değil. Sizin ne düşündüğünüz de.

Öyleyse bununla siz uğraşın.

Herif kendine saldırmakla, bütün dünyaya saldırmış oluyordu.

Yaptığı işin her anından memnun değildiyse bile, herifin yine de gülümseyebiliyor olması, rol keserek yolunu bulması aslında daha da takdir edilesi bir durumdu.

Aynen her porno filmin, insanlar birkaç adım ötede çırılçıplak seks yaparken, kameranın ardında duran, örgü ören, sandviç yiyen, saatine bakan bir sürü başka insan olduğunu anıştırması gibi...

Aptal çocuğa göre bu, aydınlanmaydı. Dünyada bu denli rahat ve güvenli olmak, Nirvana'yla eşanlamlıydı.

"Özgürlük" doğru kelime değil ama ilk akla geleni.

Küçük çocuk da bu türden bir gurur ve özgüvene sahip olmak istiyordu. Günün birinde.

Maymunla birlikte poz veren kendisi olsaydı, her gün o fotoğraflara bakar ve şöyle düşünürdü: *Eğer bunu yapabiliyorsam, her şeyi yapabilirim.* Rutubetli bir bodrum katında, maymun kestanelerle sizi becerirken ve birisi de fotoğrafınızı çekerken gülümseyip kahkahalar atabiliyorsanız, başınıza gelebilecek herhangi bir başka olay bunun yanında solda sıfır kalırdı.

Hatta cehennem bile.

Gün geçtikçe aptal çocuk bu fikirlere iyiden iyiye kapılmaya başladı...

Eğer yeterince insan size bakarsa, bir daha asla başka birinin dikkatini çekmek zorunda kalmazdınız.

Eğer bir gün yakalanıp yeterince teşhir ve ifşa edilirseniz, bir daha asla saklanamazdınız. Sosyal hayatınızla özel hayatınız arasında bir fark kalmazdı.

Yeterince kazanıp başarılı olursanız, başka hiçbir şey kazanmak veya yapmak istemezdiniz.

Yeterince yiyip uyursanız, daha fazlasına ihtiyacınız olmazdı.

Yeteri kadar insan sizi severse, artık sevgiye ihtiyacınız olmazdı.

Yeteri kadar zeki olursanız.

Günün birinde yeteri kadar seks yapabilirdiniz.

Bunların hepsi küçük çocuğun yeni hedefleriydi. Ömrünün sonuna kadar göreceği hayallerdi. Bunlar şişko herifin gülüşünde gördüğü vaatlerdi.

Daha sonra ne zaman korksa, üzülse, yalnız kalsa, ne zaman evlatlık olarak yeni gönderildiği evde kalbi yerinden çıkacakmış gibi panik içinde uyansa ve yatağını ıslattığını fark etse, ne zaman farklı bir semtte okula başlasa, ne zaman Annecik onu almak için gelse, çocuk bütün rutubetli otel odalarında, bütün kiralık arabalarda domalan şişko herifin on iki fotoğrafını düşünüyordu. Maymunu ve kestaneleri düşünüyordu. Ve düşündüğü anda da sakinleşiveriyordu küçük bok. Çünkü o fotoğraflar ona bir insanın ne kadar cesur, güçlü ve mutlu olabileceğini kanıtlıyordu.

Acı çekmeyi seçtiğiniz zaman işkencenin sadece işkence, aşağılanmanın da sadece aşağılanmaktan ibaret olduğunu kanıtlıyordu.

"Kurtarıcı" doğru kelime değil ama ilk akla geleni.

Ne ilginçtir ki, birisi hayatınızı kurtardığında, ilk yapmak istediğiniz şey başkalarını kurtarmaktır. Bütün diğer insanları. Hem de herkesi.

Çocuk o adamın adını asla öğrenemedi. Ama gülüşünü hiç unutmadı.

"Kahraman" doğru kelime değil ama ilk akla geleni.

Altı

Annemi bir sonraki ziyaretimde de hâlâ eski avukatı Fred Hastings'im ve annem bütün öğleden sonra saçma sapan şeylerden bahsediyor. Ta ki ona hâlâ bekâr olduğumu söyleyene kadar. Çok ayıp, diyor. Sonra da televizyonu açıyor ve pembe dizilerden birini izlemeye başlıyor; hani şu gerçek insanların sahte sorunları olan sahte insanları oynadığı ve gerçek insanların gerçek sorunlarını unutmak için izlediği dizilerden birini.

Bir sonraki ziyaretimde hâlâ Fred'im ama bu defa evli ve üç çocukluyum. Bu daha iyi; ama üç çocuk... Üç, çok. İnsanlar en fazla iki çocuk yapmalı diyor.

Bir sonraki ziyaretimde iki çocuğum var.

Her ziyaretimde annem biraz daha eriyip yok oluyor.

Bir bakıma, yatağının yanındaki sandalyede oturan Victor Mancini de gittikçe eriyip yok oluyor.

Bir sonraki gün annemi ziyarete kendim olarak gidiyorum ve annemin beni lobiye kadar geçirmesi için hemşireyi çağırmak üzere zile basması iki dakika bile sürmüyor. Ben montumu alana kadar konuşmadan oturuyoruz ve sonra annem, "Victor" diyor.

"Sana bir şey söylemem lazım" diyor.

Parmaklarının arasında bir iplik parçasını yuvarlıyor. İpliği iyice küçülene kadar yuvarladıktan sonra bana bakıp, "Fred Hastings geldi. Fred'i hatırlıyorsun, değil mi?" diye soruyor.

Evet, hatırlıyorum.

Bir karısı ve iki de nur topu gibi çocuğu var. Hayatın onun gibi iyi bir insanın yüzüne güldüğünü görmek memnuniyet verici, diyor.

"Ona arazi satın almasını söyledim; ama bugünlerde pek almıyorlar" diye ekliyor.

Kimler almıyor diye sorduğum anda yine zile basıyor.

Dışarı çıkarken Dr. Marshall'ın koridorda beklediğini görüyorum. Tam da annemin kapısının önünde duruyor ve elindeki dosyanın sayfalarını karıştırıyor. Kafasını kaldırıp bana bakıyor; kalın camlı gözlüğünün ardında gözleri boncuk gibi görünüyor. Bir eliyle tükenmezkalemi hızlı hızlı açıp kapıyor.

"Bay Mancini" diyor. Gözlüğünü çıkarıp laboratuvar önlüğünün cebine koyuyor. "Bu önemli; annenizin durumunu konuşmamız gerekli."

Mide tüpünü.

"Başka seçenekler var mı diye sormuştunuz" diyor.

Koridorun sonundaki hemşire odasından kafa kafaya vermiş üç görevli bizi izliyor. Adı Dina olan görevli, "Size göz kulak olmamız gerekiyor mu?" diye sesleniyor.

Dr. Marshall, "Siz kendi işinize bakın lütfen" diye cevap veriyor.

Sonra da bana dönüp, "Bu küçük bakımevlerinde personel sanki hâlâ lisedeymiş gibi davranıyor" diye fısıldıyor.

Dina'yla birlikte olmuştum.
Ayrıca bakınız: Clare, Kadrolu Hemşire.
Ayrıca bakınız: Pearl, Hemşire Yardımcısı.
Seksin büyüsü, kendine mal etmenin yükü olmaksızın kazanmaktır. Eve ne kadar çok kadın götürürseniz götürün, asla anımsama sorunu yoktur.

Dr. Marshall'ın kulaklarına ve sinirli ellerine, "Zorla beslenmesini istemiyorum" diyorum.

Hemşirelerin gözü hâlâ üzerimizdeyken kolumdan tutup bizi onlardan uzaklaştırıyor ve "Annenizle konuşuyorum. Kendisi sessiz bir kadın. Siyasi eylemleri. Yaptığı bütün gösteriler. Onu çok seviyor olmalısınız" diyor.

"Ben o denli ileri gitmezdim" diyorum.

Duruyoruz ve Dr. Marshall bir şeyler fısıldıyor. Duyabilmek için ona yaklaşıyorum. Hem de oldukça. Hemşireler hâlâ izliyor. Göğsüme doğru soluk alıp verirken, "Ya annenin beynini tamamen yenilersek?" diyor. Elindeki kalemi çıt çıt açıp kapamaya devam ederken, "Ya onu eskisi gibi zeki, güçlü ve canlı haline döndürebilirsek?" diye ekliyor.

Annemi eski haline döndürmek mi?

"Bu mümkün olabilir" diyor Dr. Marshall.

Hiç düşünmeden, "Tanrı korusun" deyiveriyorum.

Sonra hemen toparlanıp, "Bu çok da iyi bir fikir olmayabilir" diye ekliyorum.

Koridorun ucundaki hemşireler elleriyle ağızlarını kapatıp gülüyorlar. Aradaki onca mesafeye rağmen Dina'nın, "Tam da onun isteyeceği şey" dediğini duyabiliyorsunuz.

Bir sonraki ziyaretimde yine Fred Hastings oluyorum ve çocuklarımın her ikisi de okulda takdir alıyor. O hafta Bayan Hastings yemek odasını yeşile boyuyor.

Annem, "İçinde yemek yenecek bir oda için mavi daha iyidir" diyor.

Ondan sonraki hafta yemek odamızın rengi mavi oluyor. East Pine Caddesi'nde oturuyoruz. Katolik'iz. Paramızı City First Federal Bankası'na yatırıyoruz. Chrysler arabamız var.

Hepsi de annemin tavsiyesi.

Bir sonraki hafta, geçen haftadan beri kim olduğumu unutmamak için detayları bir kenara yazmaya başlıyorum. Hastings ailesi tatil için Robson Gölü'ne gidiyor, diye yazıyorum. Alabalık avlıyoruz. Packers'ların kazanmasını istiyoruz. Asla istiridye yemiyoruz. Arazi satın alıyoruz. Her Cumartesi, hemşire, annem uyanmış mı diye bakarken ben de dinlenme salonunda notlarıma çalışıyorum.

Ne zaman odasına girip kendimi Fred Hastings olarak takdim etsem, televizyonu kapatmam için kumandayı işaret ediyor.

Evin etrafında şimşir iyi olur ama kurtbaharı daha iyidir, diyor annem.

Ben de hemen not alıyorum.

En kalite insanlar İskoç viskisi içer, diyor. Çatı derelerini ekim ayında, sonra da kasımda temizleyin, diyor. Uzun ömürlü olması için arabanızdaki hava filtresini tuvalet kâğıdına sarın. Yaprak dökmeyen ağaçlarınızı ilk buzlanmadan önce budamayın. Ve en iyi yakacak odun dişbudak ağacınınkidir.

Bunların hepsini not ediyorum. Ondan geriye kalanların envanterini de çıkarıyorum: benekler ve kırışıklıklar, şişmiş veya içi boşalmış deri, pullar ve lekeler. Kendime hatırlatma notları da yazıyorum.

Her gün güneş koruyucu krem sür.

Beyaz saçlarını boya.

Delirme.

Yağ ve şekeri azalt.

Daha çok mekik çek.

Bunları sakın unutma.

Kulaklarının içindeki kılları kes.

Kalsiyum al.

Cildini nemlendir. Her gün.

Sonsuza dek aynı kalmak için zamanı durdur.

Sakın yaşlanma.

"Oğlum Victor'dan haber alıyor musun? Onu hatırlıyor musun?" diyor annem.

Duruyorum. Kalbim sızlıyor; ama bu hissin ne anlama geldiğini unutmuşum.

Annem, Victor beni hiç ziyaret etmiyor; etse bile beni hiç dinlemiyor, diyor. Victor çok meşgul; aklı başında değil ve hiçbir şeyi umursamıyor. Tıptan atıldı ve hayatının içine ediyor. Battaniyeden bir iplik daha çekiyor. "Turist rehberliği ya da işte ona benzer bir iş buldu. Çok az maaş alıyor" diyor. İç geçiriyor ve berbat, sarı elleri kumandayı buluyor.

Victor sana bakmıyor mu, diye soruyorum. Kendi hayatını yaşamaya hakkı yok mu onun? Belki de Victor'ın çok meşgul olmasının sebebi, senin bakımın için gerekli parayı kazanmak için her gece geberene kadar çalışıyor olmasıdır. Ayda üç bin dolar tutuyor. Belki Victor'ın okulu bırakmasının sebebi de budur. Hazır konu açılmışken, Victor belki de elinden gelenin en iyisini yapıyordur, diyorum.

Victor belki de herkesin kendisinden beklediğinden çok daha fazlasını yapıyor, diyorum.

Annem gülümsüyor ve "Ah Fred" diyor. "Hâlâ, iflah olmaz bir suçluyu savunuyorsun."

Sonra televizyonu açıyor ve parlak bir gece elbisesi giymiş güzel bir kadın, başka genç ve güzel bir kadının kafasına şişeyle vuruyor. Saçı bile bozulmuyor ama kadın hafızasını kaybediyor.

Victor belki de kendi sorunlarıyla boğuşuyordur, diyorum.

Güzel kadın, hafızasını kaybeden kadını katil bir robot olduğuna ve kendisine vereceği emirleri yerine getirmek zorunda olduğuna inanmak üzere programlıyor. Katil robot yeni kimliğini öyle kolay kabulleniyor ki, insan, kadının hafızasını kaybetmiş numarası yaptığını ve aslında cinayet âlemlerine dalmak için başından beri fırsat kolladığını düşünmeden edemiyor.

Oturmuş diziyi izlerken annemle konuştuğum zamanki sinirim ve içerlemem hafifliyor.

Annem yumurta kırdığında, tabağımda tavadan kalkan siyah teflon parçacıkları da olurdu. Alüminyum tencerelerde yemek pişirirdi. Elyaflı alüminyum kupalardan limonata içerdik ve bardağın soğuk kenarını yalardık. Alüminyum tuzundan yapılma deodoranlar kullanırdık. Gördüğünüz gibi, bu noktaya gelişimizin bin bir türlü sebebi var.

Reklamlar başlayınca annem Victor'ın özel yaşamıyla ilgili bir tek iyi şey söylemesi istiyor. Eğlenmek için ne yapar? Gelecek sene kendini nerede görüyor? Bir sonraki ay? Gelecek hafta?

Bugüne dair bile bir fikrim yok.

Ve Annem, "Victor her gece geberene kadar çalışıyor derken, ne bok ima etmek istedin sen?" diye soruyor.

Yedi

Garson gittikten sonra, dana bifteğinin yarısını ağzıma tıkıştırmaya çalışıyorum. Denny, "Dostum" diyor, "şunu burada yapma bari!"

Etrafımızı çevreleyen insanlar şık giysileri içinde yemeklerini yiyorlar. Mumlar ve kristaller arasında, özel yemekler için ekstra özel çatallarla. Hiç kimse şüphelenmiyor.

Taze öğütülmüş karabiberli, tuzlu, yumuşacık ve lezzetli koca biftek parçasını içine sokabilmek için ağzımı öyle bir açıyorum ki dudaklarım çatlayacakmış gibi geriliyor. Ağzımın içinde daha fazla yer açabilmek için dilimi geriye çekiyorum ve ağzımda su yükseliyor. Bifteğin sosu ve ağzımda biriken su çenemden akıyor.

Kırmızı et öldürür diyenler, bir bok bilmiyor.

Denny hızlıca etrafına bir göz atıp dişlerinin arasından, "Hırs yapıyorsun, dostum" diyor. Kafasını sallayarak ekliyor: "Seni sevsinler diye insanları kandıramazsın."

Yanımızdaki masada saçları beyazlamış, parmaklarında alyans olan evli bir çift var. Birbirlerine bakmadan yemeklerini yiyorlar ve önlerindeki aynı oyun veya konserin broşürünü inceliyorlar. Şarabı bitince kadın şişeye uzanıp kendi bardağını dolduruyor. Adamınkini doldurmuyor. Adamın bileğinde gülle gibi altın bir saat var.

Denny yaşlı çifti izlediğimi görünce, "Onları uyarırım. Yemin ederim yaparım" diyor.

Bizi tanıyabilecek garson var mı diye etrafı kesiyor. Sonra da alt dişlerini dışarı doğru uzatıp bana bakıyor.

Ağzıma aldığım biftek parçası öyle büyük ki dişlerim birleşmiyor. Yanaklarım esniyor. Dudaklarım kapanmak için büzüşüyor ve eti çiğnemeye çalışırken burnumdan nefes almak zorunda kalıyorum.

Siyah ceketli garsonların hepsinin kolunda güzel bir havlu asılı. Havada keman tınıları var. Masalarda gümüş takımlar ve Çin porselenleri. Normalde bu işi bu tür bir yerde yapmıyoruz; ama elimizdeki restoran seçenekleri azalıyor. Her şehirde yemek yenecek belli sayıda restoran var ve bu tür hünerleri aynı restoranlarda tekrarlamamak gerekiyor.

Biraz şarap içiyorum.

Bize yakın başka bir masada yemek yiyen çift el ele tutuşmuş.

Belki bu gece onlar olacak.

Başka bir masada takım elbiseli bir adam dalgın dalgın yemek yiyor.

Belki de bu gecenin kahramanı odur.

Biraz daha şarap içip yutmaya çalışıyorum ama, biftek o kadar büyük ki boğazıma takılıyor. Nefes alamıyorum.

Bir saniye sonra öyle hızlı ayağa fırlıyorum ki oturduğum sandalye arkaya devriliyor. Ellerim boğazıma yapışıyor. Ayakta, boyalı tavana doğru nefes almaya çalışıyorum; gözlerim yuvalarından fırlıyor. Çenem ileriye doğru uzanıyor.

Denny tabağımdaki brokoliyi çalmak için çatalıyla uzanırken, "Dostum çok abartıyorsun" diyor.

Beni kurtaracak kişi belki kirli tabakları toplayan on sekiz yaşındaki komi olacak, belki de fitilli kadifeye benzer boğazlı süveter giymiş genç. Hangisi bilemiyorum ama bu insanlardan bir tanesi birazdan ömrünün sonuna kadar bana değer vermeye başlayacak.

İnsanlar yerlerinden fırladılar bile.

Belki bileğine çiçek buketi takmış olan kadın.

Ya da uzun boyunlu ve tel gözlüklü adam.

Bu ay üç tane yaş günü kartı aldım ve henüz ayın on beşi bile değil. Geçen ay dört, ondan önceki ay da altı tebrik kartı almıştım. Kartları yollayan insanların çoğunu hatırlayamıyorum bile. Tanrı hepsini korusun ama onlar beni hiçbir zaman unutamayacaklar.

Nefes alamadığım için boynumdaki damarlar şişiyor. Yüzüm kızarıyor ve yanmaya başlıyor. Alnımda ter damlaları birikiyor. Sırtımdaki ter gömleğimi ıslatıyor. Ellerimle boğazımı sıkıyorum. Bu, evrensel işaret dilinde boğularak ölmek demek. Bunun sayesinde İngilizce bilmeyen insanlardan bile yaş günü kartları alıyorum.

İlk birkaç saniye herkes birilerinin öne çıkıp kahraman olmasını bekliyor.

Denny uzanıp bifteğimin geri kalan kısmını da aşırıyor.

Ellerim hâlâ boğazımda, Denny'ye doğru sendeleyip bacağına bir tekme savuruyorum.

Kravatıma asılıyorum.

Yakamdaki düğmeleri kopararak açıyorum.

Denny, "Dostum, canımı yaktın" diyor.

Tabak toplayan komi geri çekiliyor. Kahramanlık ona göre değil.

Kemancı ve şarap servisi yapan garson birbiriyle yarışırcasına bana doğru ilerliyor.

Diğer taraftan siyah mini elbiseli bir kadın kalabalığı yarmakta. Beni kurtarmaya geliyor.

Başka bir taraftan adamın biri ceketini çıkarıp öne atılıyor. Başka bir yerde bir kadın çığlık atıyor.

Bu hiçbir zaman çok uzun sürmüyor. Bütün macera en fazla bir, bilemedin iki dakikada sona eriyor. Böyle olması benim açımdan çok iyi; çünkü ağzım yemekle doluyken, nefesimi en fazla o kadar tutabiliyorum.

İlk tercihim gülle gibi altın saati olan adam; çünkü hem durumu kurtarır, hem de yediğimiz yemeğin parasını öder. Şahsi tercihim ise siyah mini elbiseli kadın; çünkü çok güzel göğüsleri var.

Yediğimiz yemeğin parasını ödemek zorunda kalsak bile, para kazanmak için para harcamak gerektiğini düşünüyorum.

Denny bir yandan tıkınıyor, bir yandan da, "Bu yaptığın şey son derece çocukça" diyor.

Tekrar ona doğru sendeleyip onu tekmeliyorum.

Bunu yapıyorum çünkü böylece insanların hayatına biraz heyecan katmış oluyorum.

Bunu yapıyorum çünkü yeni kahramanlar yaratıyorum.

İnsanları sınıyorum.

Anneme çekmişim.

Bunu yapıyorum çünkü ben bu yolla para kazanıyorum.

Biri hayatınızı kurtardığında sizi sonsuza dek sevecektir. Şu eski Çin geleneğini bilirsiniz. Hayatınızı kurtaran kişi, sonsuza kadar hayatınızdan sorumlu olur. Artık onların çocuğu gibi olursunuz. Ömürlerinin sonuna kadar bu insanlar bana mektup yazacaklar. Yıldönümlerinde kart atacaklar. Yaş günlerinde. Ne kadar çok insanın aynen bu şekilde düşündüğünü bilseniz kafayı yersiniz. Beni ararlar. Halimi hatırımı sorarlar. Desteğe ihtiyacım olup olmadığını bilmek isterler. Ya da paraya.

O paraları da orospularla yemiyorum ben. Annemin St. Anthony's Bakımevi'ndeki aylık gideri yaklaşık olarak üç bin papel tutuyor. Bu iyi kalpli, merhametli insanlar benim hayatımı kurtarıyor. Ben de anneminkini. Bu iş bu kadar basit.

Zayıfmış gibi yaparak, güç kazanırsınız. Kendinizi güçsüz göstererek diğer insanların kendilerini güçlü hissetmesini sağlayabilirsiniz. İnsanların sizi kurtarmasına izin vererek aslında siz onları kurtarırsınız.

Tek yapmanız gereken nazik ve minnettar davranmaktır. Bu yüzden ezilen taraf olmaya devam edin.

İnsanların üstünlük taslayabilecekleri birine ihtiyaçları vardır. Bu yüzden mazlum olmaya devam edin.

İnsanların Noel'de çek yollayabilecekleri birine ihtiyaçları vardır. Bu yüzden fakir kalın.

"Hayırseverlik" doğru kelime değil ama ilk akla geleni.

Siz onların cesaretinin kanıtısınız. Bir zamanlar kahraman olduklarının kanıtı. Başarılarının kanıtı. Bu işi yapıyorum çünkü herkes yüzlerce kişinin gözü önünde bir insanın hayatını kurtarmak ister.

Denny elindeki bıçağın keskin ucuyla beyaz masa örtüsünün üzerine odanın eskizini çiziyor; mimarisini, kornişleri ve panoları, kapıların üstündeki kırık süslerin eskizlerini çizerken, bir yandan da ağzındakileri çiğnemeye devam ediyor. Önündeki tabağı ağzına dayayıp içindekileri yalayıp yutuyor.

Soluk borusunu açmak için, âdemelmasının tam altıyla, gırtlak kıkırdağının tam üstündeki oyuğu bulmak gerekir. Bir biftek bıçağı yardımıyla o noktaya bir buçuk santimlik yatay bir yarık açılır. Yarığı açmak için içine parmak sokulur. Yarığın içine de bir "trake" tüpü yerleştirilir; bu işi en iyi bir pipet veya tükenmezkalem görür.

Yüzlerce hastayı kurtaracak muhteşem bir doktor olamadım; ama bu şekilde yüzlerce sözde doktor yaratan muhteşem bir hasta oldum.

Siyah fraklı bir adam seyircileri yararak hızla bana doğru yaklaşıyor. Elinde bir biftek bıçağı ve tükenmezkalem var.

Boğulmakla, bu insanların ölene kadar saygı duyacağı ve adınızı sayıklayıp duracağı bir efsane olursunuz. Size can verdiklerini düşünürler. Ömürleri boyunca yaptıkları en iyi iş ve ölüm döşeğindeyken varlıklarının ispatı olarak andıkları tek kişi siz olabilirsiniz.

Bu yüzden saldırgan kurbanı ve dibe vurmuş zavallıyı oynayın. Profesyonel hatanın ta kendisi olun.

Eğer onlara kendilerini Tanrı gibi hissettirebilirseniz, insanlar deveye hendek bile atlatırlar.

Aziz Benliğimin şehit oluşu.

Denny benim tabağımdakileri de kendi tabağına boşaltıp tıkınmaya devam ediyor.

Şarap servisi yapan garson yanı başımda. Siyah mini elbise tam önümde duruyor. Altın saatli adam da öyle.

Bir dakika içinde arkamdan bir çift kol beni saracak. Hiç tanımadığım biri bana sıkıca sarılıp göğüs kafesimin altını yumruklayacak ve kulağıma, "Bir şeyin yok" diyecek.

Kulağınıza fısıldamaya devam edecek: "İyileşeceksin."

Bir çift kol etrafınıza dolanacak, belki de ayaklarınızı yerden kesecek ve yabancının biri kulağınıza, "Nefes al! Nefes al, seni lanet olası!" diye fısıldayacak.

Doktorun yeni doğmuş bebeği tokatladığı gibi, bir yabancı sırtınıza vuracak ve çiğnemeden yuttuğunuz koca biftek parçası ağzınızdan fırlayacak. Bir saniye sonra birlikte yere yıkılacaksınız. Siz hıçkırırken biri size her şeyin yolunda olduğunu söyleyecek. Hayatta olduğunuzu. Birinin sizi kurtardığını. Ama az kalsın ölecek olduğunuzu. Kafanızı bağrına yaslayıp sallarken, "Herkes geri çekilsin. Yer açın. Gösteri bitti" diyecek.

Artık onların çocuğu oldunuz bile. Onlara aitsiniz.

Dudaklarınıza su dolu bir bardak dayayacaklar ve "Sakin ol. Konuşma. Her şey geçti" diyecekler.

Sessiz ol.

Yıllar sonra bile bu insan sizi arayacak ve size mektuplar yollayacak. Tebrik kartları ve belki de çekler alacaksınız.

Kim olursa olsun, bu kişi sizi sevecek.

Kim olursa olsun, kendisiyle gurur duyacak. Kendi yakınlarınız duymasa bile, bu insan sizinle gurur duyacak; çünkü siz onun kendisiyle gurur duymasını sağladınız.

Bir yudum su içip öksüreceksiniz ki kahramanınız çenenizi bir mendille silebilsin.

Bu yeni dostluğu pekiştirmek için her şeyi yapın. Bu evlat edinme olayını pekiştirmek için. Detaylarla süslemeyi de unutmayın. Sümüklerinizle elbiselerini kirletin ki gülümseyip sizi bağışlayabilsin. Sıkıca sarılın ve kavrayın. Gerçekten ağlayın ki gözyaşlarınızı silebilsin.

Numara yaptığınız sürece ağlamanın kötü bir yanı yoktur.

Hiç çekinmeyin. Çünkü bu, birinin hayatının en güzel hikâyesi olacak.

En önemlisi ise, eğer berbat bir trake izi istemiyorsanız, elinde biftek bıçağı, çakı veya falçata olan birisi yanınıza gelmeden evvel nefes almaya başlamaktır.

Hatırlamanız gereken başka bir detay da, ağzınızdaki ıslak yemek bulamacını dışarı püskürtürken ve bulunduğunuz yeri cansız et ve suyla kaplarken direk Denny'ye bakmanız gerektiğidir. Denny'nin ailesi, büyükanne ve büyükbabaları, teyzeleri ve dayıları ve sürüsüne bereket kuzeni, yani kendisini her türlü beladan kurtaracak bin tane akrabası var. Bu yüzden Denny beni hiçbir şekilde anlayamıyor.

Denny hariç herkes, bazen restorandaki bütün insanlar ayağa kalkıp alkışlar. Bazıları mutluluktan ağlar. Mutfaktakiler dışarı fırlar. Beş dakika geçmeden, olay kulaktan kulağa yayılır. Herkes kahramana içki ısmarlar. Hepsinin gözü yaşarır.

Kahramanın elini sıkarlar.

Sırtını sıvazlarlar.

Bu olay sizinkinden çok, onların yeniden doğuşudur; ama yıllar boyu aynı tarihte size doğum günü kartı yollarlar. Çoğalan ailenizin yeni üyesi olurlar.

Ve Denny sadece kafasını sallayıp, tatlı mönüsünü görmek ister.

Bunların hepsini işte bu yüzden yaparım. Bu kadar belaya bu yüzden katlanırım. Cesur bir yabancıyı vitrine çıkarmak için. Bir kişiyi daha sıkıntıdan kurtarmak için. Sadece *para* için değil. Sadece *aşırı sevgi* için değil.

Ama bunların ikisinden de zarar gelmez.

Her şey bu kadar kolaydır. Bunun güzel ya da yakışıklı

olmakla bir ilgisi yoktur; en azından dışarıdan öyledir. Ama yine de kazanan siz olursunuz. Kırılgan olun ve aşağılanmaktan korkmayın. Bütün hayatınız boyunca insanlara şunu söyleyin: *Üzgünüm. Üzgünüm. Üzgünüm. Üzgünüm. Üzgünüm...*

Sekiz

Cepleri kızarmış hindiyle dolu olan Eva koridorda beni takip ediyor. Ayakkabılarının içinde Salisbury usulü biftek var; çiğnenmiş. Tozlu ve buruşuk bir kadife gibi görünen teni, ağzına kadar inen yüzlerce kırışıkla kaplı. Tekerlekli sandalyesiyle beni takip ederken, "Hey sen! Kaçma benden" diyor.

Damar topaklarından geçilmeyen elleriyle sandalyesinin tekerleklerini çeviriyor. Kamburu çıkmış; şişen dalağı yüzünden de hamileymiş gibi görünüyor. Koridorda beni takip ederken, "Beni incittin" diyor.

"Bunun aksini iddia edemezsin" diyor.

Üzerinde yediği yemeklerin renginde bir mama önlüğü var ve "Sen beni kırdın ve bunu Anneye anlatacağım" diyor.

Annem kaldığı bu bakımevinde bir bileklik takmak zorunda. Mücevher falan değil; asla çıkaramayacağı şekilde sıcak kaynak yapılmış, plastikten bir bileklik. Ne kesmek mümkün ne de sigarayla yakarak çıkarmak. İnsanlar dışarı çıkabilmek için her türlü yolu denemişler.

Kolunuzda bu bileklikle koridorda yürürken kapıların kilitlendiğini duyabiliyorsunuz. Plastiğin içine yerleştirilen manyetik bir bant veya benzeri bir şey, sinyal yolluyor. Siz adımınızı atamadan bütün asansörlerin kapıları kapanıyor. Dört adım kadar yaklaşırsanız hemen hemen bütün kapıları kilitliyor bu sinyal. İzin verilen kattan başka kata geçemiyorsunuz. Sokağa çıkamıyorsunuz. Bahçeye, dinlenme salonuna, ibadet odasına veya yemekhaneye gidebiliyorsunuz ama bunun dışında hiçbir yere gitmenize izin verilmiyor.

Bir şekilde dış kapıya ulaşmayı başarsanız bile, bileklik alarmları çalıştırıyor.

Burası St. Anthony's. Halılar, perdeler, yataklar, hemen hemen her şey yanmaz kumaştan yapılmış. Ayrıca leke de tutmuyor. Nerede ne tür pislik yaparsanız yapın hemen siliveriyorlar. Burası bir bakımevi. Size bunları anlatırken kendimi kötü hissediyorum. Çünkü sürprizi berbat ediyorum. Bunların hepsini zaten kendiniz göreceksiniz çok yakında. Tabii eğer o kadar uzun yaşarsanız.

Ya da uzun yaşamaktan vazgeçip vaktinden önce kafayı sıyırırsanız.

Annem de, Eva da, hatta siz bile; yani herkes bileklik takmak zorunda.

Burası bir tımarhane değil. Kapıdan içeri adım attığınız anda burnunuza çiş kokusu çarpmıyor. Ayda üç bin papel ödeyince böyle bir şey olmuyor. Bir asır önce burası bir manastırmış ve rahibeler çok güzel bir gül bahçesi yapmışlar. Güzel, duvarlarla çevrili ve kaçmak imkânsız.

Her köşede bir güvenlik kamerası var.

Ön kapıdan girer girmez, buranın yerlileri yavaş ve ürkütücü şekilde üzerinize doğru gelmeye başlıyor. Bir ziyaretçinin içeri girdiğini gören bütün tekerlekli sandalyeler ve elinde bastonu veya koltuk değneği olan insanlar ziyaretçiye doğru sürünüyor. Uzun boylu ve insana dik dik bakan Bayan Novak teşhircilerden. Annemin yan odasında kalan kadın bir sincap. Teşhirciler, fırsat buldukları her an giysilerini çıkaranlardır. Hemşireler bu hastalara gömlek ve pantolon gibi görünen ama aslında tek parça olan bir tulum giydirirler. Gömlek ve pantolon bel kısmından birbirine dikilmiştir. Gömleklerin düğmeleri, pantolonların da fermuarları göstermeliktir. Tulumu giymek veya çıkarmak için, arkadaki uzun fermuarı açmak gerekir. Buradaki hastalar sınırlı hareket olanağına sahip yaşlı insanlar oldukları için, bu giysiyi üzerine geçiren kişi saldırgan bir teşhirci olsa bile üç kere kapana kısılmış demektir. Tulumunun, bilekliğinin ve bakımevinin içinde.

Sincaplar yemeğini çiğneyen ama sonra ne yapması gerektiğini unutan hastalardır. Yemeği nasıl yutacaklarını unuturlar. Yutmak yerine, çiğnedikleri lokmaları elbiselerinin ceplerine tükürürler. Ya da çantalarının içine. Sandığınız kadar şirin bir şey değil, inanın.

Bayan Novak annemin oda arkadaşı. Eva ise bir sincap.

St. Anthony's'in birinci katı, isimlerini unutan, ortalıkta çırılçıplak koşturan ve lokmalarını ceplerine dolduran ama bunların dışında fazla zararlı olmayan insanlara ayrılmış. Bu katta, kullandıkları uyuşturucular yüzünden beyni pelteleşen ve travma geçiren gençler de var. Yürüyüp konuşabiliyorlar ama konuştukları şeyler rasgele seçilmiş sözlerden, laf salatasından ibaret.

"Önemsiz insanlar yol küçük günbatımı şarkı söylemek iple mor peçe gitti." İşte bu türden şeyler söylüyorlar.

İkinci kat yatalak hastalara ayrılmış. Üçüncü kattakiler ise ölümü bekleyenler.

Annem şimdilik birinci katta; ama hiç kimse ilelebet o katta kalmıyor.

Millet yaşlanan anasını babasını kamu kuruluşlarına bırakıp kimliğini de açıklamadan toz oluyor; Eva'nın buraya gelişi de böyle olmuş. Burada kim olduğu veya nerede bulunduğu hakkında hiçbir fikri olmayan bir sürü Dorothy ve Erma var. İnsanlar, terk ettiği kişileri nasıl olsa şehir veya eyalet yetkilileri toplar diye düşünüyor. Belediyenin çöpleri topladığı gibi.

Kurtulmak için plakalarını söküp bıraktığınızda, belediyenin gelip arabanızı çekmesi gibi.

Buraya "nine çöplüğü" deniyor; inanın şaka yapmıyorum. St. Anthony's Bakımevi belirli sayıda terk edilmiş nineyi, uyuşturucudan kafayı sıyırmış sokak çocuğunu ve intihara meyilli çöpçü kadını almak zorunda. Burada *çöpçü kadınlara* çöpçü kadın, sokak kadınlarına da *yosmacık* gibi şeyler denmiyor. Anladığım kadarıyla, birileri buraya yaklaşınca arabayı yavaşlatmış, Eva'yı arabadan atmış ve bir damla gözyaşı bile dökmemiş. Eve alıp da eğitemedikleri hayvanları atan insanlar gibi tıpkı.

Eva hâlâ peşimdeyken, annemin odasına varıyorum; ama o yok. Annemin yatıyor olması gereken yatakta, çişten ıslanmış koca bir çukur var. Sanırım annemi duşa götürmüşler. Böyle durumlarda hastaları koridorun sonundaki büyük, fayanslı odaya götürüp hortumla yıkıyorlar.

Burada, St. Anthony's'de, her Cuma gecesi *Pijama Oyunu* isimli filmi gösteriyorlar ve her seferinde tüm hastalar filmi ilk kez görecekmiş gibi televizyonun başına üşüşüyor.

Tombala var, el işi var, ziyaretçilerle birlikte gelen evcil hayvanlar var.

Dr. Paige Marshall var. Her nereye kaybolduysa.

Sigara içerken kendilerini yakmasınlar diye boyunlarından ayak bileklerine kadar uzanan yanmaz kumaştan önlükleri var buradakilerin. Duvarlarda Norman Rockwell posterleri var. Saçlarını yapmak için haftada iki kez kuaför geliyor. Ama bu ayrıca ücrete tabi. İdrar tutamama hali de ücrete dahil değil. Kuru temizleme ekstra. İdrar tahlili ekstra. Mide tüpleri de öyle.

Her gün bağcık bağlama, düğme ilikleme, kapak kapama gibi konularda dersler veriliyor. Kopça tutturma gibi konularda. Birileri çıtçıtlamayı gösteriyor. Başka biri fermuarınızı nasıl kapatacağınızı öğretiyor. Her sabah size isminizi söylüyorlar. Altmış yıldır tanışan ön sayfaya alalım insanlar tekrar birbirine tanıştırılıyor. Her sabah.

Burada artık fermuarını bile çekemez hale gelmiş doktorlar, avukatlar, büyük sanayiciler var. Eğitim vermekten ziyade hasar kontrolü yapılıyor bu insanlara. Yanmakta olan bir binayı boyamayı da deneyebilirsiniz.

St. Anthony's'de her Salı Salisbury usulü biftek çıkıyor. Çarşambaları mantarlı tavuk. Perşembe, spagetti. Cuma, kızarmış balık. Cumartesi, mısır ununa bulanarak kızartılmış et. Pazar, hindi rostosu.

Zaman öldürürken vaktin geçmesi için bin parçalık yap-bozlar var. Burada, üstünde en azından bir düzine insanın can vermediği bir tek çarşaf bile yok.

Eva tekerlekli sandalyesini annemin kapısının önüne çekmiş, orada duruyor. Birisinin, yattığı mezardan az önce çıkarıp sargılarını açtığı ve kafasına toz yumağı gibi cılız saçlar yerleştirdiği bir mumya kadar solgun görünüyor. Kıvırcık mavi kafası, küçük daireler çizerek sallanıp duruyor.

Ona her baktığımda, "Yaklaşma sakın" diyor Eva. "Dr. Marshall beni incitmene izin vermeyecek."

Hemşire geri gelene kadar annemin yatağının kenarına ilişip bekliyorum.

Annemin, saat başı farklı bir kuş sesiyle öten bir saati var. Sesler önceden kaydedilmiş. Saat bir olunca Amerikan ardıçkuşu ötüyor. Altıda sarıasma.

Öğlen ispinoz.

Baştankara ötünce saat sekiz demektir. Sıracıkuşu saat on bir.

Sanırım anladınız.

Sorun şu ki, kuşlarla saatleri örtüştürmek bazen karışıklık yaratabiliyor. Özellikle de dışarıdaysanız. Saatçi başından kuşçu başına terfi ediyorsunuz. Beyaz boyunlu serçenin sevimli ötüşünü her duyuşunuzda, "Saat ne zaman on oldu yahu?" diye düşünüyorsunuz.

Eva tekerlekli sandalyesinin bir kısmını annemin odasına sokuyor. "Sen beni incittin" diyor. "Ve ben hiçbir zaman Anneye bundan bahsetmedim."

Ah şu yaşlılar. Şu insan enkazları.

Saat tepeli baştankara buçuk olmuş bile. Otobüse yetişmem ve karga ötmeye başlamadan işte olmam gerekiyor.

Eva benim kendisini bir asır önce dolandıran ağabeyi olduğumu sanıyor. Memeleri ve kulakları korkunç derecede büyük ve sarkık olan, annemin oda arkadaşı Bayan Novak ise benim, pamuk çırçırı, dolmakalem veya benzeri bir şeyin patenti için kendisini dolandıran, üçkâğıtçı iş ortağı olduğumu.

Buradaki bütün kadınlar için farklı bir anlamım var benim.

"Sen beni kırdın" diyor Eva ve biraz daha yaklaşıyor. "Ve bunu hiç unutmadım ben."

Her ziyaretimde çalı kaşlı, kuru üzüm kılıklı yaşlı bir kadın bana koridorun ucundan, "Eichmann" diye sesleniyor. Çişini bornozunun altından sarkan şeffaf plastik bir torbaya yapan bir diğeri, beni onu çalmakla suçlayarak köpeğini geri istiyor. Tekerlekli sandalyesinde, pembe süveteri içinde bir çuval patates gibi oturan şu diğer yaşlı kadının yanından ne zaman geçsem bana yılan gibi tıslıyor. "Seni gördüm" diyor ve tek gözüyle şüpheli bir bakış fırlatıyor. "Yangının çıktığı gece seni onlarla birlikte gördüm."

Kazanma şansım yok. Muhtemelen Eva'nın hayatına giren bütün erkekler bir şekilde onun ağabeyi olmuş. Bilerek ya da bilmeyerek, Eva bütün hayatını erkeklerin kendisini kullanmasını bekleyerek ve umarak geçirmiş. Teni bir mumya gibi buruş buruş olduğu halde Eva hâlâ sekiz yaşında. Orada takılıp kalmış. Tüm ekibi sıfırı tüketmiş Dunsboro kolonisindekiler gibi St. Anthony's'dekiler de geçmişlerine tutsak olmuşlar.

Ben istisna değilim; sizin de istisna olduğunuzu sanmıyorum.

Denny'nin boyunduruğa tutsak olması gibi, Eva da kendi gelişimine tutsak olmuş.

"Sen" diyor Eva ve titreyen parmağını bana doğru uzatıyor. "Sen benim hislerimle oynadın."

Ah şu bunak yaşlılar.

"Bunun sadece bize ait bir oyun olduğunu söylemiştin" derken kafasını sallıyor ve sesi titriyor. "Bu bizim gizli oyunumuzdu; ama sonra sen kocaoğlanı içime soktun." Kemikli ve bükülmüş parmağı aletimi işaret ediyor.

Cidden, lafı bile benim kocaoğlanın bağırarak odadan kaçmak istemesine sebep oluyor.

Sorun şu ki, St. Anthony's'de nereye gidersem gideyim hep aynı şey oluyor. Başka bir yaşlı iskelet benim kendisinden beş yüz dolar ödünç aldığımı sanıyor. Başka bir çöpçü kadın benim şeytan olduğumu düşünüyor.

"Ve sen benim canımı yaktın" diyor Eva.

Buraya gelmemek ve tarihteki bütün suçların sorumluluğunu üstlenmemek elde değil. Buradaki bütün yaşlı ve dişsiz suratlara bağırmak istiyorsunuz. Evet, o Lindbergh bebesini ben kaçırdım.

Şu *Titanik* olayı var ya, onu da ben yaptım.

Kennedy suikastı, ah, evet o da bendim.

Büyük İkinci Dünya Savaşı görevi, atom bombası düzeneği. Bilin bakalım kim yaptı? Tabii ki ben.

AIDS virüsü? Kusura bakmayın. Yine ben.

Eva gibi bir dertle başa çıkmanın yolu, onun dikkatini başka yere çekmektir. Öğle yemeğinden, havadan sudan ve saçının ne kadar güzel göründüğünden bahsederek dikkatini dağıtmaktır. Zaten dikkatini bir şeye bir dakikadan fazla veremediği için, onu rahatlıkla daha hoş bir konu başlığına yönlendirebilirsiniz.

Eva'nın hayata karşı beslediği bu husumetle başa çıkmak için erkeklerin ne tür şeyler yaptığını tahmin edebilirsiniz. Sadece ilgisini başka yöne çek. Anı yaşa. Yüzleşmekten uzak dur. Kaç.

Bizler de kendi hayatlarımızda böyle yapmıyor muyuz? Televizyon izle. Ot iç. İlaç yut. Dikkatini başka şeylere kaydır. Otuz bir çek. İnkâr et.

Bütün vücuduyla öne doğru eğilip havada titreyen incecik parmağını bana doğru uzatıyor.

Dolandır.

Bayan Ölüm olmak üzere çoktan sıraya girmiş bile.
"Evet, Eva" diyorum. "Seni becerdim." Ve esniyorum. "Yaa! Her fırsatta içine girip deliler gibi boşaldım."
Buna psikodrama diyorlar. Ama siz buna nineleri çöpe atmanın başka bir türü de diyebilirsiniz.
Bükük parmağı titremeyi kesiyor ve Eva tekerlekli sandalyesine yaslanıyor. "Demek sonunda itiraf ettin" diyor.
"Lanet olsun, evet" diyorum. "Sen benim için kocaman bir götten başka bir şey değilsin, sevgili kız kardeşim."
Yerdeki belirsiz bir noktaya bakıyor ve "Bunca yıl sonra itiraf etti" diyor.
Bu rol yaparak terapidir; sadece, Eva bunun gerçek olmadığının farkında değil.
Kafası hâlâ havada küçük daireler çizerken gözlerini tekrar bana dikiyor. "Ve pişman değilsin, öyle mi?" diye soruyor.
Aslında, eğer İsa benim günahlarım uğruna kendini feda edecekse, sanırım ben de diğer insanların birkaç günahını üstlenebilirim. Hepimize günah keçisi olmak için bir şans verilir. Suçu üstlenmek üzere bir şans.
Aziz Benliğimin şehit oluşu.
Tarihteki her erkeğin günahını benim boynuma yükleyin.
"Eva" diyorum. "Bebeğim, tatlım, minik kardeşim, hayatımın aşkı, elbette pişmanım. Domuz gibi davrandım" derken saatime bakıyorum. "Sen acılı bir Meksika yemeği kadar çekiciydin, ben de kendimi tutamadım."
Sanki bu bokla uğraşmak zorundaymışım gibi. Eva guatrdan ötürü dışarı pörtlemiş gözleriyle bana bakıyor ve bu gözlerin birinden bir damla yaş yuvarlanıp yanağındaki pudrayı yalayarak aşağıya iniyor.
Gözlerimi tavana dikip, "Tamam, senin duygularınla oynadığımı kabul ediyorum; ama bu olay kahrolası seksen sene önceydi; o yüzden unut bunu. Hayatına devam et" diyorum.
Eva ağaç kökleri veya pörsümüş havuçlar gibi damarlı ve harap ellerini kaldırıp yüzünü örtüyor. Ellerinin ardından, "Ah Colin" diyor. "Ah Colin!"

Ellerini çekiyor. Yüzü gözyaşlarından sırılsıklam olmuş. "Ah Colin" diye fısıldıyor. "Seni affediyorum." Yüzü göğsüne düşüyor ve burnunu çeke çeke kısa hıçkırıklarla sarsılıyor. Korkunç elleriyle önlüğünü kaldırıp yüzünü siliyor.

Öylece oturuyoruz. Tanrım, keşke yanımda sakız olsaydı. Saatim on iki otuz beşi gösteriyor.

Gözlerini siliyor, iç geçiriyor ve bir süre bana bakıyor. "Colin, beni hâlâ seviyor musun?" diye soruyor.

Lanet olası bunaklar. İsa aşkına!

Ve eğer aklınızdan geçirdiğiniz buysa hemen söyleyeyim, ben bir canavar değilim.

Salak kitaplardaki gibi, "Evet, Eva" diyorum. "Evet, kesinlikle, seni hâlâ seviyorum sanırım."

Eva hıçkırıklara boğuluyor; yüzü neredeyse bacaklarına değecek ve bütün vücudu sarsılıyor. "Çok mutluyum" diyor. Gözyaşları ip gibi dümdüz iniyor; burnundan akan gri şeyler doğrudan boş ellerine damlıyor.

"Çok mutluyum" diyor, bir yandan ağlamayı sürdürerek. Çiğnedikten sonra ayakkabısına tükürdüğü Salisbury usulü bifteğin ve aynı şekilde gömleğinin cebine sakladığı çiğnenmiş mantarlı tavuğun kokusunu alabiliyorsunuz. Bu da yetmezmiş gibi, lanet olası hemşirenin annemi götürdüğü duştan geri getireceği de yok. Üstelik saat birden önce on sekizinci yüzyıldaki işimin başında olmam gerekiyor.

Dördüncü basamaktaki ödevimi yaparken kendi geçmişimi hatırlamak zaten yeterince zor. Şimdi hayatıma bir de bu insanların geçmişleri eklendi. Bugün hangi savunma avukatı olmam gerektiğini hatırlayamıyorum mesela. Tırnaklarıma bakıyorum. Eva'ya, "Dr. Marshall burada mı sence?" diye soruyorum. "Onun evli olup olmadığını biliyor musun?" diye soruyorum.

Annem benim hakkımdaki gerçekleri, kim olduğumu, babamı ve diğer gerçekleri biliyor olsa bile o kadar çok suçluluk duyuyor ki, söylemeye ödü kopuyor.

Eva'ya, "Lütfen gidip başka bir yerde ağlayabilir misin?" diye soruyorum.

Ama çok geç. Karga ötmeye başlıyor.

Ve Eva çenesini kapatmamakta ısrarlı. Önlüğü yüzüne dayalı, bileğindeki plastik bileklik titreyip duruyor ve bir yandan ağlayıp, bir yandan sallanırken, "Seni affediyorum Colin. Seni affediyorum. Seni affediyorum. Ah Colin, seni affediyorum..." diyor.

Dokuz

Bizim küçük aptal oğlanla üvey annesi öğleden sonra bir alışveriş merkezinde duydular o anonsu. Yaz aylarıydı; beşinci sınıfa başlayacak olan çocuk için alışveriş yapıyorlardı. O yıl dapdaracık çizgili gömlekler modaydı. Bu, yıllar önceydi. Öyle eskidendi ki, çocuğun yanındaki kadın daha ilk üvey annesiydi.

Çocuk kadına tam boyuna çizgilerden bahsediyordu ki duydular.

"Dr. Paul Ward, Woolworth'ün kozmetik reyonunda eşiniz sizi bekliyor" dedi anons eden ses herkese.

Bu, annesinin çocuğu götürmek için ilk gelişiydi.

"Dr. Ward, Woolworth'ün kozmetik reyonunda eşiniz sizi bekliyor."

Gizli bir sinyaldi bu.

Oğlan hemen bir yalan düşündü; tuvalete gitmesi gerektiğini söyleyip doğruca Woolworth'e gitti ve Anneciği orada saç boyalarının kutularını açarken buldu. Kadının kafasında yüzünü çok küçük gösteren kocaman, sarı bir peruk vardı ve sigara kokuyordu. Tırnaklarıyla bütün kutuları açtı ve içinde boyaların olduğu kahverengi şişeleri çıkardı. Bir kutuyu daha açtı ve içindeki şişeyi çıkardı. Elindeki şişeyi diğer kutulardan birinin içine koydu ve rafa yerleştirdi. Sonra başka bir kutu açtı.

Kutunun üzerindeki gülümseyen kadın resmine bakarak, "Bu çok güzel" dedi. Kutunun içindeki şişeyi, bir başka kutuya yerleştirdi. Bütün şişeler aynı koyu kahve renkli camdan yapılmıştı.

Başka bir kutu açarken, "Sence güzel mi?" diye sordu.

Çocuk öyle aptaldı ki, "Kim?" diye sordu.

Annecik, "Kim olduğunu biliyorsun" dedi. "Gençmiş de. İkinizi giysilere bakarken gördüm. Onun elini tutuyordun; bu yüzden yalan söyleme."

Ve çocuk o kadar aptaldı ki o anda oradan hemen kaçması gerektiğini anlayamadı. Çocuk, Anneciğin şartlı tahliyesine veya hakkındaki men emrine veya son üç aydır neden hapiste olduğuna ilişkin hiçbir şey getirmedi bile aklına.

Sarı saç boyalarını kızıl boya kutularının içine ve siyah boyaları sarı boya kutularının içine yerleştirirken Annecik, "Söyle bakalım, onu sevdin mi?" diye sordu.

"Bayan Jenkins'i mi kastediyorsun?" diye sordu çocuk.

Kutuları adamakıllı kapatmadan, süratli bir biçimde düzensizce raflara yerleştiren Annecik, "Onu sevdin mi?" diye sordu.

Sanki bunun bir faydası olacakmış gibi bizim küçük yardakçı, "O sadece üvey anne" dedi.

Gözlerini elindeki kutunun üzerindeki gülen kadından ayırmayan Annecik çocuğa dönüp bakmadan, "Onu sevdin mi diye sordum" dedi.

Bir alışveriş sepeti koridorda yanlarında durdu ve sarışın bir kadın içinde başka bir renkte boya olan sarı saç boyası kutusuna uzandı. Kutuyu sepetine atıp, uzaklaştı.

"Kendini sarışın sanıyor" dedi Annecik. "İnsanların şu küçük kimlik paradigmalarını birbirine katıp karmakarışık etmemiz gerekiyor."

Annecik buna, "Güzellik Endüstrisi Terörizmi" diyordu.

Küçük oğlan, artık yardım edilemeyecek kadar uzaklaşana dek kadının ardından baktı.

"Senin zaten bir annen var" dedi Annecik. "Peki bu seni evlat edinen kadına nasıl hitap ediyorsun?"

Bayan Jenkins.

"Peki onu sevdin mi?" dedi Annecik ve ilk kez dönüp çocuğa baktı.

Ufaklık kurnazlık yapmaya çalışıp, "Hayır mı demem lazım?" dedi.

"Onu sevdin mi?"

"Hayır."

"Ondan nefret mi ettin?"

Ve omurgasız küçük solucan, "Evet mi demem gerekiyor?" diye sordu.

Ve Annecik, "Olayı kavradın işte" dedi. Çocuğun gözlerinin hizasına dek eğildi ve "Bayan Jenkins'ten ne kadar nefret ediyorsun?" diye sordu.

Ve küçük pislik, "Çok, çok mu?" diye sordu.

"Çok, çok, çok..." dedi Annecik. Elini, tutması için çocuğa doğru uzattı ve "Acele etmemiz gerek. Yakalamamız gereken bir tren var" dedi.

Çocuğu kemiksiz kolundan yakalayıp cam kapıların ardındaki gün ışığına doğru çekiştirirken, "Sen benimsin. Benim. Şimdi ve sonsuza dek. Ve bunu hiç aklından çıkarma" dedi.

Çocuğu kapıdan çıkarırken, "Ve eğer olur da polis veya başka biri daha sonra sana sorular soracak olursa, şu üvey anne bozuntusunun baş başa kaldığınızda sana ne tür iğrenç ve ahlaksız şeyler yaptığını anlatacağım" dedi.

On

Şu anda oturmakta olduğum annemin eski evinde, ona ait evrakı, üniversite not dökümlerini, senetleri, raporları ve hesapları karıştırıyorum. Mahkeme tutanaklarını. Günlüğü hâlâ kilitli. Bütün hayatı orada.

Bir sonraki ziyaretimde, okul otobüsü olayından sonra çocuk kaçırma davasında annemi savunan Bay Benning oluyorum. Ondan sonraki hafta, hayvanat bahçesindeki hayvanlara saldırdığı için anneme verilecek hapis cezasını altı aya indiren savcı Thomas Weldon. Ondan sonra, bale gösterisinde kasıtlı olarak olay çıkarıp zarara sebebiyet vermekten yargılanan annemi savunan Amerikan yurttaşlık haklarının koruyucusuyum.

Deja vu'nun bir de tersi vardır. Buna *jamais vu* denir. Sürekli aynı insanlarla karşılaşıp aynı yerlere gidersiniz ama her seferinde ilk kez olmuş gibi hissedersiniz. Herkes her zaman yabancıdır. Hiçbir şey tanıdık gelmez.

Son ziyaretimde annem Victor nasıl diye soruyor.

Ben her kimsem. Hangi avukatsam artık.

Victor da kim, diye sormak istiyorum.

"Bilmek istemezsin" diyorum. "Kalbin kırılır." Sonra, "Victor nasıl bir çocuktu? Hayattan ne beklerdi? Hayalini kurduğu büyük hedefleri var mıydı?" diye soruyorum.

İşte bu noktada, sanki bir yerlerde gerçek insanların izlediği bir pembe dizideki insanlar tarafından izlenen başka bir pembe dizideki insanların izlediği bir pembe dizide oynuyormuşum gibi bir hisse kapılıyorum. Annemi görmeye her gelişimde, şu doktorla, küçük, siyah bir beyin gibi görünen saçları, kulakları ve gözlüğü olan doktorla, tekrar konuşma fırsatı yaratabilmek için koridorları gözler hale geldim.

Dosyası ve tavırlarıyla Dr. Paige Marshall. Annemin bir on veya yirmi yıl daha yaşayabilmesi için kurduğu korkunç hayalleriyle.

Dr. Paige Marshall, seksüel anestezi için bir potansiyel doz daha.

Ayrıca bakınız: Nico.

Ayrıca bakınız: Tanya.

Ayrıca bakınız: Leeza.

Bu, kendimi, her geçen gün kendimin berbat bir taklidi haline geliyormuşum gibi hissettiriyor bana.

Hayatımın, Zen Budizmi öğrencilerine meditasyon yapmaları için ödev olarak verilen ve mantıksal çözümü olmayan problemlerden hiçbir farkı yok.

Bir çalıkuşu ötüyor; ama öten gerçek bir kuş mu yoksa saat dört mü oldu emin değilim.

"Artık hafızam o kadar yerinde değil" diyor annem. Bir elinin baş ve işaret parmağıyla şakaklarını ovuşturarak, "Victor'a kendisiyle ilgili gerçeği söylesem mi, söylemesem mi bilemiyorum" diyor. Yastıklara gömülü vaziyette, "Çok geç olmadan,

Victor'ın gerçekte kim olduğunu öğrenmeye hakkı var mı diye düşünüyorum" diyor.

"Öyleyse söyle ona" diyorum. Getirdiğim bir kâse dolusu çikolatalı pudingden bir kaşık alıp ağzına tıkıştırmaya çalışıyorum. "Gidip onu arayabilirim" diyorum. "Victor birkaç dakika içinde burada olur."

Koyu kahverengi kabuğun altındaki puding daha açık kahverengi ve kokuyor.

"Ah ama söyleyemem ki" diyor annem. "Kendimi o kadar suçlu hissediyorum ki onun yüzüne bakamam. Nasıl tepki vereceğini bile bilmiyorum."

"Belki de Victor'ın bunları hiç bilmemesi daha iyidir" diyorum.

"Öyleyse bana anlat" diyorum "Anlat ve kurtul. Victor'a söylemeyeceğime söz veriyorum; tabii sen anlat dersen, o başka."

Gözlerini kısıp bana bakıyor; yaşlanmış teni gözaltlarından torba gibi sarkıyor. Çikolatalı puding ağzının etrafındaki kırışıklara bulaşmış. "Sana güvenip güvenemeyeceğimi nerden bileceğim? Kim olduğundan bile emin değilim" diyor.

Gülümseyerek, "Elbette bana güvenebilirsin" diyorum.

Kaşığı ağzına sokuyorum. Kara puding dilinin üzerinde öylece duruyor. Böylesi, mide tüpünden daha iyi. Pekâlâ, daha ucuz diyelim.

Televizyonun kumandasını elinden alıp, "Yut şunu" diyorum.

"Beni dinle. Bana güvenmelisin" diyorum.

"Ben O'yum. Victor'ın babasıyım" diyorum.

Uysal gözleri bana bakarken birden kocaman oluyor; yüzünün geri kalanı, kırışıklıkları ve teniyse sanki geceliğinin yakasına kayıyor. Korkunç sarı eliyle haç çıkarıyor ve ağzı göğsüne kadar açılıyor. "Ah, demek sen O'sun. Geri geldin" diyor. "Ah yüce İsa. Kutsal Babamız" diyor. "Ah lütfen beni affet."

On Bir

Gittiği bir gece kulübünde eline vurulan damga yüzünden tekrar ceza alan Denny'yi boyunduruğa bağlarken, "Dostum" diyorum.
"Bu çok garip" diyorum.
Denny, kilitlemem için ellerini yerlerine yerleştiriyor. Gömleğini iyice içine sokmuş. Sırtına binen yükü hafifletmek için dizlerini biraz kırması gerektiğini biliyor. Kilitlenmeden önce tuvaleti ziyaret etmesi gerektiğini de hatırlıyor. Bizim Denny'miz ceza alma konusunda neredeyse bir uzman oldu. Sevgili Dunsboro'da mazoşizm çok değerli bir maharettir.
Gerçi bu çoğu iş için geçerli.
Denny'ye dün St. Anthony's'de olanların, bir herifle tablosu-

nun hikâyesinin anlatıldığı şu eski filmdekinin, hani şu yüz yıl yaşayan ve hiç yaşlanmayan herifin hikâyesinin, aynısı olduğunu söylüyorum. Resimdeki adam ise gün geçtikçe çirkinleşiyor, alkol gibi şeyler yüzünden çöküyor ve ikinci dereceden frengi ve belsoğukluğu yüzünden burnu düşüyor.

St. Anthony's'dekilerin hepsinin gözleri kapanmış ve mırıldanıyorlar. Hepsi sürekli olarak gülümsüyor ve erdemliler. Ben hariç. Ben onların salak tablosuyum.

"Beni tebrik et dostum" diyor Denny. "Boyundurukta o kadar çok vakit geçirdim ki tam dört haftadır temizim. Düşünsene, on üç yaşımdan beri toplasan dört hafta çıkaramazsın."

Annemin oda arkadaşı Bayan Novak, diye anlatmaya devam ediyorum, kendisinin diş macunu buluşunu çaldığımı itiraf ettiğimden beri sürekli kafasıyla beni onaylıyor ve gayet memnun.

Başka bir yaşlı kadın, her gece yatağına işediğimi kabul ettiğimden beri bir papağan gibi şakıyor ve çok mutlu.

Hepsine evet dedim, her şeyi ben yaptım. Evini ben yaktım. Köyünü ben bombaladım. Kız kardeşini ben sınır dışı ettim. 1968 yılında o boktan mavi Nash Rambler'ı sana ben sattım. Sonra, evet, köpeğini de ben öldürdüm.

Hadi aşın artık bunları!

Benim üzerime yıkmalarını söyledim onlara. İğrenç tecavüz çetenizin pasif götü yerine koyun beni. Ben herkesin yükünü taşırım.

Herkes içindeki pisliği suratıma boşalttıktan sonra rahatlayıp canlanıyor. Kalabalık dağılmadan, herkes tavana bakıp gülmeye başlıyor, elimi sıkıp her şeyin yoluna girdiğini ve beni affettiğini söylüyor. Boktan amaçlarına ulaşıyorlar. Karılar ordusu başıma üşüşmüş dırdır ederken, yanımdan geçen uzun boylu bir hemşire, "Hımm, sen şu Bay Popüler olmalısın" diyor.

Denny burnunu çekiyor.

"Mendile mi ihtiyacın var dostum?" diye soruyorum.

İşin saçma tarafı ise, annemin iyileşmemesi. Fareli Köyün Kavalcısı'nı oynayıp insanların suçlarını ne kadar üzerime alırsam alayım, bir işe yaramıyor. İnsanların hatalarını ne kadar üstlenirsem üstleneyim, annem benim ben olduğuma, yani Victor Mancini olduğuma artık inanmıyor. Dolayısıyla, şu büyük sırrını anlatmayacak. Bu yüzden, galiba şu mide tüpünü taktırmak zorunda kalacağız.

"Temiz olmak şimdilik yeterince iyi" diyor Denny. "Ama günün birinde, sadece kötü şeyler yapmamaya çalışarak değil, iyi şeyler de yaparak geçirdiğim bir hayatımın olmasını istiyorum. Bilirsin..."

Daha da garip olan şey ise, diye anlatmaya devam ediyorum, şu yeni popülerlik olayını hemen kendi lehime çevirip, uzun boylu hemşirenin ağzına nasıl verebilirim diye düşünüyor olmam. Büyük bir sabırla, ümitsiz durumda olan yaşlı insanlarla ilgilendiğimizi ve onlara baktığımızı sandıkları için, hemşireleri becermek çok kolaydır.

Ayrıca bakınız: Caren, Kadrolu Hemşire.

Ayrıca bakınız: Nanette, Stajyer Hemşire.

Ayrıca bakınız: Jolene, Stajyer Hemşire.

Ama kiminle olursam olayım, kafamda hep şu diğer kız var. Şu Dr. Paige Falanca. Marshall.

Bu yüzden kiminle yatıyor olursam olayım, bulaşıcı hastalık taşıyan hayvanları, yol kenarlarında ölmüş ve şişmiş büyük rakunları ve güneşli bir günde son sürat giden kamyonların bu rakunları nasıl ezdiğini düşünmek zorunda kalıyorum. Yoksa anında boşalıveririm. İşte bu Dr. Paige Marshall denen kadın öylesine yer etti kafamda.

İnsanın elde ettiği kadını asla düşünmemesi komiktir aslında. Unutamadığın kişi, daima senden uzakta olandır.

"Bağımlılığım öylesine derin, öyle güçlü ki" diyor Denny, "ya boyunduruğa bağlamazlarsa diye korkuyorum. Hayatım sadece otuz bir çekmemeye çalışmaktan ibaret *olmamalı.*"

Her kim olursa olsun diğer kadınları becerilirken hayal edebiliyorum, diyorum. Bilirsin işte, bir arabanın sürücü koltuğunda bacaklarını açan bir kadın ve onun G noktası, senin kocaoğlanın çivilediği hatunun idrar yolunun arkası. Ya da, kendini hatunu sıcak bir küvetin kenarında domalmış vaziyette pompalarken hayal edebilirsin. Yani onun özel hayatını biliyorsundur.

Ama Dr. Paige Marshall'la durum farklı; o sanki becerilmekten fazlasını hak ediyor.

Leş yiyen kuşlar tepemizde dönüp duruyor. Kuş zamanına göre saat iki oluyor. Aniden çıkan rüzgâr Denny'nin paltosunun eteklerini omuzlarına savuruyor. Hemen düzeltiyorum.

"Bazen" deyip burnunu çekiyor. "Dayak yemek ve cezalandırılmak istermiş gibiyim. Artık Tanrı'nın olmaması da sorun değil benim için; ama yine de bir şeylere saygı duymak istiyorum. Kendi evrenimin merkezi olmak istemem."

Denny bütün öğleden sonra boyundurukta olacağı için odunları ben kesmek zorunda kalacağım. Mısırları kendi başıma toplamam gerekecek. Domuz etlerini tuzlayacağım. Yumurtaları ışıkta kontrol edeceğim. Domuzlara yem vereceğim. On sekizinci yüzyılın bu denli heyecanlı olacağını tahmin etmemiştiniz değil mi? Denny'nin arkasını toplarken kambur sırtına doğru, hiç olmazsa annemi ziyaret edip benmişim gibi davranabilirsin, diyorum. İtiraf edeceği şeyi öğrenmek için.

Denny yere bakıyor. İki yüz metre yukarıdaki leş yiyen kuşlardan biri Denny'nin sırtına beyaz, iğrenç bir parça bırakıyor.

Denny, "Dostum, benim bir misyona ihtiyacım var" diyor.

"Öyleyse misyonun bu olsun. Yaşlı bir kadına yardım et" diyorum.

Denny, "Dördüncü basamak nasıl gidiyor?" diye soruyor. "Dostum, yan tarafımda bir kaşıntı var, yardım eder misin?" diyor.

Kuş pisliğine dikkat ederek sırtını kaşımaya başlıyorum.

On İki

Telefon rehberi gün geçtikçe daha çok kırmızıya boyanıyor. Her gün daha fazla restoranın üzeri kırmızı keçeli kalemle çiziliyor. Bunlar öleyazdığım yerler. İtalyan. Meksika. Çin mekânları. Para kazanmak için dışarıda yemek yiyebileceğim yerlerin sayısı gün geçtikçe azalıyor gerçekten de. İnsanları beni sevmeleri için kandırabileceğim yerler eksiliyor.

Her zaman soru şudur: *Bu gece boğulabilecek durumda mısın?* Fransız mutfağı var. Maya yemekleri. Doğu Hint.

Oturmakta olduğum, annemin eski evi, çok pis bir antikacı dükkânına benzedi. Ortalık öyle dağınık ki, Mısır hiyerogliflerindeki figürler gibi yan yan yürümek gerekiyor. Masif ahşaptan tüm mobilyaların, yani uzun yemek masasının, sandalyelerin, konsol ve dolapların oymalı yüzeylerindeki yoğun şurup görünümlü vernik kararmış ve sanki İsa'dan milyonlarca yıl önce çatlamış. Şişkin koltuklar, insanın asla çıplak oturmak istemeyeceği, kurşun geçirmez cinsten goblenle kaplı.

Her gece işten sonra eve gelip, önce doğum günü kartlarını kontrol ediyorum. Çekleri topluyorum. Bütün bunlar operasyon karargâhım olan yemek masasının kapkara yüzeyine yayılmış durumda. İşte yarına kadar doldurulması gereken bir makbuz. Bu gece sadece bir tane kart var ve iğrenç görünüyor. Posta kutusundan sadece bu rezil kart çıktı ve içinde de elli papellik bir çek var. Yine de bir teşekkür notu yazmam gerekecek. Gönderilecek bir sürü yaltaklanma mektubu beni bekliyor daha.

Nankör biri değilim; ama yollayacağınız sadece elli papelse, bir dahaki sefere bırakın da öleyim. Tamam mı? Ya da en iyisi, bir kenara çekilin de, bırakın gecenin kahramanı zengin biri olsun.

Tabii ki bunları hiçbir teşekkür notuna yazamam; ama yine de aklımdan geçiyor işte.

Annemin evini şöyle gözünüzün önüne getirin: Bir eski zaman şatosundan çıkmış gibi görünen bir sürü mobilya, yeni evli çiftlerin oturduğu türden nohut oda bakla sofa bir eve tıkılmış. Bütün bu koltuklar, tablolar ve saatler annemin eski memleketinden getirdiği çeyizleriymiş. İtalya'dan. Annem buraya üniversitede okumak için gelmiş ve beni doğurduktan sonra bir daha geri dönmemiş.

Sizin de fark ettiğiniz gibi, artık onun İtalyanlıkla bir ilgisi yok. Ağzı sarımsak kokmuyor; koltukaltı kılları da uzun değil. Annem Amerika'ya tıp okumak için gelmiş. Lanet olası tıp. Iowa'da. Gerçek şu ki, göçmenler her zaman burada doğanlardan daha Amerikalı olur.

Gerçek şu ki, öyle ya da böyle, ben onun Yeşil Kart'ıyım.

Telefon rehberine bakarken oyunumu daha seçkin bir seyirci önünde oynamam gerektiğini düşünüyorum. Paranın olduğu yere gitmeli ve onu eve getirmelisin. Bol yağda kızartılmış tavuk köftesi yerken ölümüne boğulmanın bir anlamı yok.

Fransız yemeği yiyen zengin insanlar da diğerleri kadar kahraman olmak isterler.

Diyeceğim şu ki, ayrımcılık yapmak lazım.

Size tavsiyem; hedef kitlenizi belirleyin.

Telefon rehberinde üstü çizilmemiş balık lokantaları var. Moğol usulü mangal yapan yerler.

Bugün gelen çekin üzerindeki isim, geçen nisan ayında İskandinav usulü yemek servis eden bir lokantada hayatımı kurtaran bir kadına ait. Hani şu "açık büfe" tarzı yerlerden birinde. *Ne sanıyordum ki acaba?* Ucuz lokantalarda boğulmak elbette hatalı bir yatırım şeklidir. Tuttuğum büyük defterde hepsi yazıyor, bütün detaylar. Bu defterde beni kimin, nerede ve ne zaman kurtardığından, bugüne kadar benim için ne kadar para harcadığına kadar her şey kayıtlı. Doğum günü kartının altında sevgiler yazıyor ve bağış yapan Brenda Munroe'nun imzası var.

Çekin altına, "Umarım bu biraz da olsa işini görür" yazmış.

Brenda Munroe, Brenda Munroe. Düşünüyorum ama yüzü bir türlü gözümün önüne gelmiyor. Hiçbir şey hatırlamıyorum. Hiç kimse sizden öleyazdığınız o tecrübeleri hatırlamanızı bekleyemez. Belki de daha iyi not tutmam gerekiyor; en azından saç ve göz renklerini yazabilirim. Ama şu halime bakın! Bu durumda bile kâğıt deryasının içinde boğuluyorum resmen.

Geçen ay yazdığım teşekkür notu, şimdi ne olduğunu unuttuğum bir şeyi ödemek için verdiğim mücadeleyle ilgiliydi.

İnsanlara kirayı ödeyemediğimi veya dişçiye gitmem gerektiğini söyledim. Kimine süt almam gerektiğini veya danışmana ihtiyacım olduğunu söyledim. Aynı mektuptan birkaç yüz tane yollayınca insan hiçbirini asla tekrar okumak istemiyor.

Yoksul ülke çocuklarına yardım eden kurumların ev için türetilen bir versiyonu bu. Bu tür kurumlarda bir bardak kahve içerek bir çocuğun hayatını kurtarabiliyorsunuz. Sponsor oluyorsunuz. Burada sorun şu ki, hiç kimsenin hayatını bir seferde kurtaramazsınız. İnsanların benim hayatımı tekrar tekrar kurtarmaları gerekiyor. Tıpkı gerçek hayatta olduğu gibi burada da, "sonra sonsuza dek mutlu bir şekilde yaşadı" durumu yok.

Aynen tıp fakültesinde olduğu gibi, birinin hayatını ancak ölene dek birçok kez kurtarabilirsiniz. Bu Tıbbın Peter Prensibi'dir.

Bana para gönderen bu insanlar, kahramanlık taksitlerini ödüyorlar.

Boğazıma kaçabilecek Fas yemeği var. Sicilya yemeği var. Her gece.

Ben doğduktan sonra annem Amerika'dan başka bir yere kıpırdamamış. Hep bu evde değilmiş tabii. Bu eve son kez hapisten çıktıktan sonra taşındı. Okul otobüsü çaldığı için çarptırıldığı cezayı çektikten sonra. Araba hırsızlığından ve çocuk kaçırmaktan ötürü çarptırıldığı cezayı. Bu ev veya mobilyaları çocukluğumdan hatırlamıyorum. Bunların hepsini ailesi İtalya'dan yollamış. Yani sanırım öyle. Bir yarışmadan da kazanmış olabilir; hiç bilmiyorum.

Ona ailesini, yani İtalya'daki ninemi ve dedemi sadece bir kez sordum.

Ve annem dedi ki, yani hatırladığım kadarıyla, şöyle dedi:
"Senden haberleri yok; bu yüzden başıma iş açma."

Eğer annemin piçini bilmiyorlarsa, eminim teşhircilikten, cinayete teşebbüsten, ihmal sebebiyle öldürmeye teşebbüsten hüküm giydiğini, hayvanları taciz ettiğini de bilmiyorlardır. Onların da deli olduğundan adım gibi eminim. Şu mobilyalara baksanıza. Muhtemelen deliydiler ve öldüler.

Telefon defterini karıştırıp duruyorum.

Gerçek şu ki, annemi St. Anthony's Bakımevi'nde tutmanın bir aylık bedeli üç bin papel. Bir bezi elli papele değiştiriliyor.

Mide tüpünün parasını ödeyebilmek için kaç kere daha ölümün kıyısına gelmem gerekecek Tanrı bilir.

Gerçek şu ki, büyük kahramanlar defterinde, üç yüzden fazla isim kayıtlı ve ben yine de üç bin papeli her ay bir araya getiremiyorum. İlaveten her gece elinde hesapla bekleyen bir garson var. Artı bahşiş var. Şu lanet olası genel giderler öldürüyor beni.

Herhangi iyi bir piramit planında olduğu gibi, en alt sıraya sürekli yeni insanlar kaydetmeniz gerekiyor. Aynen sosyal güvenlik kurumunda olduğu gibi burada da başkaları için para ödeyen iyi kalpli bir insan gürühu mevcut. Bu iyi kalpli Samiriyelileri son kuruşlarına kadar soymak da benim kişisel sosyal güvence ağım.

"Ponzi Modeli" uygun terim olmayabilir ama ilk aklıma geleni.

Acı gerçek ise, hâlâ her gece telefon rehberini karıştırıp, öleyazmak için iyi bir yer aramak durumunda olmam.

Bu koşuya Victor Mancini Tele-Maratonu denebilir.

Bu yaptıklarımın devlet idare etmekten bir farkı yok. Victor Mancini refah devletinin tek farkı, faturayı ödeyen vatandaşların hallerinden yakınmamaları. Aksine kendileriyle gurur duyuyorlar. Hatta olayı arkadaşlarına anlatıp övünüyorlar.

Bu bir hediye ağı ve ağın tepesinde ben varım; yeni üyeler de bana arkamdan sarılarak hediye satın almak için kuyrukta bekliyorlar. İyi kalpli ve cömert olan bu insanların içi kan ağlıyor.

Yine de, en azından kazandığım parayı uyuşturucuya veya kumara harcamıyorum. Yemeklerimi bile bitiremez hale geldim artık. Her yemeği yarım bırakıp işe başlamam gerekiyor. Boğulma ve kusma numaralarını yapmam gerekiyor. Bütün bunlara rağmen bazıları tek kuruş bile ödemiyor. Bazıları gerisini bile düşünmüyor. Yeterince zaman geçtikten sonra, en cömert olanlar bile çek yollamaktan vazgeçecek.

Ağlama bölümü, yani birilerinin kolları vücuduma dolanmış vaziyetteyken gözyaşlarına ve hıçkırıklara boğulduğum kısım zamanla kolaylaşmaya başladı. Fakat ağlamanın en zor yanı da, gün geçtikçe, bunu durduramıyor oluşum.

Telefon rehberinde, üzeri çizilmemiş olan, eritme peynir yemeği yapan yerler var. Tayland, Yunan, Etiyopya ve Küba lokantaları var. Ölmek için uğramadığım binlerce lokanta var daha.

Nakit akışını artırmak için her gece iki veya üç kahraman çıkarmalısınız. Bazı geceler tam olarak karnınızı doyurmadan önce üç dört yere gitmeniz gerekebilir.

Ben akşam yemeği oyunu oynayan ve gecede üç gösteri

yapan bir sanatçıyım aslında. Bayanlar ve Baylar, izleyicilerin arasından buraya bir gönüllü alabilir miyim lütfen?

"Teşekkürler ama sizi değil" demek isterdim ölü akrabalarıma. "Ben kendi ailemi kurabilirim."

Balık. Et. Vejetaryen. Bu gece de çoğu gece olduğu gibi, işin en kolay tarafı gözlerinizi kapamak.

Parmağınızı açık duran telefon rehberinin üzerine getirin.

Bayanlar ve Baylar, ayağa kalkın ve kahraman olun. Ayağa kalkın ve bir hayat kurtarın.

Elinizi indirin ve bırakın da sizin yerinize kader karar versin.

On Üç

Sıcak yüzünden Denny önce paltosunu, sonra da hırkasını çıkarıyor. Kollarındaki ve yakasındaki düğmeleri bile açmadan gömleğini yukarı sıyırıp tersyüz ettiği için kafası ve elleri kırmızı ekose gömleğe hapis. Gömleği kafasından çıkarmak için savaşırken gömlekle birlikte üstündeki tişört de koltukaltlarına kadar sıvanıyor ve çökük, isilik olmuş karnı görünüyor. Küçük göğüs uçlarında uzun ve kıvırcık tüyler çıkmış. Göğüs uçlarında çatlak ve yaralar var.

Bir yandan gömleğiyle boğuşurken bir yandan da, "Dostum üstümde çok fazla kat var. Burası bu kadar sıcak olmak zorunda mı?" diye soruyor.

Evet; çünkü burası bir çeşit hastane. Burası bir bakımevi.

Kot pantolonunun ve kemerinin altından eskimiş donunun gevşemiş bel lastiğini görebilirsiniz. Lastiğin üzerinde turuncu renkli pas lekeleri göze çarpıyor. Önünde halka şeklinde kıvrılmış birkaç tane kıl var. Koltukaltı derisinde sarımtırak ter lekeleri oluşmuş.

Ön büro sorumlusu kız tam karşımızda oturuyor ve yüzü burnunun etrafına büzüşmüş vaziyette bize bakıyor.

Denny'nin tişörtünü aşağıya çekiştiriyorum; tahmin edersiniz ki göbeğinde farklı renklerde iplik parçaları var. İşyerindeki soyunma odasında, Denny'nin, aynen benim de küçükken yaptığım gibi, pantolonunu tersyüz vaziyette çıkardığını ve donunun da pantolonuyla birlikte çıktığını görmüştüm.

Kafası hâlâ gömleğine sarılı vaziyette, Denny, "Dostum yardım edebilir misin? Bir yerlerde bir düğme olacak ama nerede olduğunu bilmiyorum" diyor.

Ön bürodaki kız bana bir bakış fırlatıyor. Telefonun ahizesini kulağına götürmek üzere.

Denny üzerindekilerin çoğunu çıkarıp yerlere atıyor ve üstünde sadece ekşi kokan tişörtü ve dizleri kirli kot pantolonu kalana dek soyunuyor. Ayağındaki tenis ayakkabılarının deliklerine yuvalanmış kir yüzünden bağcıklar hem deliklere düğümlenmiş, hem de birbirine.

Denny'ye, burası yaklaşık yüz derece çünkü buradaki insanların çoğunda kan deveranı yetersiz, diyorum. Buradakilerin hepsi çok yaşlı insanlar.

Etraf temiz kokuyor; temiz dediysem, burnumuza sadece kimyasalların, temizlik maddelerinin kokusu veya parfüm kokusu geliyor. Çam kokusunun bir yerlerdeki bok kokusunu bastırdığını bilmelisiniz. Limon kokusu birinin kustuğuna işarettir. Güllerse birinin işediğine. Bir öğleden sonranızı St. Anthony's'de geçirdikten sonra ömrünüzün sonuna kadar bir daha asla gül koklamak istemezsiniz.

Lobide içi doldurulmuş mobilyalar, yapma bitki ve çiçekler var. Kilitli kapıların ardına geçtiğiniz anda bu dekoratif şeylerin hiçbirini bulamayacağınıza emin olabilirsiniz.

Denny ön bürodaki kıza, "Çöpümü burada bıraksam birileri ilgilenebilir mi acaba?" diye soruyor. Yere attığı eski giysilerinden söz ediyor. "Ben Victor Mancini'yim" diyor. Sonra da bana dönüp, "Ve buraya annemi görmeye geldim, değil mi?" diye soruyor.

Denny'ye, "Dostum, *onun* beyninde bir sorun yok ki" diyorum. Kıza dönüp, "Victor Mancini *benim*. Annem Ida Mancini'yi ziyaret etmek için buraya sık sık geliyorum. Kendisi 158 Numaralı odada kalıyor" diyorum.

Kız telefonun üzerindeki bir düğmeye basıyor ve "Hemşire Remington. Hemşire Remington ön büroya lütfen" diye anons yapıyor. Sesi tavandaki hoparlörlerden gümbür gümbür duyuluyor.

Hemşire Remington gerçek bir insan mı acaba diye düşünmeniz gerekiyor.

Belki de kızcağız Denny'nin saldırgan kronik teşhircilerden biri olduğunu düşündü, kim bilir?

Denny gidip giysilerini üzeri dolmuş bir sandalyenin altına tıkıyor.

Bir eliyle içinde kalemlerin zıpladığı gömlek cebini, diğer eliyle de acı biber gazıyla dolu sprey kutusunun bulunduğu arka cebini tutan şişman bir adam koridorun öbür ucundan koşturarak yaklaşıyor. Poposundaki diğer cepte anahtarlar şangırdıyor. Ön bürodaki kıza, "Evet, sorun nedir?" diye soruyor.

Ve Denny, "Kullanabileceğim bir tuvalet var mı burada? Yani hastalarınkinden başka?" diye soruyor.

Sorun, Denny.

Denny, annemin itiraflarını öğrenebilmek için onun enkazıyla tanışmak zorunda. Planım, Denny'yi anneme Victor Mancini olarak tanıtmak.

Böylece Denny, benim aslında kim olduğumu öğrenebilecek. Böylece annem, biraz olsun huzur bulacak. Kilo alacak. Beni mide tüpü masrafından kurtaracak. Ölmeyecek.

Denny tuvaletten döndükten sonra hastabakıcı bizi St. Anthony's'in yaşayan bölümüne götürüyor ve Denny, "Burada tuvaletlerin kapısında kilit yok. Tam klozete oturmuştum ki yaşlı kadının biri paldır küldür içeri daldı" diyor.

Seks yapmak istedi mi, diye soruyorum.

Denny, "Nasıl yani?" diyor.

Hastabakıcının açtığı bir dizi kapıdan geçiyoruz, sonra önümüze bir dizi kapı daha çıkıyor. Yürürken anahtarlar hastabakıcının kalçasında zıplıyor. Ensesinde bile kocaman bir yağ kütlesi var.

Denny, "Annen sana benziyor mu?" diye soruyor.

"Belki" diyorum. "Ama biliyorsun işte, biraz..."

"Açlıktan ölmek üzere ve kafayı yemiş, öyle mi?" diye soruyor Denny.

Ben de, "Orada biraz dur bakalım" diyorum. "Tamam, boktan bir anne olabilir; ama benim başka annem yok."

"Affedersin dostum" diyor Denny. "Ama benim sen olmadığımı fark etmeyecek yani, değil mi?" diye soruyor.

St. Anthony's'de karanlık bastırmadan bütün perdeler kapatılıyor; çünkü burada kalanlar camda kendi akislerini gördüklerinde röntgenlendiklerini sanıyorlar. Buna "gün depresyonu" deniyor. Bu saatler bütün ihtiyarların çıldırdığı günbatımı saatleri.

Burada yaşayanların çoğunu bir aynanın karşısına dikebilir ve bunun ölmekte olan ıstırap içindeki yaşlılarla ilgili bir televizyon dizisi olduğunu söyleyebilirsiniz; saatlerce kendilerini izleyeceklerdir.

Sorun şu ki, annem ne Victor ne de avukatı olarak benimle konuşmak istemiyor. Tek umudum, ben annemin avukatını oynarken, Denny'nin de ben olması. Onu teşvik edebilirim. Denny dinleyebilir. Sonra belki de annem konuşur.

Bunun bir çeşit Geştalt Terapisi tuzağı olduğunu varsayabiliriz.

Koridorda ilerlerken hastabakıcı benim Bayan Field'ın köpeğine tecavüz eden adam olup olmadığımı soruyor.

Hayır, diyorum. Bu çok uzun bir hikâye, diyorum. Yaklaşık seksen senelik bir hikâye.

Annemi dinlenme salonunda, masaya yayılmış yapboz parçalarının başında buluyoruz. Ortada yaklaşık bin parça var ama bitmiş halini gösteren bir resim yok. Herhangi bir şey olabilir. Denny, "Bu, o mu?" diye soruyor. "Dostum sana benzer hiçbir yanı yok bunun" diyor.

Annem yapboz parçalarını oynatıp duruyor: Bazı parçalar ters dönmüş ve gri karton yüzü görünmekte; annem de bu parçaları birleştirmeye çalışıyor.

Denny, "Dostum" diyerek sandalyelerden birini ters çevirip masanın yanına oturuyor ve sandalyenin arkalığına kollarını dayıyor. "Tecrübelerime dayanarak söylüyorum, önce düz kenarlı parçaları bulursan işin kolaylaşır" diyor.

Annemin gözleri Denny'nin yüzünde, kremli dudaklarında, kazınmış kafasında, sökülmüş tişörtünde geziniyor.

"Günaydın Bayan Mancini" diyorum. "Oğlunuz Victor Mancini sizi ziyarete geldi. Bu, o" diyorum. "Ona söylemeniz gereken önemli şeyler olmalı."

Denny, "Yaa, evet" diyor kafasını sallayarak. "Ben Victor'ım." Ve düz kenarlı yapboz parçalarını toplamaya başlıyor. "Şu mavi parçalar gökyüzü mü yoksa su mu acaba?" diye soruyor.

Ve annemin ihtiyar mavi gözleri yaşarıyor.

"Victor?" diyor.

Boğazını temizliyor. Denny'ye bakarak, "Demek buradasın" diyor.

Ve Denny parmaklarıyla yapboz parçalarını dağıtıp düz kenarlı olanları bir kenara ayırmaya başlıyor. Kazınmış kafasından yeni çıkan kıllara, çıkardığı kırmızı ekose gömleğinden kırmızı iplik parçaları takılmış.

Annemin ihtiyar eli masanın ucundan uzanıp Denny'nin elini sarmalıyor. "Seni görmek ne güzel" diyor. "Nasılsın bakalım? Görüşmeyeli çok uzun zaman oldu." Göz pınarından taşan küçük bir damla yaş, yüzündeki kırışıklığı takip ederek dudağının kenarına kadar iniyor.

"Tanrım" diyor Denny ve elini geri çekiyor. "Bayan Mancini elleriniz buz gibi."

Annem, "Özür dilerim" diyor.

Lapa olarak pişirilen lahana veya fasulye türü bir kafeterya yemeğinin kokusu geliyor.

Bütün bu süre zarfında ben ayakta dikiliyorum.

Denny parçaları birleştirerek birkaç santimlik bir kenar yapmayı başarıyor. Bana, "Eee, senin şu muhteşem Doktor Hanım'la ne zaman tanışacağız?" diye soruyor.

Annem, "Hemen gitmeyeceksin, değil mi?" diye soruyor. Denny'ye bakıyor. Gözleri sırılsıklam ve ihtiyar kaşları burnunun üstünde, ortada buluşmuş. "Seni çok özledim" diyor.

Denny, "Hey dostum, çok şanslıyız. İşte köşeyi yaptım bile!" diyor.

Annemin kaynar suya batırılmış gibi görünen titrek ihtiyar eli uzanıp Denny'nin kafasından kırmızı bir iplik parçasını alıyor.

"Affedersiniz Bayan Mancini" diyorum. "Ama oğlunuza söylemeniz gereken bir şey yok muydu?"

Annem önce bana, sonra Denny'ye bakıyor. "Biraz daha kalabilir misin Victor?" diye soruyor. "Konuşmamız gerek. Sana anlatmam gereken öyle çok şey var ki."

"Öyleyse anlatın" diyorum.

Denny, "Burada bir göz var sanırım" diyor. "Birinin yüzü mü yani bu?"

Annem titrek ihtiyar elini bana doğru açarak, "Fred, bu oğlumla benim aramda. Önemli bir ailevi mesele. Buradan uzaklaş. Gidip televizyon izle ve özel olarak görüşmemize izin ver" diyor.

"Ama" diyorum.

Fakat annem, "Git" diyor.

Denny, "İşte bir başka köşe daha" diyor ve bütün mavi parçaları toplayıp bir kenara ayırıyor. Bütün parçaların temel şekli likit haç gibi. Erimiş gamalı haç.

Annem bana bakmadan, "Değişiklik yap ve gidip başka birilerini kurtarmaya çalış" diyor. Denny'ye bakarak, "İşimiz bittiğinde Victor gelip seni bulur" diyor.

Koridora çıkana dek bana bakıyor. Sonra Denny'ye bir şey söylüyor; ama duyamıyorum. Titreyen elini Denny'nin parlak mavi kafa derisine, kulağının arkasına dokunmak üzere uzatıyor. Pijamasının kolunun sona erdiği yerde, haşlanmış hindi boynu gibi duran, lifli ve ince, kahverengi bileği görünüyor.

Yapboza gömülmüş olan Denny geriye sıçrıyor.

Etrafımda bir bebek bezi kokusu duyuyorum ve arkamdan çatlak bir ses, "İkinci sınıf kitaplarımı çamura atan sendin" diyor.

Ne söylediğini anlayabilmek için anneme bakmaya devam ederken, "Evet, sanırım" diyorum.

"İyi, en azından dürüst davrandın" diyor ses. Kurutulmuş mantar görünümlü bir kadın, iskeletimsi kolunu benimkine dolayarak, "Benimle gel" diyor. "Dr. Marshall seninle konuşmak için can atıyor. Yalnız kalabileceğiniz bir yerde."

Kadının üstünde Denny'nin kırmızı ekose gömleği var.

On Dört

Başını, şu küçük siyah beynini yukarı kaldıran Paige Marshall, tonozlu, bejrengine boyanmış tavanı gösteriyor. "Burada eskiden melekler varmış" diyor. "Anlatılanlara göre, meleklerin hepsinin mavi tüylü kanatları ve gerçek altın yaldızlı haleleri varmış."

Yaşlı kadın beni St. Anthony's'in şapeline götürüyor. Bir zamanlar burası manastır olduğu için şapel hayli büyük ama artık bomboş. Duvarlardan birini, tamamı altın sarısının yüz farklı tonunda vitraylı bir pencere oluşturuyor. Diğer duvarda tahtadan kocaman bir haç var. İkisinin arasında ise ışıkta altın gibi parlayan beyaz önlüğü ve siyah, beyin gibi duran topuz yapılmış saçıyla Paige Marshall duruyor. Siyah gözlüğünü takmış, tavana bakıyor. Baştan ayağa siyah ve altın.

"II. Vatikan'ın emirleri uyarınca" diyor, "kilise duvarlarındaki tasvirlerin üstünü boyamışlar. Melekleri ve freskleri. Heykellerin çoğunu çıkarmışlar. İmanın bütün muhteşem gizlerini. Hepsi gitmiş."

Bana bakıyor.

Yaşlı kadın gitmiş. Şapelin kapısı arkamdan kapanıyor.

Paige, "Anlayamadığımız şeylerle yaşamayı beceremiyor oluşumuz ne kadar da acı! Bir şeyin açıklamasını yapamıyorsak, onu hemen reddediyoruz" diyor.

"Anneni kurtarmanın bir yolunu buldum" diyor. "Ama kabul etmeyebilirsin."

Paige Marshall gömleğinin düğmelerini açmaya başlıyor ve her düğme açıldığında teninin birazı daha görünüyor.

"Olayı tamamen iğrenç bulabilirsin" diyor.

Beyaz gömleğin önünü tümüyle açıyor.

İçine hiçbir şey giymemiş. Çıplak ve teni, en az saç derisi kadar solgun bir beyazlıkta. Çıplak, beyaz ve dört adım ötemde. Ve son derece hazır gibi. Gömleğini omuzlarından atıyor ve gömlek arkasına kayıyor, dirseklerinde takılıp kalıyor. Kolları hâlâ gömleğin içinde.

Girmek için yanıp tutuştuğum bütün daracık ve tüylü gölgeler karşımda.

"Tek bir fırsatımız var" diyor.

Ve bana doğru bir adım atıyor. Gözlüğü hâlâ gözünde. Ayakları hâlâ beyaz makosenlerinin içinde; ama ayakkabılar bu ışıkta altın gibi görünüyor.

Kulakları konusunda yanılmamışım. Andırdığı şey kesinlikle huşu verici. Kapatamadığı başka bir delik, gizli ve teniyle süslenmiş. Yumuşacık saçlarıyla çerçevelenmiş.

"Eğer anneni seviyorsan" diyor, "ve yaşamasını istiyorsan, benimle bunu yapmak durumundasın."

Şimdi mi?

"Benim için tam zamanı" diyor. "Mukozam öyle kalın ki kaşık daldırsan durur."

Burada mı?

"Seni buradan başka bir yerde göremem" diyor.

Vücudunun çoğu bölgesi gibi yüzükparmağı da çıplak. Evli misin, diye soruyorum.

"Bu senin için fark eder mi?" diye soruyor. Bir uzanış mesafesinde, poposuna doğru inen belinin kıvrımı duruyor. Yine bir o kadar mesafede koyu düğme misali meme başlarını taşıyan göğüsleri duruyor. Kolumun mesafesinde, bacaklarının birleştiği sıcak ve ateşli nokta duruyor.

"Yoo. Hayır. Benim için sorun değil" diyorum.

Elleri gömleğimin en üstteki düğmesinde birleşiyor, sonra sırasıyla diğerlerine kayıyor. Elleri gömleğimi omuzlarımdan kaydırıyor ve gömlek arkama düşüyor.

"Bilmen gereken bir şey var" diyorum. "Doktor falan olduğun için" diyorum. "Ben tedavi gören bir seks bağımlısı olabilirim" diyorum.

Elleri kemerimin tokasını yakalıyor ve "Öyleyse içinden geldiği gibi davran" diyor.

Gül, çam ağacı veya limon kokmuyor. Herhangi bir şeyin kokusu değil bu; ten kokusu da değil.

Kokusu ıslak.

"Anlamıyorsun" diyorum. "Neredeyse tam iki gündür temizim."

Altınrengi ışık onu sıcak ve parlak gösteriyor. Buna rağmen bana, sanki onu öpersem, dudaklarım donmuş metale yapışırcasına ona yapışacakmış gibi geliyor. Olayı yavaşlatmak için bazal hücre karnikomalarını düşünüyorum. Cerahatli deri hastalıklarını gözümün önüne getirmeye çalışıyorum. Kornea ülserlerini.

Yüzümü kulağına doğru çekiyor. Kulağıma, "İyi. Kendinle gurur duymalısın. Ama iyileşmeye yarın başlasan olmaz mı?" diye fısıldıyor.

Pantolonumu kalçalarımdan sıyırıyor ve "Bana kesinlikle güvenmeni istiyorum" diyor.

Ve pürüzsüz, serin elleri bedenime dolanıyor.

On Beş

Eğer büyük bir otelin lobisindeyseniz ve *Mavi Tuna Valsi*'ni çalmaya başlarlarsa, hemen kendinizi dışarı atın. Hiç düşünmeyin. Kaçın.

Artık hiçbir şey olduğu gibi görünmüyor.

Eğer bir hastanedeyseniz ve Hemşire Flamingo'nun kanser koğuşuna gitmesi için anons yapılıyorsa, sakın o tarafa yönelmeyin. Hemşire Flamingo diye biri yok. Eğer Dr. Blaze'i anons ederlerse, bilin ki öyle biri de yok.

Büyük otellerde o valsin çalınması binanın boşaltılması gerektiğini bildirir.

Çoğu hastanede Hemşire Flamingo yangın çıktığı anlamına gelir; Dr. Blaze de yangın; Dr. Green, intihar vakası demektir. Dr. Blue, birinin nefes alamadığına işaret eder.

Trafikte takıldıkları bir gün Annecik bütün bunları aptal küçük çocuğa öğretmişti. Delirmeye başlaması o kadar eskilere dayanıyor.

Bir gün oğlan sınıfta otururken okul yönetiminden bir hanım gelip çocuğa dişçi randevusunun iptal edildiğini söyledi. Bir dakika sonra çocuk elini kaldırdı ve tuvalete gitmek için izin istedi. Randevusu filan yoktu. Elbette birileri dişçiden aradığını söyleyerek randevunun iptal edildiğini bildirmişti; lakin bu yeni bir gizli sinyaldi. Kafeteryanın yan kapısından dışarı çıktı ve Annecik orada, metalik sarı bir arabanın içinde bekliyordu.

Bu, Anneciğin onu götürmek üzere ikinci gelişiydi.

Pencereyi açtı ve "Annen bu sefer niye hapse girdi, biliyor musun?" diye sordu.

"Saç boyalarını değiştirdiği için mi?" dedi çocuk.

Ayrıca bakınız: Kasten zarar verme.

Ayrıca bakınız: İkinci dereceden saldırı.

Annecik kapıyı açmak için eğildi ve hiç susmadı. Günlerce konuştu.

Annecik, bir Hard Rock Cafe'deyken "Elvis binayı terk etti" diye anons yapılırsa, bu bütün garsonların biten spesiyalin hangisi olduğunu öğrenmek üzere mutfağa gitmesi gerektiği anlamına gelir, diye anlattı küçük çocuğa.

İnsanlar gerçeği söylemek istemediklerinde size bu tür şeyler söylerler.

Bir Broadway tiyatrosunda, "Elvis binayı terk etti" anonsu, yangın çıktığı anlamına gelir.

Bir markette Bay Cash'in anons edilmesi silahlı güvenlik görevlisinin çağrılması anlamına gelir. "Kadın giysileri reyonunda nakit kontrolü" anonsu, o bölümde birilerinin hırsızlık yaptığını bildirir. Başka mağazalarda Sheila adında sahte bir kadın anons edilir. "Sheila ön bölüme lütfen" anonsu, birilerinin mağazanın ön tarafında hırsızlık yaptığı anlamına gelir. Bay Cash, Sheila ve Hemşire Flamingo her zaman kötü habere işarettir.

Annecik arabanın motorunu durdurdu ve bir eliyle direksiyonu saat on iki yönünde tutarken, diğer elinin parmaklarını şıklatarak söylediklerini çocuğa tekrar ettirdi. Burun deliklerinin içi, kurumuş kan yüzünden kararmıştı. Üzerinde kurumuş kan lekeleri olan buruşmuş kâğıt mendiller yere atılmıştı. Hapşırdığı zaman ön panele yapışan kan da hâlâ orada duruyordu. Camda da biraz kan vardı.

"Okulda öğrendiğin hiçbir şey bu denli önemli olamaz" dedi Annecik. "Şimdi öğrendiklerin senin hayatını kurtaracak."

Parmaklarını şıklattı. "Bay Amond Silvestiri?" diye sordu. "Eğer onun ismi anons edilirse ne yapman gerekiyor?"

Bazı havaalanlarında bu adamın adının anons edilmesi, havaalanında bombalı terörist olduğu anlamına gelir. "Bay Amond Silvestiri, ekibiniz sizi D holündeki 10 Numaralı kapıda beklemektedir" anonsu, SWAT komandolarının aranan adamı orada bulabilecekleri anlamına gelir.

Bayan Pamela Rank-Mensa, havaalanında silahlı bir terörist var demektir.

"Bay Bernard Wellis, ekibiniz sizi F holündeki 16 Numaralı kapıda beklemektedir" anonsu, birinin o bölümde bir rehinenin boğazına bıçak dayadığı anlamına gelir.

Annecik el frenini çekti ve parmaklarını tekrar şıklattı. "Çok çabuk söyle. Bayan Terrilynn Mayfield ne anlama gelir?"

"Sinir gazı mı?" diye sordu çocuk.

Annecik olmadı anlamında kafasını salladı.

"Söyleme" dedi çocuk. "Kuduz köpek mi?"

Annecik yine kafasını salladı.

Arabanın dışında diğer arabaların sıkışık mozaiği etraflarını sarmıştı. Helikopterlerin pervaneleri otobandaki havayı dövüyordu.

Çocuk alnına vurdu ve "Alevsavar mı?" diye sordu.

Annecik, "Yaklaşamıyorsun bile. Bir ipucu ister misin?" diye sordu.

Çocuk, "Uyuşturucu mu?" diye sordu ve sonra da, "Evet, belki bir ipucu versen iyi olur" dedi.

Annecik, "Bayan Terrilynn Mayfield... inekleri ve atları düşün" dedi.

Ve çocuk, "Şarbon" diye çığlık attı. Yumruklarıyla alnına vurup, "Şarbon, şarbon, şarbon" dedi. Alnına bir kez daha vurup, "Nasıl olur da bu kadar çabuk unutabilirim?" dedi.

Annecik boştaki eliyle çocuğun saçlarını okşadı ve "İyi gidiyorsun. Söylediklerimin yarısını hatırlıyorsun ve bir sürü insanın hayatını kurtaracaksın" dedi.

Gittikleri her yerde Annecik mutlaka trafiğe takılırdı. Trafiğin sıkıştığı yerlerle ilgili radyo anonslarını dinler ve sıkışık noktaları bulurdu. Trafiğin kilitlendiği yerleri bulurdu. Keşmekeşi bulurdu. Arabaların yandığı veya köprülerin açıldığı yerleri arardı. Hızlı kullanmayı sevmezdi ve meşgulmüş gibi görünmek isterdi. Trafikteyken hiçbir şey yapamazdı ve bu onun suçu değildi. Birlikte kapana kısılmış gibi olurlardı. Hem saklanmış, hem de emniyette.

Annecik, "Kolay bir tane soracağım" dedi. Gözlerini kapayıp gülümsedi, sonra gözlerini açtı ve "Herhangi bir mağazada 5 Numaralı kasadan bozuk para talep edilirse, bunun anlamı nedir?" diye sordu.

Annecik oğlanı okuldan aldığı günden beri ikisi de hep aynı giysileri giyiyordu. Gittikleri her motelde çocuk yorganın altına girdikten sonra pantolonunu, gömleğini, çoraplarını ve iç çamaşırlarını çıkarıp Anneciğe verene kadar Annecik parmaklarını şıklatıyordu. Sabahları Annecik giysileri çocuğa geri verdiğinde, giysiler bazen yıkanmış oluyordu.

Çocuk, bir kasiyer bozuk para anonsu yaptığında, bu o kasada güzel bir kadının durduğu ve herkesin gelip bakması gerektiği anlamına gelir, dedi.

Annecik, "Aslında bu kadarla kalmıyor" dedi. "Ama yine de doğru, bildin."

Bazen Annecik arabanın kapısına yaslanarak uykuya dalardı ve arkalarındaki araçlar etraflarından dolanarak geçmek zorunda kalırdı. Motor çalışır durumda olduğu zamanlarda, çocuğun varlığından bile haberdar olmadığı gösterge panelindeki kırmızı ışıklar acil her türlü durumu göstermek üzere yanıp dururdu. Böyle zamanlarda motor kapağının kenarından dumanlar çıkar, sonra da motor kendi kendine dururdu. Arkalarında takılan sürücüler kornaya asılırlardı ve radyoda otoyolun orta şeridinde duran bir aracın trafiği bloke ettiğine dair anonslar yapılırdı.

Aptal oğlan, insanlar korna çalıp onlara bakınca ve radyoda kendilerinden bahsedilince meşhur olmaya başladıklarını zannederdi. Araba kornaları Anneciği uyandırana dek, çocuk geçen arabalara el sallardı. Maymun ve kestanelerle birlikte şişko Tarzan'ı düşünürdü. Adamın her şeye rağmen gülümsüyor oluşunu düşünürdü. İnsan ancak ıstırap çekmeyi seçtiğinde gerçekten küçük düşürülebilir.

Çocuk kendisine bakan kızgın suratlara gülümserdi.

Ve etrafına öpücükler dağıtırdı.

Kamyonun biri kornasına asılınca Annecik sıçrayarak uyandı. Sonra aheste aheste yüzüne düşen saçlarını düzeltti. Beyaz plastikten bir tüpü burnuna soktu ve içine çekti. Tüpü çıkarıp, ön koltukta yanında oturmakta olan çocuğa bakmadan önce bir dakika boyunca hiçbir şey yapmadı. Sonra da dönüp gösterge panelindeki kırmızı ışıklara baktı.

Tüp Anneciğin rujundan da küçüktü; tepesinde burna çekmek için bir delik vardı ve içindeki madde kokuluydu. Kokladıktan sonra tüpün üstünde hep kan olurdu.

"Kaçıncı sınıftasın sen?" diye sordu. "Birinci mi? İkinci sınıfta mısın?"

Çocuk, beşinci, dedi.

"Peki bu aşamada beynin kaç gram çeker? Bin beş yüz gram mı? Bin altı yüz mü?" diye sordu Annecik.

Okulda hep A alıyordu.

"Yani kaç yaşında oluyorsun?" diye sordu. "Yedi mi?"
Dokuz.

"Pekâlâ Einstein" dedi Annecik. "Şu yanına verildiğin ailenin sana öğrettiği her şeyi unutabilirsin."

"Bu aileler neyin önemli neyin önemsiz olduğunu bilmezler" diye ekledi.

Tam tepelerinde bir helikopter uçuyordu; çocuk, ön camın üst kısmındaki mavilikten helikoptere bakabilmek için eğildi.

Radyoda, sarı metalik bir Plymouth Duster'ın çevre yolunun orta şeridini tıkadığından bahsedildi. Araç hararet yapmış olabilir, dendi.

"Tarihi boş ver. Öğrenmen gereken en önemli şey bütün o sahte insan isimleri" dedi Annecik.

Bayan Pepper Haviland, Ebola virüsü anlamına gelir. Bay Turner Anderson, biri kustu demektir.

Radyoda, bozulan araca yardım etmek üzere acil durum ekiplerinin yola çıktığı söylendi.

"Sana cebir ve makro ekonomiyle ilgili öğrettikleri her şeyi unutabilirsin" dedi Annecik. "Bir üçgenin kare kökünü almayı biliyor olabilirsin; ama teröristin teki seni kafandan mıhlarsa, bu ne işe yarar ki, söyle bana. Bu sana hiçbir şey kazandırmaz. İhtiyacın olan gerçek eğitim bu."

Diğer araçlar etraflarından dolanıp hızla diğer tarafta kayboluyordu.

"İnsanların sana öğretmeyi uygun gördüğü şeylerden fazlasını bilmeni istiyorum" dedi Annecik.

Çocuk, "Neleri mesela?" diye sordu.

"Mesela, ömrünün geri kalanını düşündüğünde" dedi Annecik ve elini gözlerine siper etti, "asla önündeki bir iki yıldan ötesini kestiremezsin."

Sonra da, "Otuz yaşına geldiğinde, en büyük düşmanın senden başkası değildir" diye ekledi.

Anneciğin söylediği bir diğer şey de, "Aydınlanma sona erdi. Artık *Aydınlanmama* çağına girdik" oldu.

Radyoda, duran aracın polise bildirildiği söylendi.

Annecik radyonun sesini kökledi. "Kahretsin" dedi. "Lütfen bizden bahsetmediklerini söyle bana."

"Metalik sarı bir Duster'dan söz ediyorlar" dedi çocuk. "Bu bizim arabamız."

Annecik, "Bu senin ne kadar az şey bildiğini gösteriyor" dedi.

Kendi kapısını açtı ve çocuğa sürücü tarafına geçip arabadan inmesini söyledi. Yanlarından hızla geçen araçları kontrol etti. Ve, "Bu bizim arabamız değil" dedi.

Radyo, araçtakilerin aracı terk etmekte olduğunu haykırdı.

Annecik elini tutması için çocuğa doğru uzattı. "Ben senin annen değilim" dedi. "Hiç ilgimiz yok" dedi. Tırnaklarının altında da kurumuş kan lekeleri vardı.

Radyo arkalarından haykırıyordu: "Metalik sarı Duster'ın şoförü ve yanındaki küçük çocuk otoyolun dört şeridini geçmeye çalışarak kendini tehlikeye atıyor."

Annecik, "Ömür boyu anabileceğimiz mutlu maceralara atılmak için yaklaşık otuz günlük bir zamanımız var. Yani kredi kartımın süresi dolana kadar" dedi.

"Süre dolmadan önce yakalanmadığımız takdirde o kadar zamanımız var" dedi.

Arabalar korna çalıp direksiyonlarını kırdı. Radyo arkalarından haykırdı. Helikopterler gürültülü şekilde alçalmaya başladı.

Ve Annecik, "Şimdi, aynen *Mavi Tuna Valsi* çaldığında olduğu gibi, elimi sıkıca tut" dedi. "Ve hiçbir şey düşünme" dedi. "Sadece koş" dedi.

On Altı

Sıradaki hasta, bacağının iç kısmında iyi görünmeyen bir beni olan, yirmi dokuz yaşlarında bir kadın. Bu ışıkta söylemek zor ama ben kocaman görünüyor; şekli asimetrik ve üzerinde mavi-kahverengi lekeler var. Kenarları düzensiz. Ve benin çevresindeki deri tahriş olmuş.
 Kaşıyor musun, diye soruyorum.
 Ve ailende kanser olan birileri var mıydı?
 Önünde sarı bloknotu, masada yanımda oturan Denny çakmağıyla elindeki şişe mantarını bir ucu tamamen kararana dek yakıyor ve "Dostum ben ciddiyim" diyor. "Bu gece garip bir düşmanlık seziyorum sende. Bir haltlar mı karıştırdın?" diye soruyor.

"Her seksten sonra bütün dünyadan nefret ediyorsun" diyor. Hasta, dizlerinin üzerine çöküyor ve dizlerini birbirinden iyice ayırıyor. Geriye doğru eğilip vücudunu ağır çekimde bize doğru yukarı aşağı sallıyor. Sadece götündeki kasları kasarak omuzlarını, göğüslerini ve çatısındaki yağlı bölümü çalkalıyor. Bütün vücudu dalgalar halinde bize doğru hamle yapıyor.

Melanomun belirtilerini hatırlamanın yolu AKRA sözcüğüdür:
Asimetrik şekil.
Kenar bozukluğu.
Renk değişimi.
Altı milimetreden büyük yarıçap.

Kadın, tüylerini tıraşlamış. Bronzlaşmış ve vücudunu öyle pürüzsüz ve mükemmel bir şekilde yağlamış ki, bir kadından çok kredi kartınızı geçirebileceğiniz başka bir yere benziyor. Vücudunu yüzümüze doğru sallarken loş kırmızı ve mor ışıkta gerçekte olduğundan çok daha iyi görünüyor. Kırmızı ışık yara bereleri, sivilceleri, bazı dövmeleri, ayrıca çatlakları ve diğer izleri de saklar. Mor ışık ise kadının gözlerinin ve dişlerinin bembeyaz parlamasını sağlar.

Bir tablonun güzelliğinin, kendisinden çok çerçeveden kaynaklanması ne kadar komik.

Işık hilesi Denny'yi dahi sağlıklı gösteriyor; tişörtünden uzanan tavuk kanadı gibi kollarını bile. Önündeki bloknot sarı sarı parlıyor. Altdudağını içeri kıvırıp ısırıyor ve gözlerini hastadan işine, sonra tekrar hastaya çeviriyor.

Kadın, vücudunu bize doğru sallarken yüksek volümlü müziği bastırabilmek için bağırıyor. "Ne?"

Doğal sarışın gibi görünüyor. Yüksek risk faktörü; bu yüzden, "Son zamanlarda durduk yere ani kilo kaybı oldu mu?" diye soruyorum.

Denny bana bakmadan, "Dostum, gerçek bir model bana kaça patlardı, biliyor musun?" diye soruyor.

Ben de ona, "Dostum, içine batmış tüyleri çizmeyi unutma" diyorum.

Hastaya âdetinde veya tuvalete çıkışında bir değişiklik olup olmadığını soruyorum.

Önümüzde diz çöküp, siyah ojeli tırnaklarını bedeninin iki yanında açarak geriye doğru eğiliyor ve kavisli duran gövdesinin ucundan bakarken, "Ne?" diye soruyor.

Cilt kanseri yirmi dokuz ila otuz dört yaş arasındaki kadınlarda en fazla görülen kanser türüdür, diye bağırıyorum.

"Lenf bezlerini yoklamam gerekiyor" diye bağırıyorum.

Denny, "Dostum annenin bana söylediklerini duymak istiyor musun, istemiyor musun?" diyor.

"Dalağını elimle kontrol etmem lazım" diye bağırıyorum.

Yanmış mantarla hızlı hızlı desen çizmeye devam eden Denny, "Bir utanç çemberi mi seziyorum?" diye soruyor.

Sarışın, kollarını dizlerinin arkasına dolayarak sırtüstü yatıyor ve sonra, ellerinin baş ve işaret parmaklarıyla göğüs uçlarını çimdikliyor. Ağzını kocaman açıp dilini kıvırıyor ve "Diaquiri" diyor. "Adım Cherry Diaquiri. Bana dokunamazsın ama şu bahsettiğin benin nerede olduğunu söyleyebilirsin" diyor.

Fiziki muayenenin basamaklarını hatırlamanın yolu HATABİSASU kelimesidir. Buna tıpta *hatırlatıcı ipucu* denir. Harflerin anlamı şöyledir:

Hastalığın hikâyesi.
Alerjiler.
Tıbbi hikâye.
Aile hikâyesi.
Başlıca yakınmalar.
İlaçlar.
Sigara.
Alkol.
Sosyal hikâye.
Uyuşturucular.

Tıbbı bitirmenin tek yolu hatırlatıcı ipuçlarını bilmekten geçer.

Bundan önceki kız da sarışındı ama üzerine yatıp uzanabileceğiniz kadar büyük, eski moda göğüsleri vardı ve gösterinin bir parçası olarak sigara içiyordu. Ona daimi sırt veya karın ağrıları çekip çekmediğini sordum. İştahını kaybetmiş miydi? Veya genel olarak bir kırgınlık hissediyor muydu? Ona, eğer hayatını bu şekilde kazanıyorsan, düzenli olarak muayeneden geçmelisin, dedim.

"Günde bir paketten fazla içiyorsan" dedim. "Yani bu şekilde."

Konizasyon fena bir fikir olmaz, dedim ona ya da bir genişletme ve tahliye operasyonu.

Hatun elleri ile dizlerinin üzerine çöküyor, ağır çekimde poposunu ve büzüşmüş pembe kapanını sallıyor. Omzunun üzerinden bize bakarak, "Nedir şu 'konizasyon' meselesi?" diye soruyor.

"Peşinde olduğunuz yeni bir şey mi bu?" diye soruyor ve yüzüme sigarasının dumanını üflüyor.

Bu şekilde nefes alıp veriyor.

Boyundan koni şeklinde parça alınmasına konizasyon denir, diye anlatıyorum.

Kızın rengi birden atıyor, suratındaki makyaja, üzerine vuran kırmızı ve mor ışıklara rağmen beti benzi soluyor ve hemen bacaklarını topluyor. Sigarasını biramda söndürüp, "Kadınlarla ne derdin var senin" diyor ve sahnenin kenarında oturan bizden sonraki herifin karşısına geçiyor.

Arkasından, "Her kadın ayrı bir derttir" diye bağırıyorum.

Mantarı hâlâ elinde tutan Denny biramı alıyor, "Dostum, heba olmasın" diyerek izmarit hariç bütün birayı kendi bardağına boşaltıyor. "Annen durmadan Dr. Marshall diye birinden söz etti. Adam anneni tekrar gençleştireceğine söz vermiş" diyor Denny. "Ama senin de işbirliği yapman gerekiyormuş."

"Kadın. Dr. Paige Marshall o. O bir kadın" diyorum.

Başka bir hasta kendini takdim ediyor: Kıvırcık saçlı bir kumral, yirmi beş yaşlarında, olası bir folik asit bozukluğu sergiliyor; dili kırmızı ve sanki camla kaplı, göbeği hafif şişkin, gözleri donuk. Kalbini dinleyebilir miyim, diye soruyorum. Çarpıntı için. Taşikardi. Mide bulantısı veya ishal var mı, diye soruyorum.

"Dostum?" diyor Denny.

Ağrı ile ilgili sorulacak sorulara kısaca BİRİŞYÖS denir: Başlangıç, İlaç, Radyoaktif Işın Tedavisi, İlgili Semptomlar, Şiddeti, Yeri, Özellikleri, Süresi.

Denny, "Dostum?" diyor.

Stafilokok basili diye adlandırılan bakteri insanda DETHAKA'ya yol açar: Deri Enfeksiyonu, Endokard, Toksik Şok Sendromu, Hemoliz, Apse, Kemik İliği İltihabı ve Akciğer İltihabı.

"Dostum?" diyor Denny.

Bir annenin bebeğine geçirebileceği hastalıklara kısaca AFET KU denir: AIDS, Frengi, Enfeksiyon, Toksoplazma, Kızamıkçık, Uçuk. Hatırlatıcı ipucunun ilk kelimesinden, annenin bebeğe *afetleri geçirdiğini* gözünüzde canlandırmanız, hastalıkları hatırlamanızı kolaylaştırabilir.

Anneden oğula geçen.

Denny parmaklarını suratımın dibinde şıklatıyor. "Senin neyin var? Nasıl böyle olabiliyorsun?" diye soruyor.

Çünkü gerçek bu. Yaşadığımız dünya böyle. Ben bunu yaşadım, TFGS'den geçtim. Tıp Fakültesi'ne Giriş Sınavı. Bir benin hiçbir zaman sadece basit bir ben olmayacağını öğrenecek kadar uzun bir süre USC Tıp Fakültesi'ne gittim. Basit baş ağrılarının aslında beyin tümörü olduğunu; çift görme, hissizlik, kusma ve nöbetlerle devam edip, uyuşukluk ve ölümle sonuçlanacağını öğrenecek kadar kaldım orada.

Bir kasın hafifçe seğirmesinin kuduz belirtisi olduğunu biliyorum; kas krampları, susuzluk, düzensizlik, ağız sulanması derken nöbet, koma ve ölüm gelir. Akne, yumurtalıkta kist olduğunun, hafif yorgunluk ise tüberkülozun belirtisidir. Kan çanağı gibi gözler menenjitin habercisidir. Uyuşukluk tifonun ilk belirtisidir. Güneşli günlerde gözünüzün önünde uçuşan noktalar, retinanızın yırtılmaya başladığı anlamına gelir. Kör olma yolunda ilerliyorsunuzdur.

Denny'ye, "Kadının tırnaklarına bak" diyorum. "Bu kesinlikle akciğer kanserinin belirtisi olabilir."

Eğer kafanız karışıyorsa, böbrek yollarınız iflas etmiştir ya da böbreğinizde ciddi bir sorun var demektir.

Bütün bunları tıp fakültesinin ikinci sınıfında aldığımız Fiziki Muayene dersinde öğrendim. Bütün bunları öğrendim ve artık geri dönüşü yok.

Cahillik *bir zamanlar* sonsuz mutluluktu.

Tende çürük, karaciğerde siroza işarettir. Geğirmek kolorektal kanser veya yemek borusu kanserinin habercisidir ya da en azından mide ülserinin.

Her küçük esinti, yassı hücreli karsinomu fısıldıyormuş gibi gelir.

Ağaçlardaki kuşlar histoplasmosisi şakıyorlarmış gibi gelir.

Çıplak gördüğünüz herkesi hasta olarak algılamaya başlarsınız. Bir dansçının parlak, güzel gözleri ve sert, kahverengi meme uçları olabilir; ama eğer nefesi kokuyorsa lösemisi vardır. Bir dansçının gür, uzun ve temiz saçları olabilir; ama kafasını kaşıyorsa Hodgkin lenfomasına yakalanmıştır.

Denny bloknotunu sayfa sayfa insan figürleriyle dolduruyor: Gülümseyen güzel kadınlar, öpücük gönderen zayıf kadınlar, yüzünü aşağıya eğmiş, saçlarının arasından Denny'ye bakan kadınlar.

"Tat alma duyunu yitirmen" diye anlatıyorum Denny'ye, "ağız kanserinin belirtisidir."

Gözleri, önündeki resimle yeni dansçı arasında gidip gelen Denny, bana bakmadan, "Dostum öyleyse sen çoktan o kansere yakalandın demektir" diyor.

Annem ölse bile, kredi hakkım sona ermeden okula geri dönüp tekrar kayıt olmak ister miydim bilemiyorum. Halihazırda bildiklerim zaten beni yeterince rahatsız ediyor.

Yaşamınızda, rayından çıkabilecek şeylerin hepsini fark ettikten sonra hayat yaşanır olmaktan çıkar, daha çok beklemekle geçer. Kanseri beklemekle. Bunamayı beklemekle. Her aynaya baktığınızda zona olabilecek kırmızı lekeler aramaya başlarsınız.

Ayrıca bakınız: Mantar hastalığı.

Ayrıca bakınız: Uyuz.

Ayrıca bakınız: Lyme hastalığı, menenjit, ateşli romatizma, frengi.

Kendini takdim eden yeni hasta da sarışın ve zayıf; hatta biraz fazla zayıf. Omurgasında tümör olabilir. Başı ve boğazı ağrıyorsa, ateşi düşükse, omurilik iltihabı vardır.

Denny, "Böyle yap" diye bağırıyor ve elleriyle gözlüğünü kapatıyor.

Hasta, denileni yapıyor.

"Güzel" diyor Denny ve hızlı hızlı çizmeye devam ediyor.

"Ağzını biraz aralasan nasıl olur?" diye soruyor.

Hatun bunu da yapıyor.

"Dostum" diyor Denny. "Atölyelere gelen modeller asla bu kadar şehvetli olmuyor."

Benim tek gördüğüm ise kadının doğru dürüst dans edemediği ve bu koordinasyon eksikliğinin, kesinlikle amyotrofik lateral skleroz anlamına geldiği.

Ayrıca bakınız: Lou Gehrig hastalığı.

Ayrıca bakınız: Komple felç.

Ayrıca bakınız: Nefes darlığı.

Ayrıca bakınız: Kramplar, yorgunluk, ağlama.

Ayrıca bakınız: Ölüm.

Yaptığı resme gölge ve derinlik katmak üzere Denny elinin kenarıyla mantar çizgilerini dağıtıyor. Bu, gözlerini elleriyle kapamış ve ağzını hafifçe aralamış olan sahnedeki kadının resmi ve Denny hızla desenler çizmeye devam ediyor; daha fazla detay için gözlerini tekrar kadına çeviriyor, göbek deliğine ve kalça kemiğinin kıvrımına bakıyor. Benim tek sıkıntım, Denny'nin çizdiği kadınların aslıyla uzaktan yakından bir alakasının olmaması. Denny'nin çizimlerinde bir kadının sarkmış kalçaları kaya gibi sert görünebiliyor. Gözleri çökmüş bir kadını ise pırıl pırıl parlayan gözler ve gergin göz altlarıyla çizebiliyor.

"Paran kaldı mı dostum?" diye soruyor Denny. "Hatunun hemen gitmesini istemiyorum."

Ama hiç param kalmadığı için hatun bizden sonraki herifin önüne ilerliyor.

"Bir bakalım Picasso" diyorum Denny'ye.

Denny gözünün altını kaşıyor ve elindeki is lekesi yüzüne bulaşıyor. Sonra da elindeki bloknotu görebilmem için bana doğru uzatıyor. Resimdeki hatun gözlerini elleriyle kapamış, besili ve her kasını sıkmış; ne yerçekimi, ne ultraviyole ışınlar veya kötü beslenmeden kaynaklanan bozulma söz konusu. Pürüzsüz ama yumuşak. Diri ama rahat. Resimdeki hatun kesinlikle bir fiziksel imkânsızlık şaheseri.

"Dostum" diyorum, "onu çok genç çizmişsin."

Sıradaki hasta yine Cherry Daiquiri; dönüp tekrar bize geliyor ve bu defa gülümsemiyor, yanağının içini kemiriyor ve bana, "Şu bendeki benin kanser olduğuna emin misin? Yani bilmiyorum, korkmam gerekiyor mu?" diye soruyor.

Ona bakmadan bir parmağımı havaya kaldırıyorum. Bu hareket uluslararası işaret dilinde, "Lütfen bekleyin. Doktor kısa bir süre içinde sizinle ilgilenecek" demek.

"Ayak bileklerinin o kadar ince olmasına imkân yok" diyorum Denny'ye. "Götü de burada çizdiğinden çok daha büyüktü."

Denny'nin ne yaptığını görmek için o tarafa doğru eğiliyorum, sonra da son hastanın durmakta olduğu sahneye doğru bakıyorum. "Dizlerini daha şişkin çizmelisin" diyorum.

Sahnenin önündeki dansçı bana iğrenç bir bakış fırlatıyor.

Denny çizmeye devam ediyor. Resimdeki hatunun gözlerini büyütüyor. Hatlarını yuvarlaklaştırıyor. Her şeyi daha da beter bozuyor.

"Dostum" diyorum, "sen pek de iyi bir ressam değilsin, biliyorsun değil mi?"

"Çok ciddiyim dostum, şu çizdiklerinin hiçbirini göremiyorum ben" diyorum.

Denny, "Bütün dünyayı kaldırıp çöpe atmadan önce kendine bir sponsor bulman gerekecek; çok fena" diyor. "Ve eğer hâlâ umurundaysa, annen sözlüğünde yazanları okuman gerektiğini söyledi."

Önümüzde çömelmiş olan Cherry'ye, "Hayatını kurtarmak konusunda gerçekten ciddiysen, seninle özel bir yerde konuşmamız lazım" diyorum.

"Hayır, *sözlük* değildi" diyor Denny. "*Günlük*. Nereden geldiğini gerçekten merak ediyorsan, annen hepsini günlüğüne yazmış."

Cherry bir bacağını sahnenin kenarından sallandırıyor ve sahneden aşağıya inmeye koyuluyor.

Denny'ye, "Ne varmış annemin günlüğünde?" diye soruyorum.

Küçük resimlerini çizmeye devam eden ve imkânsızları görebilen Denny, "Evet, günlük. Sözlük değil, dostum. Gerçek babanla ilgili her şey annenin günlüğünde yazıyormuş" diyor.

On Yedi

St. Anthony's'deki ön büro görevlisi kız esnerken eliyle ağzını kapatıyor ve ona, belki de gidip bir fincan kahve almak istersin, dediğimde bana yan yan bakarak, "Seninle olmaz" diyor.

Aslında ona asıldığım filan yok. Kendine kahve almaya gittiği süre zarfında masasına göz kulak olabilirim. Aklını çelmeye çalışmıyorum.

Gerçekten.

"Gözlerin yorgun görünüyor" diyorum.

Bütün gün burada oturup tek yaptığı şey, girip çıkan birkaç kişinin kaydını tutmaktan ibaret. Bir de, St. Anthony's'in içini gösteren monitörü izliyor. Monitördeki görüntü her on saniyede bir değişip sırayla koridorları, dinlenme salonunu, yemekhaneyi ve bahçeyi gösteriyor. Ekran siyah beyaz ve karlı. Monitörde on saniye boyunca boş yemekhane görünüyor. Masaların üzerine ters çevrilip konulan sandalyelerin krom ayakları havada. Sonraki on saniye boyunca uzun bir koridor görünüyor; birisi duvar kenarındaki bir bankın üzerine yığılmış.

Sonraki karlı ve siyah beyaz on saniye boyunca başka bir uzun koridorda tekerlekli sandalyeyle annemi gezdiren Paige Marshall görünüyor.

Ön büro görevlisi kız, "Bir dakika sonra burada olacağım" diyor.

Monitörün yanında eski bir dahili dinleme cihazının hoparlörü duruyor. Eski radyolara benzeyen bu hoparlörün üzeri, koltuklarınkine benzer, pütür pütür, tiftikli bir kumaşla kaplı ve numaralarla çevrili bir kadranı var. Her numara St. Anthony's'deki bir odanın numarası. Masanın üzerinde, anons yapmak için kullanılan bir mikrofon duruyor. Kadranı herhangi bir numaraya çevirince, binadaki bir odayı dinleyebiliyorsunuz.

Ve bir dakikalığına hoparlörden annemin sesi duyuluyor. "Ömrüm boyunca kendimi karşı olduğum şeyle ifade ettim..." diyor.

Kız dahili dinleme cihazının kadranını dokuz numaraya çeviriyor ve İspanyol müziği ile kahve almaya gideceği mutfaktaki metal kap kacak sesleri duyulmaya başlıyor.

Kıza, "Acele etme" diyorum. "Buradaki acılı ve öfkeli insanlardan öyle duymuş olabilirsin ama ben onların anlattığı canavar değilim."

Bu denli nazik davranmama rağmen kız cüzdanını çekmeceye koyup kilitliyor. "Birkaç dakikadan fazla sürmez, tamam mı?" diyor.

Tamam.

Sonra güvenlik kapılarından geçiyor ve ben de onun masasına yerleşiyorum. Monitörü izliyorum: Dinlenme salonu, bahçe, koridorlar, hepsi onar saniye. Paige Marshall'ı arıyorum. Dr. Marshall'ı duyabilmek için bir elimle düğmeyi çevirerek tek tek bütün numaraları deniyorum ve her odayı dinliyorum. Annemi duymaya çalışıyorum. Sanki siyah beyaz canlı yayın.

Tepeden tırnağa Paige Marshall ve teni.

Seks bağımlılarının kontrol listesindeki bir diğer soru da şudur: *Sokakta mastürbasyon yapabilmek için pantolonlarınızın ceplerini iç kısmından kesiyor musunuz?*

Dinlenme salonunda ak saçlı biri, bir yapbozun içine gömülmüş.

Hoparlörden sadece hışırtı sesi geliyor. Frekans sesi.

On saniye sonra, hobi odasında bir masanın etrafında oturan yaşlı kadınlar beliriyor. Arabalarını, hayatlarını mahvettiğime dair itiraflarda bulunduğum kadınlar. Suçu üstüme aldığıma dair.

Sesi açıp kulağımı hoparlörün bezine dayıyorum. Hangi numaranın hangi odaya ait olduğunu bilmeden numaraları tek tek çevirerek dinliyorum.

Diğer elim pantolonumun cebine kayıyor; artık orada bir cep yok tabii.

Numaralarda geziniyorum. Üç numarada birinin ağladığını duyuyorum. O oda her neredeyse. Beş numarada biri küfrediyor. Sekizde biri dua ediyor. Her neredeyse. Dokuzda tekrar mutfak ve İspanyol müziği.

Monitör kütüphaneyi, başka bir koridoru, sonra da beni gösteriyor. Ön bürodaki masanın arkasına gömülmüş, monitörü gözetleyen, karlı ve siyah beyaz beni. Bir eliyle düğmeyi kavramış olan beni. Diğer bulanık elim pantolonumun içine sıkışmış. İzliyorum. Lobinin tavanındaki bir kamera da beni izliyor.

Ben Paige Marshall'ı arıyorum.

Onu nerede bulabileceğimi öğrenmek için dinliyorum.

"Avına sessizce yaklaşmak" doğru ifade olmayabilir ama ilk aklıma geleni.

Monitör peş peşe, yaşlı kadınları gösteriyor. Sonra on saniye boyunca, başka bir koridorda tekerlekli sandalyeyle annemi gezdiren Paige Marshall görünüyor. Annemin sesini duyana dek düğmeyi çevirmeye devam ediyorum.

"Evet" diyor annem. "Her şeye *karşı* savaştım; ama zamanla aslında hiçbir şeyin *yanında* olamadığımı da anladım."

Monitör bahçeyi ve koltuk değneklerine yaslanmış yaşlı kadınları gösteriyor. Bir ayakları çukurda olan kadınları.

Monitör diğer odaları gösterirken annemin hoparlörden gelen sesi, "Ah evet, her şeyi eleştirebilirim, yakınıp yargılayabilirim ama bu bana ne kazandırır ki?" diyor.

Monitör boş yemekhaneyi gösteriyor.

Monitör bahçeyi gösteriyor. Başka yaşlılar var.

Bu insanı depresyona sokan bir internet sitesi olabilirdi. Ölüm kamerası gibi bir şey.

Siyah beyaz bir belgesel olabilirdi.

"Bir şeyi kavramakla, yaratmak aynı şey değildir" diyor annemin sesi. "İsyan çıkarmak yapıcı olmak değildir. Alay etmek yerine koymakla aynı değildir..." Ve hoparlörden gelen ses kesiliyor.

Monitör dinlenme salonunu ve kafasını yapboza gömmüş yaşlı kadını gösteriyor.

Düğmeyi çevirmeye ve aramaya devam ediyorum.

Beş numarada annemin sesi geri geliyor. "Dünyayı parçalara ayırdık" diyor, "ama parçalarla ne yapacağımızı bilemiyoruz..." Ve sesi tekrar kesiliyor.

Monitör karanlığa uzanan koridorları gösteriyor peş peşe.

Yedi numarada ses geri geliyor. "Benim kuşağım ve her şeyi alaya alışımız dünyayı daha iyi bir yer yapmadı" diyor. "Vaktimizin çoğunu başkalarının yarattığı şeyleri yargılayarak geçirdiğimizden, kendimiz hiçbir şey yaratamadık."

Hoparlörden gelen sesi, "Ben isyankârlığı bir kaçış yolu olarak kullandım. Eleştiriyi sahte bir katılım olarak kullandık" diyor.

Annemin hoparlördeki sesi, "Sanki bir şeyler başarmışız gibi gösterdik" diyor.

Annemin hoparlördeki sesi, "Dünyaya katkısı olan hiçbir şeye katılmadım ben" diyor.

Ve on saniye boyunca monitör hobi odasının önündeki koridorda annemi ve Paige'i gösteriyor.

Paige'in hoparlörden gelen hışırtılı sesi, "Peki ya oğlunuz?" diye soruyor.

Burnum neredeyse monitöre değecek; o kadar yakınım.
Monitör şimdi de bir kulağım hoparlörde, bir elim pantolonumun içinde hızlı hızlı bir şeyi sallayan beni gösteriyor.
Paige'in sesi, "Peki ya Victor?" diye soruyor.
Çok ciddiyim, her an boşalabilirim.
Ve annemin sesi, "Victor mı? Victor'ın kendi kaçış yolunu bulduğuna hiç şüphe yok" diyor.
Sonra da bir kahkaha patlatıyor ve "Ana babalar, kitlelerin uyuşturucusudur!" diyor.
Ve monitörde şimdi de elinde kahvesiyle tam arkamda duran ön büro görevlisi kız var.

On Sekiz

Bir sonraki ziyaretimde, sanki bu mümkünmüş gibi, annem daha da zayıf görünüyor. Boynu neredeyse bileğim kadar ince ve ses telleri ile boğazının arasındaki çukura gömülmüş olan derisinin rengi sapsarı. Yüzü, ardındaki kafatasını gizleyemiyor. Kapı aralığında dikilen beni görebilmek için annem kafasını bir yana doğru eğiyor. Gri renkli jölemsi bir madde gözlerinin kenarında kalıp gibi duruyor.

Üzerindeki battaniye iki kalça kemiği çıkıntısı arasında sarkıyor ve ortası boşmuş gibi duruyor. Battaniyenin altında fark edilen diğer çıkıntılar ise dizleri.

Tavuk ayağı kadar ince ve iğrenç görünen kolunu yatağın krom parmaklıkları arasından bana doğru uzatıp yutkunuyor.

Çenesi zorlukla hareket ediyor; dudakları tükürükle kaplı ve bana doğru uzanarak konuşmaya başlıyor.

"Morty" diyor. "Ben pezevenk değilim." Yumrukları sıkılı vaziyette ellerini havada sallıyor. "Feminist bir demeç veriyorum. Bütün kadınlar ölseydi fahişelik diye bir şey olur muydu?"

Elimde güzel bir çiçek buketi ve geçmiş olsun kartı tutuyorum. İş çıkışı geldiğim için üzerimde iş pantolonum ve yeleğim var. Bir de, tokalı pabuçlarım ve ince baldırlarımı gösteren çamurlanmış ajurlu çoraplarım.

Annem, "Morty, davanın kesinlikle düşmesini sağlamalısın" diyor. Ve arkasındaki yastık yığınına doğru iç çekiyor. Ağzından akan sudan ötürü, yastığa yüzünü koyduğu yerde açık mavi koca bir leke var.

Geçmiş olsun kartı bu işi halletmeyecek.

Elleri havaya pençe atıyor ve "Ah Morty, bir de, Victor'ı araman gerekecek" diyor.

Annemin odasına, Denny'nin bütün yaz çorapsız giydiği tenis ayakkabılarının eylül ayındaki kokusu sinmiş.

Elimdeki çiçek buketinin güzel kokusu fark edilmiyor bile.

Yeleğimin cebinde annemin günlüğü var. Günlüğün içindeyse günü geçmiş bir hastane faturası. Bir vazo ve anneme yedirecek yemek bulmak için odasından çıkmadan önce çiçekleri yatağının yanındaki lazımlığa bırakıyorum. Taşıyabileceğim kadar çok çikolatalı puding bulmalıyım. Ağzına tıkarak ona zorla yutturabileceğim bir şeyler bulmalıyım.

O kadar kötü görünüyor ki, buraya gelmeye dayanamıyorum; gelmemeye de öyle. Kapıdan çıkarken annem, "Acilen Victor'ı bulmalısın. Onu Dr. Marshall'a yardımcı olmaya ikna etmelisin. Lütfen. Victor, Dr. Marshall'ın beni kurtarmasına yardımcı olmalı" diyor.

Sanki bu tür şeyler tesadüfen oluyormuş gibi.

Kapının önünde, koridorda Paige Marshall duruyor; gözünde gözlüğü, elindeki dosyadan bir şeyler okuyor. "Bilmek istersin diye düşündüm" diyor. Koridor boyunca uzanan tırabzana yaslanıp, "Annen bu hafta kırk iki kiloya düştü" diyor.

Dosyayı arkasına saklıyor ve iki eliyle birden hem dosyayı hem de tırabzanı kavrıyor. Öyle bir pozisyonda duruyor ki göğüsleri iyice ileri fırlıyor. Leğen kemiklerini bana doğru uzatıyor. Paige Marshall dilini altdudağının içinde gezdirip, "Bir şeyler yapmak için biraz daha düşündün mü?" diye soruyor.

Yaşam desteği, tüple beslenme, suni teneffüs; tıpta bu tür şeylere "kahramanlık ölçütleri" denir.

Bilmiyorum, diyorum.

Öylece duruyoruz; ikimiz de birbirimize yakınlaşmak için ilk adımı karşımızdakinden bekliyoruz.

İki yaşlı kadın gülümseyerek yanımızdan geçip gidiyor ve içlerinden biri beni gösterip diğerine, "Sana bahsettiğim o kibar genç adam bu işte. Kedimi boğazlayıp öldüren oydu" diyor.

Yeleğinin düğmelerini yanlış iliklemiş olan ötekiyse, "O da bir şey mi?" diyor. "Bir keresinde kız kardeşimi öldüresiye dövmüştü."

Uzaklaşıyorlar.

"Çok hoş" diyor Dr. Marshall. "Yani bu yaptıklarını kastediyorum. Sen bu insanların hayatlarındaki en önemli olayları nihayete erdiriyorsun."

Öyle güzel görünüyor ki, zincirleme trafik kazalarını düşünmek zorundasınız. İki trafik canavarının kafa kafaya tokuştuğunu hayal ediyorum. Öyle güzel görünüyor ki, kendimi otuz saniye tutabilmek için bile toplu mezarları düşünmem gerekebilir.

Kokuşmuş kedi mamalarını, ağız ülserlerini ve bağışlanan, bozulmuş organları.

İşte o denli güzel görünüyor.

İzin verirse gidip biraz puding bulmam gerek.

"Kız arkadaşın mı var? Sebebi bu mu?" diye soruyor.

Birkaç gün önce şapelde seks yapmayışımızın sebebini. O çıplak ve hazırken, benim yapamamış olmamın sebebini. Kaçmış olmamın sebebini.

Diğer kız arkadaşlarımın tam bir listesi için lütfen dördüncü basamak kayıtlarına bakınız.

Ayrıca bakınız: Nico.

Ayrıca bakınız: Leeza.

Ayrıca bakınız: Tanya.

Dr. Marshall leğen kemiklerini bana doğru uzatıp, "Annenin durumunda olan hastaların çoğunun öldüğünü biliyor musun?" diye soruyor.

Açlıktan ölürler. Nasıl yutulacağını unutup, soluk alıp verirken yemeği soluk borularına kaçırırlar ve yiyecekler yanlışlıkla sıvıyla birlikte ciğerlerine iner. Ciğerleri, çürüyen maddeler ve sıvıyla dolar, sonra iltihaplanır ve ölürler.

Biliyorum, diyorum.

Belki de yaşlı birinin ölmesine izin vermekten daha kötü şeyler vardır, diyorum.

"O sıradan yaşlı bir insan değil ki" diyor Paige Marshall. "O senin annen."

Evet ve neredeyse yetmiş yaşında.

"Altmış iki yaşında" diyor Paige. "Onun hayatını kurtarmak için yapabileceğin bir şey varsa ve yapmazsan, onu kasten öldürmüş olursun."

"Başka bir deyişle" diyorum, "seni *yapmam* gerekiyor."

"Bazı hemşirelerden senin tuttuğun kayıtları duydum" diyor Paige Marshall. "Sırf zevk olsun diye seks yaptığını biliyorum. Yoksa sorun bende mi? Senin tipin değil miyim? Sorun bu mu?"

İkimiz de sessizliğe bürünüyoruz. Hastabakıcı kirli çarşaf ve ıslak havluların bulunduğu arabayı iterek yanımızdan geçiyor. Hem kadının ayakkabılarının tabanı hem de arabanın tekerlekleri kauçuktan. Yerler, üstüne basıla basıla kararmış eski tip mantar plakayla kaplı. Bu yüzden, kadın yanımızdan hiç ses çıkarmadan geçiyor ama ardında bir çiş kokusu bırakıyor.

"Beni yanlış anlamanı istemem" diyorum. "Seni sikmek istiyorum. Seni gerçekten sikmek istiyorum."

Hastabakıcı koridorun sonunda durup bize bakıyor. "Hey Romeo, neden zavallı Dr. Marshall'ı biraz rahat bırakmıyorsun?" diyor.

Paige, "Sorun yok, Bayan Parks. Bu Bay Mancini'yle benim aramda" diyor.

Zoraki gülümseyip, arabayla birlikte köşeyi dönene kadar kadına bakıyoruz. Kadının adı Irene, Irene Parks ve geçen sene bu zamanlar otoparkta, arabasının içinde seviştiğimiz de doğru. Ayrıca bakınız: Caren, Kadrolu Hemşire. Ayrıca bakınız: Jenine, Hemşire Yardımcısı.

O zamanlar her birinin özel olabileceğini düşünüyordum; ama elbiselerini çıkardıkları anda diğerlerinden bir farkları kalmadı benim için. Artık Irene'in götü bir kalemtıraş kadar bile çekici gelmiyor bana.

Dr. Paige Marshall'a, "Bak, çok yanılıyorsun" diyorum. "Seni öyle bir sikmek istiyorum ki tadı ağzıma geliyor. Ve ayrıca kimsenin ölmesini de istemiyorum; ama annemin eski haline dönmesini hiç istemiyorum."

Paige Marshall derin bir nefes alıp veriyor. Dudaklarını büzüp bana bakıyor. Dosyasını göğsüne yaslayıp kollarını önünde kavuşturuyor.

"Demek ki" diyor, "bunun seksle bir ilgisi yok. Sen sadece, annenin iyileşmesini istemiyorsun. Güçlü kadınlarla baş edemiyorsun ve eğer annen ölürse, onunla ilgili sorununun da sona ereceğini düşünüyorsun."

Annem odasından, "Morty, ben sana ne için para ödüyorum?" diye sesleniyor.

Paige Marshall, "Hastalarıma yalan söyleyerek onların karmaşalarına son verebilirsin; ama kendine yalan söyleme" diyor. Sonra da ekliyor: "Ve bana da yalan söyleme."

Paige Marshall, "Onun iyileştiğini görmektense ölmesini tercih ediyorsun" diyor.

"Evet. Yani hayır. Aslında bilmiyorum" diyorum.

Ömür boyu annemin çocuğundan ziyade rehinesiydim ben. Toplumsal ve politik deneylerinin baş kahramanı ve onun özel deney faresi. Ama artık o benim ve ölerek ya da iyileşerek benden kaçamaz. İstediğim, kurtarabileceğim tek bir kişi. Bana ihtiyacı olan bir kişi. Bensiz yaşayamayan biri. Kahraman olmak istiyorum; hem de tek seferliğine değil. Onu bu şekilde sakat tutmam gereksede bile, ben birinin daimi kurtarıcısı olmak istiyorum.

"Biliyorum, biliyorum, biliyorum. Bu kulağa korkunç geliyor" diyorum. "Ama bilmiyorum... Ben böyle düşünüyorum."

Gerçekte neler düşündüğümü Paige Marshall'a söylemenin tam zamanı aslında.

Yani, sırf erkek olduğum için her zaman hata yapmaktan bıktım, demenin.

Yani, her şeyden vazgeçip herkesin düşmanı olup çıkmadan önce etrafınızdaki insanlar size kaç kez baskıcı ve önyargılı bir düşman olduğunuzu söyleyebilir, demenin. Yani, erkekler birer şovenist domuz olarak doğmazlar, sonradan olurlar ve her gün binlerce erkek kadınlar tarafından bu şekilde yetiştirilmektedir, demenin.

Belli bir süre sonra vazgeçip seksist, bağnaz, ruhsuz, kaba ve kerizin kerizi olduğunuz gerçeğini kabullenirsiniz. Kadınlar haklıdır. Siz haksız. Bu fikre gün geçtikçe alışırsınız. İnsanların sizden beklediği gibi yaşamaya başlarsınız.

Uymasa da uydurursunuz.

Yani, Tanrı'nın olmadığı bir dünyada, anneler yeni Tanrı değil midir? Kutsal ve tecavüz edilemez son mertebe. Annelik dünyada kalan mükemmel ve büyülü mucizelerin sonuncusu değil midir? Ama erkekler için imkânsız olan bir mucizedir bu.

Erkekler doğum sırasında çekilen bütün şu acılar ve dökülen kan yüzünden doğurmadıklarına memnun olduklarını söyleyebilirler; ne var ki, kedi erişemediği ciğere murdar der. Erkeklerin, kadınların başardığı bu imkânsıza yakın olayın uzağından bile geçemediği açıktır. Beden gücü, soyut düşünceler, falluslar; erkeklerin sahip olduğu sanılan bu avantajlar aslında semboliktir.

Fallusla çivi bile çakılmaz.

Zaten kadınlar iktidar bakımından daha avantajlı doğarlar. Hakların eşitliğinden ancak erkeklerin çocuk doğurabildiği gün bahsetmeye başlayabiliriz.

Tabii, bunların hiçbirini Paige'e anlatmıyorum.

Bunları anlatmak yerine, bir insanın koruyucu meleği olmayı ne kadar fazla arzuladığımı söylüyorum.

"İntikam" doğru kelime değil ama ilk aklıma geleni.

"Öyleyse beni sikerek onun hayatını kurtarabilirsin" diyor Dr. Marshall.

"İyi de, onun tamamen kurtulmasını istemiyorum ki" diyorum. Onu kaybetmekten korkuyorum; ama eğer onu kaybetmezsem, kendimi kaybedebilirim.

Annemin kırmızı günlüğü hâlâ ceketimin cebinde. Hâlâ anneme puding götürmem gerekiyor.

"Onun ölmesini istemiyorsun" diyor Paige. "Ama iyileşmesini de istemiyorsun. Ne istiyorsun öyleyse?"

"İtalyanca bilen birini istiyorum" diyorum.

Paige, "Ne alaka?" diye soruyor.

"İşte" diyorum günlüğü göstererek, "bu annemin. İtalyanca yazılmış" diyorum.

Paige defteri alıp şöyle bir göz atıyor. Kulakları kızarmış ve kenarları çok heyecan verici görünüyor. "Üniversitede dört yıl İtalyanca dersi aldım" diyor. "Sana burada ne yazdığını söyleyebilirim."

"Sadece kontrolü elimde tutmak istiyorum" diyorum. "Bir değişiklik olsun, ergin kişi ben olayım istiyorum."

Hâlâ elindeki defteri karıştırmakta olan Dr. Paige Marshall, "Onu yönetebilmek için onun bu halde kalmasını istiyorsun" diyor. Bana bakıp, "Bana Tanrı olmak istiyormuşsun gibi geldi" diyor.

On Dokuz

Siyah beyaz alacatavuklar, kafası yassılaşmış tavuklar Dunsboro kolonisinde sendeleyerek geziniyorlar. Burada kanatsız veya tek bacaklı tavuklar var. Burada bacaksız tavuklar var ve avludaki çamurun içinde pejmürde kanatlarıyla yüzüyorlar. Gözleri olmayan kör tavuklar. Gagaları olmayan tavuklar. Doğuştan böyleler. Sakat. Minik tavuk beyinleri daha doğmadan sarsılmış.

Bilim ile sadizm arasında neredeyse görünmez bir çizgi vardır ve burada bu çizgi gözle görülür oluyor.

Benim beynim ileride daha iyi durumda olacak falan diye söylemiyorum bunları. Anneme bakmanız yeterli.

Dr. Paige Marshall keşke bu tavukların çırpınışlarını görebilseydi. Anlayacağından değil.

Yanımda Denny var ve uzanıp pantolonunun arka cebinden küçük ilanlar sayfasından kesilip katlanmış bir gazete parçası çıkarıyor. Tahmin edersiniz ki bu yaptığı yasak. Eğer Majesteleri Vali bunu görürse Denny'yi işten çıkarır. Ama şaka maka değil, ineklerin bulunduğu ahırın önündeki avlunun orta yerinde Denny gazete parçasını bana uzatıyor.

Gazete hariç, öyle gerçek görünüyoruz ki, üzerimizdeki kıyafetler bu yüzyıl içinde hiç yıkanmamış adeta.

Bizden bir parçayı hatıra olarak saklamak için insanlar fotoğraf çekiyor. Tatil anıları arasına bizi de sıkıştırmak için kameralarını üzerimize tutuyorlar. Bizi ve sakat tavukları çekiyorlar. Herkes bugünün her dakikasının sonsuza dek sürmesi için uğraşıyor. Her saniyeyi saklamak için.

Ahırdan nargile fokurtuları geliyor. İçeride kimler olduğu görünmüyor ama çember halinde dizilmiş, nefeslerini tutmaya çalışan bir grup insanın sessiz gerilimi hissedilebiliyor. Kızın biri öksürüyor. Ursula, sütçü kız. İçeride o kadar çok esrar dumanı var ki, ineklerden biri de öksürüyor.

Şu anda kurumuş inek şeylerini, yani inek tezeklerini toplamamız gerektiği halde, Denny, "Oku şunu dostum" diyor. "İşaretlediğim ilanı oku." Görmem için ilanın bulunduğu sayfayı açıyor. "Şuradaki ilan işte" diyor. Küçük bir ilan kırmızı kalemle işaretlenmiş.

Sütçü kız etraftayken. Turistler çevremizdeyken. Yakalanmamamıza imkân yok. Denny bu işi daha aleni yapamazdı.

Elimin tersiyle Denny'nin poposunda durmaktan ısınmış olan gazeteyi itip, "Dostum, burada olmaz" diyorum ve gazeteyi geri vermeye çalışıyorum.

Ben öyle yapınca Denny, "Affedersin. Seni suça ortak etmek istememiştim. İstersen ilanı sana okuyabilirim" diyor.

Buraya gelen ilkokul öğrencileri için kümesi gezmek ve tavukların kuluçkaya nasıl yattığını izlemek çok önemlidir. Ama tabii, sıradan bir tavuk asla tek gözlü veya boyunsuz veya topal bir tavuktan daha eğlenceli değildir. Bu yüzden yumurcaklar yumurtaları sallarlar. Yumurtaları bütün güçleriyle sallayıp tekrar kuluçkaya bırakırlar.

Yeni doğan civcivler sakat veya deli olsa kaç yazar? Eğitim uğruna olduktan sonra.

Şanslı olanları ölü doğar.

Eminim, Dr. Marshall'la saatlerce tartışırdık bu konuyu, merak mı zalimlik mi diye.

Parçalanmasın diye inek pisliklerini dikkatlice elime alıyorum. İçi hâlâ ıslak olan pisliklerin koku salmasını da önlemiş oluyorum böylelikle. Elimden bu kadar çok inek pisliği geçerken, tırnaklarımı yememeliyim.

Yanımda duran Denny okumaya başlıyor:

"İyileşmekte olan bir mastürbasyoncu, geliri ve sosyal becerileri sınırlı, ev işlerinden anlıyor, yirmi üç yaşında, erkek, iyi bir ev arıyor." Sonra da bir telefon numarası okuyor. Bu onun telefon numarası.

"Benimkiler, dostum. Bu onların telefon numarası" diyor Denny. "Bana bir şey ima etmeye çalışıyorlar gibi geldi."

Dün gece bunu yatağının üstünde bulmuş.

"Benden bahsediyorlar" diyor Denny.

O kısmını anladım, diyorum. Tahta kürekle gübreleri toplayıp hasır örgü bir şeyin içine dolduruyorum. Bilirsiniz işte. Sepet gibi bir şeye.

Denny, seninle yaşayabilir miyim diye soruyor.

"Burada Z planından bahsediyoruz" diyor Denny. "Hiç çarem kalmazsa diye soruyorum sana."

Beni rahatsız etmek istemediğinden mi yoksa benimle yaşayacak kadar delirmediğinden mi diye sormuyorum.

Denny'nin nefesi mısır cipsi kokuyor. Bir tarihi karakter ihlali daha. Denny böyle bela bir heriftir işte. Sütçü kız Ursula ahırdan çıkıp kafasının iyi olduğunun işareti kan çanağı gibi gözleriyle bize bakıyor.

"Beğendiğin bir kız olsaydı ve hamile kalmak için seninle yatmak isteseydi, yapar mıydın?" diye soruyorum Denny'ye.

Ursula eteğini yukarı çekip, sabolarıyla inek pisliklerine

basmamaya çalışarak bize doğru geliyor. Yoluna çıkan kör bir tavuğu tekmeliyor. Tam tekmelediği sırada biri fotoğrafını çekiyor. Evli bir çift fotoğraf çekmek için bebeklerini kucağına almasını istiyor Ursula'dan; ama Ursula'nın gözlerini görmüş olacaklar ki bir anda vazgeçiyorlar.

Denny, "Bilmiyorum" diyor. "Bebek, eve köpek almaya benzemez ki. Yani bebekler *çok* uzun yaşarlar, dostum."

"Peki ya hatunun derdi bebeğe bakmak filan değilse?" diye soruyorum.

Denny düşünürcesine gözlerini sağa sola oynatıyor. Sonra bana bakıp, "Anlamadım" diyor. "Bebeği satmaktan mı bahsediyorsun?"

"Hayır. Mesela kurban etmekten bahsediyorum" diyorum.

Denny, "Dostum" diyor.

"Sadece fikir yürütüyorum" diyorum. "Diyelim ki hatun henüz doğmadan bebeğin küçük cenin beynini açacak, kocaman bir iğneyle beynin içindekileri çekecek ve tedavi etmek için, beyni hasarlı olan, senin de tanıdığın birinin kafasına enjekte edecek."

Denny'nin ağzı bir karış açık kalıyor. "Dostum *beni* kastetmiyorsun, değil mi?" diyor.

Annemi kastediyorum.

Buna sinir transplantasyonu denir. Kimileri de sinir aşısı der ve bu aşamada annemin beynini eski haline getirebilmek için uygulanabilecek tek etkili yöntem bu. Ana maddeyi temin etmede yaşanan sorunlar olmasaydı bu yöntem daha da yaygınlaşabilirdi.

"Bütün bir bebek" diyor Denny.

"Bir cenin" diyorum.

Cenin dokusu, demişti Paige Marshall. Bunu teniyle ve dudaklarıyla söylemişti Dr. Marshall.

Ursula yanımızda durup, Denny'nin elindeki gazeteyi işaret ederek, "Üzerindeki tarih 1734 değilse, sıçtın. Bu, karakter ihlaline girer" diyor.

Denny'nin saçları tekrar uzamaya çalışıyor; ama bazıları içe dönmüş ve kırmızı veya beyaz sivilcelerin altına sıkışmış.

Ursula bir adım attıktan sonra dönüp, "Victor" diyor, "bana ihtiyacın olursa süt çalkalıyor olacağım."
Sonra, diyorum. Ağır hareketlerle çekip gidiyor.
Denny, "Dostum, annenle ilk çocuğunun arasında seçim yapmak gibi bir şey mi bu?" diyor.
Dr. Marshall'ın bakış açısıyla çok da büyük bir sorun teşkil etmiyor bu durum. Bunu zaten her gün yapıyoruz. İhtiyarları kurtarmak için doğmamışları öldürüyoruz. Şapelin yaldız yağmuru altında gerekçelerini kulağıma fısıldarken, bir depo benzin veya bir dönüm yağmur ormanı yaktığımızda, günümüzü kotarmak adına her defasında geleceği öldürmüş olmuyor muyuz, diye sordu bana.
Sosyal güvenlik kurumunun piramit şeklindeki sınıflandırma cetveli.
Göğüsleri aramızda sıkışmıştı ve bunu yapıyorum çünkü annen benim için önemli, dedi. En azından üzerine düşen şu küçük vazifeyi yerine getirebilirsin.
"*Küçük vazife*"yle neyi kastettiğini sormadım.
"Bana kendinle ilgili şu gerçeği anlat haydi" diyor Denny.
Bilmem. Yapamadım. Sikme kısmını beceremedim.
"Hayır" diyor Denny. "Annenin günlüğünü okudun mu demek istemiştim."
Hayır, okuyamıyorum. Çünkü kafam şu riskli bebek öldürme olayına takılmış durumda.
Denny dik dik gözlerimin içine bakıyor ve "Sen Cyborg falan mısın? Annenin büyük sırrı bu mu?" diye soruyor.
"Ne miyim?"
"Bilirsin işte" diyor Denny. "Sınırlı yaşama süresi olan, beynine yanlış çocukluk anıları yüklendiği için kendini gerçek insan sanan ama kısa bir süre sonra ölecek olan yapay insanımsılara Cyborg denir."
Bu defa da ben Denny'nin suratına dik dik bakıyorum ve "Dostum, yani annem sana benim bir çeşit *robot* olduğumu mu söyledi?" diye soruyorum.
"Günlüğünde öyle mi yazıyor?" diye soruyor Denny.

Elinde fotoğraf makinesi olan iki kadın yanımıza yaklaşıp, "Lütfen bir fotoğrafımızı çeker misiniz?" diye soruyor.

"Gülümseyin" diyorum ve inek ahırının önünde duran kadınların gülümseyen bir fotoğrafını çekiyorum. Kadınlar neredeyse kaçıp giden başka bir fani anıyla birlikte uzaklaşıyorlar. Biriktirilecek taşlaşmış bir an daha.

"Hayır, günlüğü okumadım" diyorum. "Paige Marshall'ı da sikmedim. Şu konu hakkında karar verene kadar hiçbir bok yiyemem."

"Tamam, tamam" diyor Denny. "Öyleyse sen gerçek bir hayatın olduğuna inandırılmak üzere kimyasallar ve elektrikle harekete geçirilen ve bir kapta duran beyinsin, öyle mi?"

"Hayır" diyorum. "Ben kesinlikle beyin filan değilim. Bu öyle bir şey değil."

"Tamam" diyor Denny. "Belki de sen sanal bir gerçeklik içinde diğer programlarla etkileşen yapay zekâ sahibi bir bilgisayar programısındır."

"Peki bu durumda sen ne oluyorsun?" diye soruyorum.

"Ben de herhangi bir bilgisayar oluyorum" diyor Denny. Sonra da, "Ne demek istediğini anladım dostum. Tamam, ben para üstünü bile hesaplayamayan bir adamım" diyor.

Denny gözlerini kısıp kafasını geriye yatırıyor ve tek kaşını kaldırarak bana bakıyor. "Son tahminim şöyle" diyor.

"Tamam, anladığım kadarıyla, sen bir deney konususun ve bildiğini sandığın dünya, hayatındaki insanların aslında rollerini oynayan aktörlerden ibaret olduğu yapay bir tasarım ve hava olayları sadece özel efektlerden ibaret ve gökyüzü maviye boyanmış ve etrafında gördüğün yerler de film seti. Doğru mu?" diyor Denny.

"Ha?" diyorum sadece.

"Ben de acayip iyi rol yapan ve doğuştan yetenekli bir aktörüm" diyor Denny. "Ve senin aptal, mastürbasyon bağımlısı zavallı en yakın arkadaşını oynuyorum."

Dişlerimi gıcırdatırken biri fotoğrafımı çekiyor.

Denny'ye bakıp, "Dostum sen rol falan yapmıyorsun" diyorum.

Dirseğimin dibinde turistin biri bana bakıp sırıtıyor. "Hey Victor" diyor. "Demek burada çalışıyorsun."

Adamın beni nereden tanıdığı konusunda en ufak bir fikrim yok.

Tıp fakültesinden. Yüksekokuldan. Başka bir işten. Ya da belki bizim gruptan başka bir seks manyağıdır. Çok komik. Sekskolik gibi görünmüyor; ama zaten hiç kimse öyle görünmez.

"Hey Maude" diyor ve yanındaki kadını dürtüyor. "Bu sana sözünü edip durduğum herif. Ben bu herifin hayatını kurtarmıştım."

Kadın, "Ah, aman Tanrım. Demek doğruymuş" diyor. Omuzlarını kaldırıp gözlerini deviriyor. "Reggie bu konuda daima böbürlenip duruyor. Ben de abarttığını düşünüyordum" diyor.

"Yaa" diyorum. "Doğru. Bizim Reg hayatımı kurtardı."

Denny, "Kurtarmayan kaldı mı ki?" diyor.

Reggie, "Bugünlerde idare edebiliyor musun? Elimden geldiği kadar çok para yollamaya çalıştım. Şu ağrıyan yirmilik dişini çektirmeye yetti mi?" diye soruyor.

Denny, "Ah, gözyaşlarımı tutamayacağım" diyor.

Boka bulanmış, kanatsız ve kafasının yarısı olmayan kör bir tavuk çizmelerime takılıyor. Okşamak için eğildiğimde hayvancağızın tüylerinin altında titrediğini hissediyorum. Gıdaklamakla ötmek arası bir ses çıkarıyor; ama duyulan neredeyse kedi mırlaması gibi bir şey.

Şu anda kendimi hissettiğimden daha zavallı bir şey görmek iyi geliyor.

Sonra da tırnağımı ağzıma götürmüş olduğumu fark ediyorum. İnek pisliği. Tavuk boku.

Ayrıca bakınız: Histoplasmosis.

Ayrıca bakınız: Tenya.

"Evet, para. Teşekkürler dostum" diyerek tükürüyorum. Sonra bir kere daha tükürüyorum. Reggie resmimi çekerken fotoğraf makinesinin klik sesi duyuluyor. İnsanların sonsuza dek yaşatmak zorunda hissettikleri aptalca bir an daha.

Denny elindeki gazeteye bakıyor ve "Ee dostum? Annenin evine yerleşip seninle kalabilir miyim? Evet mi, hayır mı?" diye soruyor.

Yirmi

Anneciğin saat üç için randevulaştığı şahıs, yüzükparmağında, alyansının yerinde, derin beyaz bir iz olan eliyle sarı bir banyo havlusunu sıkı sıkıya kavramış olarak geldi. Kapı kilitlenir kilitlenmez hemen ücreti ödemek istedi. Ve hemen pantolonunu çıkarmaya davrandı. Adının Jones olduğunu söylemişti. İlk adı da Bay'dı.

Anneciğe ilk kez gelen heriflerin hepsi aynıydı. Annecik bu adamlara ödemeyi sonra yaparsın derdi. Telaşa gerek yok. Kıyafetlerini de çıkarma. Acele etme.

Randevu defteri Bay Jones, Bay Smith, John Doe ve Bob White'larla dolu olduğundan Annecik adamdan daha farklı bir rumuz bulmasını isterdi. Adama kanepeye uzanmasını söylerdi. Panjurları örter, ışıkları karartırdı.

Annecik bu yolla tonla para kazanıyordu. Yaptığı şey şartlı tahliye hükümlerine aykırı değildi; ama sadece ve sadece, şartlı tahliye kurulunun hayal gücü kıt olduğundan.

Kanepedeki adama, "Başlayalım mı?" diye sorardı.

Adam seks peşinde olmadığını söylese bile, Annecik yine de ondan bir havlu getirmesini isterdi. Adamlar havlu getirirdi. Parayı nakit öderlerdi. Annecikten fatura kesmesini veya faturayı bir sigorta şirketine yollamasını isteyemezlerdi; çünkü onun böyle şeylerle uğraşacak vakti yoktu. Parayı peşin ve nakit öderlerdi ve nasıl muhasebeleştirecekleri kendilerini ilgilendirirdi.

Adamların sadece elli dakika süreleri vardı. Ne istediklerini bilmek durumundaydılar.

Yani istedikleri kadını, pozisyonları, ortamı, oyuncakları. Annecik adamların son dakikada olmayacak bir şey istemelerinden hoşlanmazdı.

Bay Jones'a sırtüstü yatmasını söylerdi. Sonra da gözlerini kapamasını.

Yüzündeki bütün gerginliğin silinmesine izin ver. Önce alnından başla; gevşet alnını. Gözlerinin arasındaki bölgeyi rahatlat. Alnının yumuşacık ve gevşemiş olduğunu düşün. Sonra gözlerinin çevresindeki kasların yumuşacık ve gevşemiş olduğunu düşün. Sonra ağzının etrafındaki kasların. Yumuşak ve gevşek.

Adamlar zayıflamaya geldiklerini söyleseler bile, aslında istedikleri seksti. Sigarayı bırakmak. Stresten kurtulmak. Tırnaklarını yemekten vazgeçmek. Hıçkırık tedavisi. İçkiyi bırakmak. Cilt bakımı yaptırmak. Konu her ne olursa olsun, sorunun kaynağı seks yapamıyor olmalarında yatardı. İstedikleri şey her ne olursa olsun, burada sadece seks yaparlardı ve problemleri çözülürdü.

Annecik merhametli bir dâhi miydi yoksa kaltağın teki miydi, bilmenize imkân yoktu.

Seks, hemen hemen bütün sorunları çözer.

Annecik ya bu alandaki en iyi terapistti ya da beyninizle sikişen bir fahişeydi. Müşterileriyle böyle yüz yüze olmaktan hoşnut değildi; ama zaten hayatını bu şekilde kazanmak için de çıkmamıştı yola.

Bu tarz bir seksli terapi yapmak aslında yanlışlıkla ortaya çıkmıştı. Sigarayı bırakmak isteyen bir müşteri, on bir yaşında olduğu ve sigaradan ilk nefes çektiği o güne dönmek istemişti. Böylece ne kadar kötü bir tadı olduğunu hatırlayabilecek, ilk başladığı güne geri dönecek ve hiç başlamayacaktı. Temel olarak fikir buydu.

Müşteri ikinci seansta akciğer kanserinden ölen babasıyla konuşmak istedi. Buraya kadar her şey henüz normaldi. İnsanlar hâlâ, fikir danışmak ve öğüt almak için ölmüş ünlü kişilerle görüşmek istiyorlar. Fakat her şey o kadar gerçekçiydi ki, müşteri üçüncü seansta Kleopatra'yla görüşmek istedi.

Annecik her müşteriye, yüzünüzdeki gerginliğin boynunuza, oradan da göğsünüze indiğini düşünün derdi. Omuzlarınızı gevşetin. Omuzlarınızı geriye, kanepeye yaslayın. Bir ağırlığın vücudunuza bastırdığını, kafanızı ve kollarınızı gittikçe koltuğun yastıklarının içine gömdüğünü hayal edin.

Kollarınızı, dirseklerinizi ve ellerinizi gevşetin. Vücudunuzdaki bütün gerginliğin parmaklarınıza indiğini hissedin ve gerginliğin parmak uçlarınızdan akıp gittiğini düşünerek rahatlayın.

Annecik, müşteriyi transa, yani bir tür hipnotik indüksiyona sokarak, yaşadığı tecrübeye rehberlik etmekten başka bir şey yapmıyordu. Müşterinin zamanda geri gittiği falan yoktu. Bunların hiçbiri gerçek değildi. İşin en önemli kısmı, adamın bunun böyle olmasını istemeseydi.

Annecik anbean hikâyeyi anlatırdı sadece. Adım adım açıklamalar yapardı. Canlı bir anlatım. Radyodan beysbol maçı dinliyormuşsunuz gibi düşünün. Ne kadar gerçekçi olabileceğini bir düşünün. Şimdi de, sekizinci seviyede trans halindeyken nasıl olacağını düşünün. Hem de öyle derin bir trans ki, duyabiliyorsunuz, koku alabiliyorsunuz. Tat alabiliyorsunuz, hissedebiliyorsunuz. Kleopatra'nın halının içinden çıkışını hayal edin, mükemmel, çırılçıplak ve hep hayalini kurduğunuz şekilde.

Salome'yi hayal edin. Marilyn Monroe'yu hayal edin. Tarihte herhangi bir döneme gidip, sizin için aklınıza gelebilecek her şeyi yapacak kadınlarla birlikte olduğunuzu hayal edin. İnanılmaz kadınlarla. Meşhur kadınlarla.

Zihin tiyatrosu. Bilinçaltı genelevi.

İşte her şey böyle başlamıştı.

Anneciğin yaptığı elbette hipnozdu; ama geçmiş hayata dönme durumu söz konusu değildi. Daha çok rehberli meditasyon türü bir şeydi. Bay Jones'tan göğsündeki gerginliğe odaklanmasını ve gerginliği aşağıya indirmeye çalışmasını istiyordu. Gerginliği göbeğine, kalçasına ve bacaklarına doğru çekmesini istiyordu. Suyun döne döne aktığını hayal etmesini istiyordu. Vücudunun her bölümünü gevşetmesini ve gerginliği dizlerine, baldırlarına ve ayaklarına akıtmasını söylüyordu.

Dumanın çekip gittiğini hayal et. Dumanı dağıt, yok oluşunu izle. Kayboluşunu. Eriyişini.

Buraya ilk kez gelen heriflerin çoğunda olduğu gibi bu adamın da randevu defterindeki isminin yanında Marilyn Monroe yazıyordu. Annecik sadece Marilyn'le bile geçimini sağlayabilirdi. Veya sadece Prenses Diana'yla.

Annecik Bay Jones'tan mavi bir gökyüzüne baktığını ve küçük bir uçağın gökyüzünde Z harfi çizdiğini hayal etmesini istedi. Sonra rüzgârın harfi silmesine izin ver, dedi. Sonra uçağın Y harfi çizdiğini hayal et. Bırak rüzgâr harfi silsin. Sonra X harfi. Sil. Sonra W.

Bırak rüzgâr silsin.

Anneciğin tek yaptığı sahneyi kurmaktı. Erkekleri idealleriyle buluştururdu. Onlara bilinçaltlarıyla bir randevu ayarlardı; çünkü hayatta hiçbir şey sizin hayal ettiğiniz kadar güzel olamaz. Hiçbir kadın sizin kafanızdaki kadar güzel olamaz. Hiçbir şey sizin fantezileriniz kadar heyecan verici olamaz.

Burada erkekler gerçek hayatta sadece hayalini kurabildikleri seksi bulurdu. Annecik ortamı hazırlar, girişi yapardı. Seansın geri kalan kısmındaysa saate bakıp kitap falan okur veya bulmaca çözerdi.

Burada insan asla hayal kırıklığına uğramazdı.

Kimi müşteriler girdiği transın derinliklerinde bir köpeğin rüyasında tavşan kovaladığı gibi sıçrayıp titrerdi. Bazıları çığlık atar, inler veya bağırırdı. Yan odadaki insanların ne düşündüğünü merak ederdiniz. Bekleme odasındaki herifler yaygarayı duyarlardı ve bu onları çılgına çevirirdi.

Seanslardan sonra herifler terden sırılsıklam olurlardı; tişörtleri sudan çıkmış gibi üstlerine yapışırdı, pantolonları da kirlenirdi. Bazılarının teri ayakkabılarından boşalırdı. Bazısının saçlarından süzülürdü. Anneciğin ofisindeki kanepe İskoç kumaşıyla kaplıydı ama kurumaya hiç fırsat bulamıyordu. Artık o kanepe, dış etkenlerden korunsun diye değil de yılların kirini içeride tutsun diye plastik bir kılıfla kaplı.

Yani herifler içinde temiz giysilerinin bulunduğu evrak çantalarına, kâğıt poşetlerine veya spor çantalarına birer tane de havlu koyup getirmek zorundaydılar. Seans aralarında Annecik etrafa oda spreyi sıkardı. Pencereleri açardı.

Bay Jones'a vücudundaki bütün gerginliği ayaklarına indir, oradan da dışarı akıt derdi. Bütün gerginliği. Vücudunun baştan ayağa gevşediğini düşün. Gevşe. Bütünleş. Gevşe. Ağırlaş. Gevşe. Boşalt. Gevşe.

Göğsünle değil, midenle soluk al. İçine çek, bırak.

İçine çek, bırak.

Nefes al.

Nefes ver. Düzgün ve muntazam.

Bacakların çok yorgun ve ağır. Kolların çok yorgun ve ağır.

Aptal oğlanın hatırladığına göre, Annecik ilk başlarda ev temizliği yapıyordu. Evi süpürüp silerek değil; manevi bir temizlik yapıyordu, şeytan çıkarıyordu. İşin zor kısmı, insanların rehberin sarı sayfalarında "Şeytan Kovucu" başlığı altındaki ilanı aramalarıydı. Gerisi eve gidip tütsü yakmak, Tanrı'nın Duası'nı okuyarak evin içinde gezinmek, bazen kilden bir davula vurmak ve evin temizlendiğini söylemekten ibaretti. Müşteriler sırf bunun için para öderdi.

Soğuk noktalar, kötü kokular, tekin olmayan hisler; insanların bunun için şeytan kovucuya ihtiyaçları yoktur. Yeni bir kalorifer tesisatına, musluk çuya veya içmimara ihtiyaçları vardır. Ama sizin ne düşündüğünüzün önemi yoktur. Asıl önemlisi onların bir sorunun varlığından emin olmalarıdır. Bu tür işlerin çoğu emlakçılardan gelir. Bu şehirde, yürürlükte olan bir gayri menkul standartları yasası vardır ve insanlar sadece asbest ve yanmış petrol bidonları yüzünden değil, hayaletler ve cinler gibi en saçma yakınmalarla da başvururlar. Herkes hayatında daha fazla heyecan ister. Bir ev satın almak üzere olanlar evle ilgili belirli teminatlar talep ederler. Emlakçı sizi arar, siz minik bir gösteri yaparsınız, biraz tütsü yakarsınız ve herkes kazanır.

İnsanlar istediklerini elde ederler; anlatacakları hikâye de yanlarına kâr kalır. Bu onlar için deneyimdir.

Oğlanın hatırladığına göre, daha sonra Feng Shui dönemi başladı ve müşteriler şeytan çıkarmanın yanı sıra Annecikten kanepeyi nereye koymak gerektiğini söylemesini de ister oldu. Gardırobun köşesinden gelen "Ki" akışını kesmemek için yatağın konabileceği en uygun yerin neresi olduğunu sorarlardı. Ki enerjisini yukarı kata yönlendirmek veya açık kapılardan kaçmasını engellemek için aynayı nereye asmaları gerektiğini sorarlardı. Anneciğin işi bu tarz bir şeye dönüşmüştü. İngilizce bölümünden mezun olduğunuz zaman yaptığınız işin aynısına; yani hiçbir şeye.

Tek farkı, Anneciğin özgeçmişinin reenkarnasyon garantili olmasıydı.

Bay Jones'la alfabedeki harfleri sondan başa doğru sayarlardı. Annecik adama, yeşil bir bayırda olduğunu ama bulutların alçalıp aşağıya indiğini ve en nihayetinde yoğun bir sisin etrafını sardığını söylerdi. Yoğun ve parlak bir sisin.

Parlak ve serin sisin içinde durduğunu hayal et. Geleceğin sağında duruyor. Geçmişin solunda. Sisin serinliğini ve nemini yüzünde hissediyorsun.

Soluna dön ve yürümeye başla.

Annecik Bay Jones'a sisin içinde, hemen önünde bir şeklin belirdiğini hayal etmesini söylerdi. Yürümeye devam et. Sisin kalkmaya başladığını hisset. Güneşin omuzlarında parladığını, seni ısıttığını hisset.

Şekil yaklaşıyor. Her adımda şekil daha da belirginleşiyor.

Burada, zihninin içinde, mahremiyetin tamamen sana ait. Burada, olan ile olabilecek olan arasında hiçbir fark yok. Hiçbir hastalık kapmayacaksın. Ya da kasıkbiti. Ya da hiçbir kanunu çiğnemeyeceksin. Veya hayal edebildiğin her şeyden daha azına razı olmak zorunda kalmayacaksın.

Hayal ettiğin her şeyi yapabilirsin.

Annecik bütün müşterilere nefes al, derdi. Nefes ver.

İstediğin herhangi biriyle birlikte olabilirsin. Hem de istediğin herhangi bir yerde.

Nefes al. Nefes ver.

Annecik Feng Shui'den sonra kanal açma olayına girdi. Antik tanrılarla, aydınlanmış savaşçılarla veya ölü hayvanlarla ilişki kurulmasına aracılık ederdi. Kanal açma olayı, onu hipnoz ve geçmiş hayata geri dönme işine yönlendirdi. İnsanları geçmiş hayatlarına döndürme olayı ise onu bu noktaya, kişi başı iki yüz dolardan her gün dokuz müşteriye getirdi. Bekleme odasını dolduran heriflere. Telefon açarak küçük oğlana, "Onun orada olduğunu biliyorum. Size neler uydurdu bilemem ama o evli" diye bağırıp çağıran eşlere.

Kapının önünde arabada bekleyen ve araç telefonlarından arayarak, "Orada neler olduğunu bilmediğimi sanmayın. Onu takip ettim" diyen eşlere.

Annecik tarihteki en güçlü kadınları erkeklerin aletleriyle oynamaya, altmışdokuza, oral ve anal seks yapmaya teşvik etme fikriyle yola çıkmamıştı ki.

. Bu durum çığ gibi büyüyüp kendiliğinden gelişmişti. İlk herif durumu anlatmıştı. Sonra onun bir arkadaşı aradı. Sonra ikinci herifin bir arkadaşı aradı. Hepsi ilk başta meşru bir şeylerin tedavisi için yardım istemişti. Sigara içmek veya tütün çiğnemek gibi. Sokağa tükürmek gibi. Hırsızlık gibi. Sonra hepsi sadece seks ister oldu. Clara Bow, Betsy Ross, Elizabeth Tudor ve Saba Kraliçesi'ni istediler.

Annecik de her gün kütüphaneye koşarak bir sonraki günün kadınları için araştırma yapmaya başladı: Eleanor Roosevelt, Amelia Earhart, Harrier Beecher Stowe.

Nefes al, nefes ver.

Helen Hayes, Margaret Sanger ve Aimee Semple McPherson'ı

becermek istediğini söyleyen herifler aramaya başladı. Edith Piaf, Sojourner Truth ve İmparatoriçe Theodora'yı becermek istediler. Bütün heriflerin ölmüş kadınlara bir saplantısının olması ilk başta Anneciği kızdırmıştı. Ve asla aynı kadını iki kere istemeyişleri de öyle. Ve Annecik her seansta ne kadar çok detay verirse versin, heriflerin tek istediği emmek, gömmek, becermek, sokmak, çıkarmak, delmek, geçirmek, pompalamak ve zımbalamaktan ibaretti.

Ve bazen örtmece, örtmece olmaktan çıkar.

Bazen yapılan örtmece, kastedilen şeyden daha gerçektir.

Ve bunun aslında gerçek seksle bir ilgisi yoktu.

Bu herifler gerçekten, sordukları şeyi yapmak istediler.

Sohbet, kostüm veya tarihsel doğruluk umurlarında değildi. Sadece, topuklu ayakkabı giymiş olan bir ayağı yerde, diğer ayağı masanın üzerinde duran, domalmış vaziyetteki Emily Dickinson'ın götüne tüy kalem sokmak istediler.

Transa geçip Mary Casatt'ı göğüsleri dik gösteren sutyenle görmek için iki yüz dolar öderlerdi.

Herkes bu kadar parayı veremezdi elbet; bu yüzden Anneciğin müşterileri hep aynı tip adamlardı. Dörtçekerlerini altı blok öteye park edip seğirte seğirte eve koştururlar; binaların önlerinde durduklarında kendi gölgelerinden korkarlardı. Taktıkları koyu renk camlı güneş gözlükleri yüzünden sendeler, isimleri veya rumuzları okunana dek gazetelerin ve dergilerin ardına gizlenirlerdi. Annecik ve aptal oğlan bu heriflerle dışarıda karşılaşacak olursa, herifler onları tanımamazlıktan gelirdi. Dışarıda eşleri vardı. Süpermarketlerde çocukları vardı. Parklarda köpekleriyle dolaşırlardı. Hepsinin gerçek isimleri vardı.

Ödemelerini sırılsıklam olmuş cüzdanlarından çıkardıkları nemli yirmilik ve elliliklerle yaparlardı, ki bu cüzdanlar fotoğraftan, kütüphane kartından, kredi kartından, kulüp üyelik kartından, ehliyet ve bozuk paradan geçilmezdi. Yükümlülüklerden. Sorumluluklardan. Gerçeklerden.

Annecik müşterilere güneşi teninizde hissedin, derdi. Verdiğiniz her nefesle güneş daha da ısınır. Güneşin yüzünüze, göğsünüze ve kollarınıza yaydığı parlaklığı ve sıcaklığı hissedin. Nefes al. Nefes ver.

Al. Ver.

Anneciğin müdavimleri bir süre sonra kız kıza gösteriler ve iki kızla birlikte partiler istediler. Indira Gandhi ve Carol Lombard'la. Margaret Mead ve Audrey Hepburn ve Dorothea Dix'le. Müdavimler kendi gerçekliklerinden de uzaklaşmaya başladılar. Keller, gür saç istedi. Şişkolar, kas. Soluk benizliler, bronz bir ten. Yeterince seanstan sonra her biri azametli, kol gibi ereksiyonlar ister oldu.

Sonuç olarak ortada geçmiş hayata dönme durumu yoktu. Aşk değildi. Tarih ve gerçek de değildi. Televizyon değildi ama her şey kafalarında gerçekleşiyordu. Bir çeşit yayındı bu da ve Annecik de vericiydi.

Seks değildi. Annecik ıslak hulyaların tur rehberiydi sadece. Yapay uykuların kucak dansçısıydı.

Müşteriler hasar kontrolü açısından pantolonlarını çıkarmazlardı. Pisliğin izleri gizlenmiş olurdu. Ve bunun için dünyanın parasını verirlerdi.

Bay Jones standart Marilyn tecrübesini yaşamak isterdi. Kanepenin üzerinde taş kesilir, terler ve ağzıyla nefes alıp verirdi. Gözleri kayardı. Tişörtünün koltukaltları koyulaşırdı. Pantolonunun ağı çadır gibi olurdu.

Annecik Bay Jones'a, "İşte geldi" derdi.

Sis kalkıyor; güneşli ve sıcak bir gün. Havayı teninde, çıplak kollarında ve bacaklarında hisset. Verdiğin her nefeste ısındığını hisset. Kalktığını ve kalınlaştığını hisset. Taş gibi sertleşti, mosmor ve daha önce hiç olmadığı kadar çok zonkluyor.

Annecik saatine baktı; bir sonraki müşteriye geçmeden önce kırk dakikaları vardı daha.

Sis kalkıyor, Bay Jones ve önünüzde duran suret, daracık saten bir elbise giymiş olan Marilyn Monroe. Altın gibi ve gülümsüyor; gözleri yarı kapalı, başını geriye atmış. Küçük çiçeklerle dolu bir çayırın ortasında duruyor ve kollarını açıyor. Ona doğru yaklaşınca elbisesi vücudundan kayıp yere düşüyor.

Annecik aptal oğlana bunun seks olmadığını söylemişti. Bunlar gerçek kadınlar değil de, birer semboldü. Birer izdüşüm. Birer seks sembolü.
Telkinin gücü.
Annecik Bay Jones'a, "Al onu" derdi.
"O tamamen senin" derdi.

Yirmi Bir

Denny'nin, elinde pembe bebek battaniyesine sarılı bir şeyle ön kapıda belirdiği ilk gece. Annemin sokak kapısının gözetleme deliğinden bakınca bir hayli büyük ekose bir ceket giymiş olan Denny'yi görüyorum; kucağındaki bebeği sallayan Denny'nin sokak kapısının gözetleme deliğindeki mercek yüzünden burnu, gözleri ve her şeyi şiş görünüyor. Her şeyi çarpık görünüyor. Kundağı saran elleri harcadığı çaba yüzünden bembeyaz olmuş.

Denny, "Aç kapıyı dostum!" diye bağırıyor.

Kapıyı üzerindeki zincirin izin verdiği kadar aralayıp, "Ne var elinde?" diye soruyorum.

Denny battaniyeyle kundağı iyice sarıp sarmalıyor ve "Neye benziyor?" diye soruyor.

"Bebeğe benziyor dostum" diyorum.

Denny, "İyi" diyor. Pembe kundağı eliyle tartıyor ve "Bırak da gireyim; bu iyice ağırlaştı" diyor.

Zinciri açıyorum. Kenara çekiliyorum ve Denny içeri dalıp bebeği oturma odasının köşesinde duran plastik kaplı kanepenin üzerine bırakıyor.

Pembe battaniye açılıyor ve altından, temizlenip parlatılmış bir kaya parçası çıkıyor. Bebek falan yok; sadece bu iri kaya parçası var.

"Bana bebek fikrini verdiğin için sağ ol" diyor Denny. "İnsanlar kucağında bebek taşıyan genç birini gördüğünde ona çok iyi davranıyor. Koca bir taş taşıyan birini gördüklerindeyse sinirleniyorlar. Özellikle de otobüse binince."

Bir ucunu çenesinin altına sıkıştırıp battaniyeyi katlamaya başlıyor ve "Ayrıca bebeğin varsa otobüste her zaman yer bulabiliyorsun. Ve eğer paran yoksa otobüsten de atmıyorlar" diyor. Katladığı battaniyeyi omzuna atıyor ve "Bu ev annenin mi?" diye soruyor.

Yemek masasının üstü bugün gelen yaş günü kartları, çekler, teşekkür mektuplarım ve beni kimin nerede kurtardığının kaydını tuttuğum büyük defterle kaplı. Bunlara ilaveten annemin hesap makinesi de orada; oyun makineleri gibi yandan kollu, on tuşlu eski tip bir hesap makinesi. Tekrar masanın başına geçip günlük hesaplarımı yapmaya devam ediyorum ve "Evet, emlak vergisini toplayan herifler birkaç ay içinde beni defedene kadar burası annemin evi" diyorum.

Denny, "Koca bir evinin olması çok iyi. Çünkü benimkiler kayalarımı da almamı istediler" diyor.

"Dostum" diyorum. "Kaç tane var bunlardan?"

Denny mastürbasyon yapmadığı her gün için bir kaya parçası topladığını söylüyor. Geceleri kendini meşgul etmek için yapıyormuş bunu. Kaya buluyor. Onları yıkıyor. Çeke çeke eve taşıyor. Küçük, boktan şeyler yapmamaya çalışmaktansa, bu şekilde büyük ve iyi şeyler yaparak iyileşecekmiş.

"Bu öyle bir şey ki, hiç yaramazlık yapmıyorum, dostum" diyor Denny. "Şehirde doğru düzgün taş bulmak ne kadar zor bilemezsin tabii. Beton parçalarından veya insanların yedek anahtarları altına koyduğu plastik kayalardan bahsetmiyorum."

Bugün gelen çeklerin toplamı yetmiş beş papel. Paraların hepsi kim bilir neredeki restoranda beni kurtarmış olanlardan geliyor. Bu paranın mide tüpü için ödenecek tutarın yakınından bile geçmediğine eminim.

Denny'ye, "Toplam kaç gün oldu?" diye soruyorum.

"Yüz yirmi yedi kaya kadar oldu" diyor Denny. Yanıma geliyor, yaş günü kartlarına ve çeklere bakıyor. "Eee, annenin şu meşhur günlüğü nerede?" diye soruyor.

Yaş günü kartlarından birini alıyor.

"Okuyamazsın" diyorum.

"Affedersin dostum" diyor Denny ve kartı yerine koymaya davranıyor.

Hayır, diyorum. Günlüğü okuyamazsın çünkü yabancı bir dilde yazılmış. O yüzden okuyamazsın. Ben de okuyamam. Herhalde annem, ben çocukken gizlice okumayayım diye o dilde yazmış. "Dostum" diyorum, "sanırım İtalyanca."

Denny, "İtalyanca mı?" diye soruyor.

"Evet" diyorum. "Bilirsin işte, spagetti falan."

Kocaman ekose montu hâlâ üzerinde. "Yemek yedin mi?" diye soruyor.

Daha yemedim. Makbuz zarfını yapıştırıyorum.

Denny, "Sence beni yarın işten atarlar mı?" diye soruyor.

Evet, hayır, belki de. Ursula onu gazete okurken gördü.

Bankaya verilecek makbuzlar hazır. Bütün teşekkür ve acındırma mektupları imzalandı, üzerlerine pulları yapıştırıldı ve postaya verilmek üzere hazır. Kanepenin üzerinden montumu alıyorum. Denny'nin kayası kanepenin yaylarını eziyor.

"Peki bu kayalara ne olacak?" diye soruyorum.

Ön kapıyı açmış olan Denny, ben ışıkları söndürürken orada

bekliyor. Kapı eşiğinden, "Bilmiyorum. Ama arsa, arazi gibi bir şey bu taşlar. Yani bilirsin işte, bir tür yatırım. Bunlar birer toprak parçası; ama birleşmeleri gerekiyor. Yani bilirsin işte, toprak sahibi olmak gibi ama şimdilik kapalı yerde" diyor.

"Anlıyorum" diyorum.

Dışarı çıkıyoruz; kapıyı kilitliyorum. Gökyüzü yıldızlar yüzünden puslu görünüyor. Son derece bulanık. Ay yok.

Denny kaldırımdaki birikintiye bakıyor ve "Bence Tanrı dünyayı karmaşadan kurtarmak için ilk olarak bir sürü kayayı bir araya topladı" diyor.

Yürürken Denny'nin yeni takıntısı yüzünden gözlerim kayaların bulunabileceği boş arsaları ve yerleri tarıyor.

Pembe bebek battaniyesi hâlâ omzunda katlı duran Denny otobüs durağına yürürken, "Sadece kimsenin istemediği taşları topluyorum" diyor. "Her gece sadece bir kaya alacağım. Sonra ne yapacağımı da ileride düşünürüm" diyor.

Bu çok garip bir şey aslında. Eve kaya götürmek. Arsa topluyoruz.

"Şu Daiquiri adındaki kızı hatırlıyor musun?" diyor Denny. "Hani şu kanser beni olan dansçı kızı. Sen onunla yatmadın, değil mi?"

Gerçek arazi çalıyoruz. Yeryüzünden toprak araklıyoruz.

"Neden olmasın?" diyorum.

Biz arsa hırsızlığı yapan yasadışı bir ikiliyiz.

Denny, "Onun gerçek ismi Beth" diyor.

Denny'nin kafasının nasıl çalıştığı göz önünde tutulursa, muhtemelen kendi gezegenini yaratmak için planlar yapıyor.

Yirmi İki

Dr. Paige Marshall eldivenli elleriyle beyaz, ip gibi bir şeyi geriyor. Tamamen geriye yatırılmış muayene koltuğunun üzerindeki yaşlı, çökmüş kadının üzerine eğiliyor ve "Bayan Wintower ağzınızı mümkün olduğu kadar çok açmanızı istiyorum" diyor.

Lateks eldivenlerin içindeki ellerin sarımsı görünüşü bana kadavra derisini hatırlatır. İlk yıl aldığımız anatomi dersinde gördüğümüz, kafaları ve kasıkları tıraşlı kadavraları. Tıraş edilmiş kılların pütürüklü uçlarını. Ten tavuk derisi gibi olur; hafif ateşte kaynamış, sarıya çalan ve foliküllerle çukurlaşmış tavuk derisi gibi. Tavuk veya insan tüyü, hepsi keratindir. İnsan uyluğundaki kaslar, sıkı etli hindininkiyle aynıdır. İlk yıl anatomi dersi alıp da tavuk veya hindi yerken kadavra yiyiyormuş hissine kapılmayan yoktur.

Yaşlı kadın, kahverengi dişetlerine saplanmış dişlerini göstermek için kafasını geriye yaslıyor. Dili bembeyaz. Gözleri kapalı. Katolik kilisesinde papaz yamağı çocuklardan biriyseniz, komünyonda peşi sıra ilerlediğiniz papazın ağızlarına birer lokma ekmek koyduğu kadınların hepsi size işte böyle görünür. Kilise, okunmuş ekmeği elinize alıp sizin yedirebileceğinizi ama bu yaşlı kadınların eline vermemeniz gerektiğini söyler. Kilisede mihrabın önündeki parmaklıktan aşağıya baktığınızda iki yüz tane açık ağız, kurtuluş için dilini dışarı uzatmış iki yüz tane yaşlı kadın görebilirsiniz.

Paige Marshall öne eğiliyor ve elindeki beyaz ipliği yaşlı kadının dişlerinin arasına sıkıştırıyor. İpi çekiyor ve ip kadının ağzından titreşerek çıktığında birtakım yumuşak, gri parçalar da fırlıyor. İpi başka iki dişin arasına sokuyor; bu defa çıktığında, ipin rengi kırmızı.

Kanayan dişetleri için ayrıca bakınız: Ağız kanseri.

Ayrıca bakınız: Çürüyen ülserli dişetleri.

Papaz yamağı olmanın tek iyi yanı okunmuş ekmeği ağzına alan herkesin çenesinin altına pateni tutuyor olmaktır. Bu, düşmesi durumunda okunmuş ekmeği yakalamak üzere kullanılan, bir çubuğa raptedilmiş altın bir tabaktır. Ekmek yere düşse bile yemek zorunludur. Bu noktada, o takdis olmuştur. İsa'nın vücudunun bir parçasıdır. Beden canlanır.

Geriden, Paige Marshall'ın kanlı ipi tekrar tekrar kadının ağzına sokuşunu izliyorum. Paige'in doktor önlüğünün ön kısmını gri ve beyaz lekeler kaplıyor. Küçük, pembe noktalar oluşuyor.

Kapının kenarından bir hemşire başını uzatıp, "Burada herkes iyi mi?" diye soruyor. Hasta koltuğundaki yaşlı kadına, "Paige canını acıtmıyor, değil mi?" diye soruyor.

Kadının cevabı gargara sesi olarak çıkıyor.

Hemşire, "O da neydi öyle?" diye soruyor.

Yaşlı kadın yutkunuyor ve "Dr. Marshall çok nazik biri. Dişlerimi yaparken senin bana davrandığından çok daha nazik" diyor.

"Hemen hemen bitti" diyor Dr. Marshall. "Çok iyisiniz Bayan Wintower."

Hemşire omuz silkip odadan ayrılıyor.

Papaz yamağı olmanın iyi yanı, insanların boğazına patenle vurmaktır. Dizleri üzerine çökmüş ve dua için ellerini kavuşturmuş insanların yüzleri, kendilerini yücelmiş hissettikleri o anda öyle komik bir hal alır ki! Buna bayılıyorum.

Papaz ekmeği dillerine yerleştirirken, "İsa'nın bedeni" diyecektir.

Ve komünyon için diz çöken kişi, "Amin" der.

İşin en güzel yanı boğazlarına vurmaktır; böylece "Amin", bebek agusu gibi çıkar. Ya da ördek gibi vaklarlar. Ya da tavuk gibi gıdaklarlar. Tabii bunu yanlışlıkla yapmış ayaklarına yatmak ve gülmemek gerekiyor.

"Tamamdır" diyor Dr. Marshall. Doğruluyor ve kanlı ipi çöpe atmak üzere adım attığında beni görüyor.

"Bölmek istemedim" diyorum.

Yaşlı kadının muayene koltuğundan kalkmasına yardım ederken, "Bayan Wintower, lütfen Bayan Tsunimitsu'yu buraya gönderir misiniz?" diyor.

Bayan Wintower kafasını sallıyor. Diliyle dişlerini kontrol ettiğini yanaklarındaki yumrulardan ve dudaklarını içine çekişinden anlayabiliyorsunuz. Koridora çıkmadan önce bana bakıyor ve "Howard, şu aldatma olayını affettim. Buraya gelip durmana gerek yok" diyor.

"Bayan Tsunimitsu'yu yollamayı unutmayın" diyor Dr. Marshall.

"Eee?" diyorum.

Paige Marshall, "Bütün gün diş temizlemem gerekiyor. Ne vardı?" diyor.

Annemin günlüğünde neler yazdığını bilmem gerekiyor, diyorum.

"Ah şu mesele" diyor. Lateks eldivenlerini çıkarıp tıbbi atık kutusuna atıyor. "O günlük sadece, annenin sen daha doğmadan önce delirmiş olduğunu kanıtlıyor, o kadar."

Nasıl yani, diyorum.

Paige Marshall duvardaki saate bakıyor. Bayan Wintower'ın henüz kalkmış olduğu deri görünümlü muayene koltuğunu işaret ederek, "Otur lütfen" diyor. Ellerine yeni lateks eldivenler geçiriyor.

Dişlerimi mi temizleyeceksin, diye soruyorum.

"Nefes alışını kolaylaştırır" diyor ve bir parça diş ipi koparıyor. "Otur da sana günlükte neler yazdığını anlatayım" diyor.

Oturmamla birlikte koltuktan bir kötü koku bulutu yükseliyor.

"Bunu ben yapmadım" diyorum. "Yani şu kokuyu. Onu ben çıkarmadım."

Paige Marshall, "Sen doğmadan önce annen İtalya'da bir süre kalmış, öyle mi?" diyor.

"Büyük sır bu mu yani?" diye soruyorum.

Paige, "Ne ?" diyor.

İtalyan olmam.

"Hayır" diyor Paige. Ağzıma doğru eğiliyor. "Ama annen Katolik, öyle değil mi?" diye soruyor.

İpi dişlerimin arasına aniden sokunca canım yanıyor.

"Lütfen şaka yaptığını söyle" diyorum. Parmaklarının arasından, "Aynı anda hem İtalyan hem Katolik olamam. Buna dayanamam" diyorum.

Ona bunları zaten bildiğimi söylüyorum.

Paige, "Kapa çeneni" diyerek geri çekiliyor.

"Peki babam kimmiş?" diye soruyorum.

Tekrar ağzıma doğru eğiliyor ve ipi iki arka dişimin arasına geçiriyor. Dilimin altında biriken kanın tadını alıyorum. Bütün dikkatini bana vermiş durumda ve "Eğer Kutsal Üçleme'ye inanıyorsan, sen kendi kendinin babasısın" diyor.

Kendimin babası mıyım?

Paige, "Anladığım kadarıyla, annenin akıl hastalığı sen doğmadan önceye dayanıyor. Günlüğünde yazanlara bakılırsa, otuzlu yaşlarının başında delirmeye başlamış" diyor.

İpe asılıyor ve ağzımdaki yemek kalıntıları önlüğüne yapışıyor.

Kutsal Üçleme'yle neyi kastettiğini soruyorum.

Paige, "Bilirsin" diyor. "Baba, Oğul ve Kutsal Ruh. Üçü bir arada. Aziz Patrik ve yonca. Ağzını biraz daha açabilir misin?"

Lafı hiç dolandırmadan, bana çok açık bir şekilde o günlükte benimle ilgili neler yazdığını söyler misin lütfen, diyorum.

Önce ağzımdan henüz çektiği kanlı ipe, sonra da önlüğündeki kan ve yemek kalıntısı lekelerine bakıyor ve "Bu anneler arasında sık görülen bir hayaldir" diyor. İple birlikte tekrar eğiliyor ve ipi başka bir dişin etrafına doluyor.

Orada olduğunu bilmediğim yarı öğütülmüş yiyecekler fırlayıp dışarı çıkıyor. İple birlikte kafamı da çekiştirdiğinden, kendimi Dunsboro kolonisindeki dizginlenmiş atlar gibi hissediyorum.

Gözlüğüne sıçrayan kan lekelerinin ardından bakan Paige Marshall, "Zavallı annen" diyerek ekliyor, "o kadar delirmiş ki, İsa'nın, senin bedeninde tekrar dirildiğini sanıyor."

Yirmi Üç

Ne zaman yepyeni arabasının içindeki biri, gidecekleri yere bırakmayı teklif etse, Annecik şoföre, "Hayır" derdi.

Yolun kenarında durup yepyeni Cadillac'ın veya Buick'ın veya Toyota'nın uzaklaşmasını izlerlerdi ve Annecik her seferinde, "Yeni araba kokusu, ölümün kokusudur" derdi.

Bu Anneciğin çocuğu götürmek üzere üçüncü veya dördüncü gelişiydi.

Annecik çocuğa, yeni arabalardaki o yapışkan ve reçine kokusunun formaldehit, yani cesetleri muhafaza etmek için kullanılan madde olduğunu söylemişti. Yeni evlerden ve mobilyalardan da bu koku yükselir. Buna "gaz bırakma" denir. Yeni elbiselerde de formaldehit soluyabilirsiniz. Yeterince soluduk-

tan sonra midenize ağrı girmesi, kusmanız ve ishal olmanız gayet doğaldır.
Ayrıca bakınız: Karaciğerin iflası.
Ayrıca bakınız: Şok.
Ayrıca bakınız: Ölüm.
Eğer aydınlanmak istiyorsan, dedi Annecik, yeni arabalar cevap değildir.
Yolun kenarında uzun saplı mor ve beyaz çiçekleriyle yüksükotları olurdu. Annecik, "Yüksükotu da işe yaramaz" dedi.
Yüksükotunun çiçeklerini yerseniz mideniz bulanır, sayıklarsınız ve görüşünüz bunalıklaşır.
Başlarının üstünde bir dağ yükseliyordu. Çam ağaçlarıyla kaplı, gökyüzüne asılmış gibi duran bu dağ adeta bulutlara değiyordu ve en tepesinde de biraz kar vardı. Dağ öylesine uluydu ki, onlar ne kadar yürürlerse yürüsünler, dağ hâlâ olduğu yerde duruyordu.
Annecik çantasından beyaz tüpü çıkardı. Dengede durması için tüpü aptal çocuğun bir omzuna yasladı ve öyle hızla çekti ki içine, tüpün yarısı burnuna girdi. Sonra da tüpü yolun çakıllı kıyısına düşürdü ve durup dağa bakmaya başladı.
Ne kadar yürürlerse yürüsünler, hep dağın eteğindeydiler.
Annecik kendisini koyverince, aptal oğlan tüpü yerden aldı. Üzerindeki kanı tişörtünün kenarına sildi ve onu Anneciğe geri uzattı.
"Trikloroetan" dedi Annecik ve çocuğun görebilmesi için tüpü ona doğru tuttu. "Yaptığım bütün kapsamlı testler gösterdi ki, aşırı derecede bilgili olmanın en iyi tedavisi bu."
Tüpü tekrar çantasına tıktı.
"Mesela şu dağ" dedi. Aptal oğlanın çenesini başparmağıyla işaretparmağının arasına sıkıştırıp kendisiyle birlikte o yöne bakmasını sağladı. "Şu yüce dağ. Çok kısa bir süre için sanırım onu gerçekten gördüm."
Başka bir araba daha yavaşladı; kahverengi ve dört kapılı son model bir şeydi ama Annecik bir el işaretiyle arabayı yolladı.
Aniden kafasında bir şimşek çakmış, Annecik ağaç kıyımı,

kayak merkezleri, çığlar, doğal yaşam, tektonik jeolojik tabaka, mikro iklimlendirme, yağmurun uğramadığı bölgeler veya yinyang noktalarını aklına getirmeksizin, dağı olduğu gibi görmüştü. Dağı, dilin sınırlarına hapsolmadan algılamıştı. Çağrışım tuzağına düşmeden. Dağlarla ilgili doğru bildiği her şeyi bir kenara bırakıp öyle bakmıştı.

Kafasında beliren o bir anlık görüntü aslında "dağ" bile değildi. Doğal kaynaklardan biri değildi. Adı yoktu.

"En büyük amaç bu" dedi. "Bilgiyi tedavi etmek."

Eğitimi. Kafalarımızın içinde yaşıyor oluşumuzu.

Otoyoldan arabalar geçip gitti. Annecikle çocuk hiç kıpırdamayan dağın yanından yürümeye devam etti.

Annecik, Âdem'le Havva'nın İncil'deki hikâyesinden beri insanların kafası kendi iyiliği için fazla çalışır oldu, dedi. Şu elmayı yediklerinden beri. Anneciğin amacı, tam şifa olmayacaksa da, en azından insanları masumiyete geri döndürecek bir tedavi yöntemi bulmaktı.

Formaldehit işe yaramamıştı. Yüksükotu da öyle.

Doğal kafa yapıcı maddelerin hiçbiri işini görmemişti. Ne hindistancevizi baharatı, ne hindistancevizi tohumu veya fıstık kabuğu dumanı çekmek işe yaramıştı, ne de dereotu, ortanca yaprağı veya havuç suyu.

Annecik, geceleri gizlice, tanımadıkları insanların arka bahçelerine sokardı oğlanı. İnsanların sümüklüböcek ve salyangozlar için bıraktığı biraları içer, bahçedeki tatula, itüzümü ve yabansümbüllerinden otlanırdı. Yan yana park etmiş arabaların arasına süzülür ve yakıt depolarındaki benzini koklardı. Kapakları açıp yağları koklardı.

"Havva bizi bu pisliğin içine nasıl attıysa, ben de aynı şekilde çıkarabilirim" dedi Annecik. "Tanrı gerçekten becerikli bir insan görmek istiyor."

İçinde aileler, bavullar, köpekler olan başka arabalar da yavaşladı ama Annecik hepsini bir el işaretiyle postaladı.

"Beyin korteksi, yani cerebellum" dedi Annecik. "İşte sorun orada."

Eğer sadece beyin sapını kullanarak yaşayabilseymiş, sorun ortadan kalkarmış.

Bu, mutluluk ve üzüntünün ötesinde bir yer olurmuş.

Balıkların psikolojik durumlarına bağlı olarak ıstırap çektiklerini göremezsiniz.

Süngerler asla kötü bir gün geçirmezler.

Ayaklarının altındaki çakıllar, üzerine bastıkça o yana bu yana kayıp şıkırdadı. Yanlarından geçiyorken arabalar kendi sıcak rüzgârlarını yaydı.

Annecik, "Amacım hayatımı basitleştirmeye çalışmak değil" dedi.

"Amacım *kendimi* basitleştirmek."

Aptal oğlana gündüzsefası tohumlarının işe yaramadığını söyledi. Onları denemişti. Etkisi uzun değildi. Tatlı patates yaprakları da işe yaramamıştı. Krizantemden çıkarılan pirekapanı da keza. Propangazı çekmek de bir işe yaramamıştı. Ravent veya açelya yaprakları da.

Geceleri birinin bahçesine girdiğinde Annecik bütün bitkilerden bir ısırık alırdı ve sabah kalktıklarında insanların bunu görmesi için o şekilde bırakırdı.

Kozmetik ilaçlar, psikoloji düzenleyici ilaçlar veya yatıştırıcılar daha büyük sorunların sadece semptomlarını ortadan kaldırır, dedi.

Her bağımlılık aynı sorunu çözmek için bulunmuş bir yöntemdir, dedi. Uyuşturucular, obezite, alkol veya seks, huzuru bulmak için kullanılan farklı farklı yöntemlerdi. Bildiklerimizden kaçmak için. Eğitimimizden. Elmayı ısırmış olmaktan.

Dil, dünyanın nimetlerini ve ihtişamını bertaraf etmek için bulduğumuz bir yöntemdir, dedi. Yıkmak için. Defetmek için. İnsanlar dünyanın bu denli güzel olmasına katlanamıyorlar, dedi. Açıklanamaz ve anlaşılamaz olmasına.

Az ileride, otoyolun kenarında bir restoran vardı ve çevresine kendisinden büyük tırlar park etmişti. Anneciğin binmek istemediği yeni arabalardan bazıları da burada mola vermişti.

Aynı kızgın yağın içinde pişen farklı yemeklerin kokusu geliyordu. Tırların rölantide çalışan motorlarının kokusu da.

Annecik, "Biz artık gerçek dünyada yaşamıyoruz" dedi. "Semboller dünyasında yaşıyoruz."

Sonra durdu ve elini çantasına attı. Çocuğun omzunu tutarak dağa baktı. "Gerçeğe son kez bir göz atalım" dedi. "Sonra da öğle yemeği yeriz."

Beyaz tüpü burnuna soktu ve içine çekti.

Yirmi Dört

Paige Marshall'a göre, annem daha İtalya'dayken bana hamileydi. Kuzey İtalya'da birinin bir kiliseyi basmasından bir yıl sonra olmuştu bu olay. Bunların hepsi annemin günlüğünde yazıyordu.

Paige Marshall'a göre.

Annem sonucu önceden bilinmeyen yeni bir hamilelik uygulamasına kalkışmıştı. Neredeyse kırk yaşındaydı. Evlenmemişti, bir koca istemiyordu ama birileri ona bir mucize sözü vermişti.

Bu mucizeden söz eden kişi, bir papazın yatağının altından ayakkabı kutusu çalan birini tanıyordu. O ayakkabı kutusunda bir adamın son dünyevi kalıntıları vardı. Ünlü bir adamın.

Kutunun içindeki parça ise adamın sünnet derisiydi.

Ortaçağ'da insanları kiliseye çekmek için kullanılan tuzaklardaki gibi, kutsal bir emanetti. Bu hâlâ ortalıkta olan ünlü penislerden sadece biri. 1977 yılında Amerikalı bir ürolog, Napolyon Bonapart'ın iki buçuk santim uzunluğundaki kurumuş penisini dört bin dolara satın aldı. Rasputin'in otuz santimlik penisinin Paris'te cilalı bir kutunun içinde, kadifeden bir örtünün üzerinde durduğu tahmin ediliyor. John Dillinger'ın kırk santimlik canavarınınsa Walter Reed Askeri Tıp Merkezi'nde formaldehitli bir şişe içinde saklandığı rivayet ediliyor.

Paige Marshall'a göre, annemin günlüğünde, bu genetik malzemeden üretilen embriyoların altı kadına teklif edilmiş olduğu yazıyormuş. Beş tanesi tutmamış.

Altıncısı benmişim. Sünnet derisi ise İsa'ya aitmiş.

Annem bu kadar deliydi işte. Yirmi beş yıl önce bile kafayı bu denli sıyırmış vaziyetteydi.

Paige bir kahkaha patlattı ve başka bir yaşlı kadının dişlerini temizlemek üzere eğildi.

"Annenin orijinalliğini takdir etmelisin" dedi.

Katolik Kilisesi'ne göre, İsa yeniden dirilip göğe yükselmeden hemen önce sünnet derisiyle birleşmişti. Avilalı Azize Teresa'nın hikâyesindeyse, İsa'nın, ona görünüp onu gelini olarak seçtiğinde, alyans olarak bu sünnet derisini kullandığı anlatılır.

Paige kadının dişlerinin arasından ipi çekti ve çekmesiyle birlikte yemek artıkları ve kan, siyah çerçeveli gözlüğünün camına yapıştı. Yaşlı kadının üst sıradaki dişlerini görebilmek için siyah beyin gibi duran topuzunu bir o yana bir bu yana oynattı.

"Annenin hikâyesi doğru olsa bile, genetik malzemenin o tarihi şahıstan geldiğine dair bir kanıt yok. Baban büyük ihtimalle adı sanı bilinmeyen zavallı Yahudi'nin tekiydi" dedi.

Dr. Marshall'ın ellerini soktuğu ağzını iyice esneten, muayene koltuğundaki yaşlı kadın beni görebilmek için gözlerini çevirdi.

Paige Marshall, "Bu durum işbirliği yapman için yeterli olmalı" dedi.

İşbirliği mi?

"Anneni tedavi yöntemim konusunda" dedi.

Doğmamış bir bebeği öldürmek konusunda. O olmasam bile, yine de, sanırım İsa böyle bir şeyi onaylamazdı, dedim.

Paige, "Tabii ki onaylardı" dedi. Dişten çıkan bir yemek parçasını bana fırlatmak üzere ipi gevşetip aniden gerdi. "Tanrı insanları kurtarmak için kendi oğlunu kurban etmedi mi? Hikâye böyle değil miydi?" diye sordu.

Bilimle sadizm arasındaki o ince çizgi işte yine karşıma çıkmıştı. Suç ve fedakârlık arasındaki ince çizgi. Kendi çocuğunu öldürmekle, İncil'e göre İbrahim'in oğluna yapmak üzere olduğu şey arasındaki ince çizgi.

Yaşlı kadın yüzünü Dr. Marshall'dan kaçırdı; ipi ve kanlı yemek artıklarını diliyle ağzının dışına itti. Bana baktı ve titrek sesiyle, "Seni tanıyorum" dedi.

Bir çırpıda, "Üzgünüm" dedim. Kedini siktiğim için özür dilerim. Arabamla çiçek tarhının üzerinden geçtiğim için özür dilerim. Ateş ederek kocanın savaş uçağını düşürdüğüm için özür dilerim. Hamsterını tuvalete atıp sifonu çektiğim için özür dilerim. Kadına baktım ve "Unuttuğum herhangi bir şey var mı?" diye sordum.

Paige, "Bayan Tsunimitsu lütfen ağzınızı olabildiğince kocaman açar mısınız?" dedi.

Bayan Tsunimitsu, "Oğlumun ailesiyle birlikte dışarıda yemek yiyorduk ve sen boğazına kaçan yemek yüzünden neredeyse ölüyordun" dedi. "Oğlum senin hayatını kurtardı."

"Onunla gurur duydum. Oğlum hâlâ insanlara bu hikâyeyi anlatır" diye ekledi.

Paige Marshall bana baktı.

"Aramızda kalsın ama" diye devam etti Bayan Tsunimitsu, "sanırım oğlum Paul o geceye kadar korkağın tekiydi."

Paige doğrulup bir kadına bir bana bakmaya başladı.

Bayan Tsunimitsu ellerini çenesinin altında kavuşturup gözlerini kapadı ve gülümsedi. "Gelinim boşanmak istiyordu oğlumdan ama Paul'ün seni kurtarışını görünce kocasına tekrar âşık oldu" dedi.

"Numara yaptığını biliyordum. Herkes görmek istediğini gördü" dedi.

"Senin inanılmaz bir sevgi kapasiten var" dedi.

Yaşlı kadın gülümseyerek, "Gördüğüm en cömert yüreğe sahip olduğunu söyleyebilirim" dedi.

Bir reflekste bulunur gibi ona bir çırpıda, "Sen lanet olası buruşuk ve yaşlı bir delisin" dedim.

Paige ürkerek geri sıçradı.

Bunu herkes bilsin; itilip kakılmaktan yoruldum. Tamam mı? Bu yüzden hiç numara yapmayalım. Yürek benim sikimde değil. Siz insanlar benim bir şeyler hissetmemi sağlayamayacaksınız. Bana ulaşamayacaksınız bile.

Ben aptal, hissiz, düzenbaz piçin tekiyim. Hikâye bundan ibaret.

Şu yaşlı Bayan Tsunimitsu. Paige Marshall. Ursula. Nico, Tanya, Leeza. Annem. Bazen hayat dünyadaki bütün aptal hatunları aleyhime kullanıyor sanki.

Bir elimle Paige Marshall'ı kolundan yakalayıp kapıya doğru çekiştiriyorum.

Kimse beni İsa gibi hissetmeye zorlayamaz.

"Dinle beni" diyorum. "Eğer bir şeyler hissetmek isteseydim, lanet olası bir filme giderdim" diye bağırıyorum.

Yaşlı Bayan Tsunimitsu gülümseyip, "Doğanda varolan iyiliği inkâr edemezsin. Herkes görsün diye zaten parlıyor" diyor.

Kadına, "Kapa çeneni!" diyorum. Paige Marshall'a, "Yürü" diyorum.

Ona İsa Mesih olmadığımı kanıtlayacağım. Herkesin doğası sadece bir yalan. İnsan ruhu diye bir şey yok. Duygular saçmalık. Sevgi saçmalık. Paige'i koridorda peşim sıra sürüklüyorum.

Yaşarız ve ölürüz; bunun dışındaki her şey sadece hayal. Bunlar edilgin hatunların duygular ve hassasiyetle ilgili saçmalıkları. Sadece uydurulmuş, taraflı, duygusal zırvalıklar. Ruh yok. Tanrı yok. Sadece kararlar, hastalıklar ve ölüm var.

Ben lekelenmiş, pis ve çaresiz bir sekskoliğim ve değişemem, duramam ve hep böyle kalacağım.

Bunu da kanıtlayacağım.

"Beni nereye götürüyorsun?" diye soruyor Paige. Sendeleyerek yürüyor; gözlüğünde ve önlüğünde hâlâ yemek artıkları ve kan lekeleri var.

Hemen boşalmamak için şimdiden kötü şeyler düşünmeye başladım bile. Üstüne benzin dökülüp yakılan hayvanları düşünüyorum. Şişko Tarzan'ı ve eğitimli maymunu gözümün önüne getiriyorum. İşte dördüncü basamak için aptal bir bölüm daha, diye düşünüyorum.

Zamanı durdurmak için. Bu anı fosilleştirmek için. Seksi sonsuza dek sürdürmek için.

Paige'e, "Seni şapele götürüyorum" diyorum. Ben bir delinin çocuğuyum. Tanrı'nın değil.

Hadi Tanrı bana yanlış olduğunu ispatlasın. Beni bir yıldırımla duvara çivilesin.

Onu lanet olası mihrabın üzerine çıkaracağım.

Yirmi Beş

Bu seferki suçu kasti tehlike yaratmaktı ya da ihmalkârlık veya dikkatsizlik sonucu başkasının ölümüne veya yaralanmasına sebebiyet vermek. O kadar çok kanun vardı ki, aptal oğlan bunları aklında tutamıyordu.

Üçüncü dereceden taciz veya ikinci dereceden kanuna karşı gelme, birinci dereceden hakaret veya ikinci dereceden rahatsızlık verme durumu vardı ve aptal oğlan diğer insanların yaptığından başka bir şey yapmaya korkar olmuştu. Yeni, farklı veya orijinal bir şey muhtemelen kanunlara aykırıydı.

Riskli veya heyecan verici her şey insanı doğrudan hapse yollardı.

İşte insanlar bu yüzden Annecikle konuşmaya bu denli hevesliydi.

Bu defa acayip şeyler olmaya başladığında hapisten çıkalı henüz birkaç hafta olmuştu.

Çok fazla kanun olduğu için boka batmanın da bin bir türlü yolu vardı.

Polis önce kuponları sordu.

Biri şehirdeki bir fotokopi dükkânına gitmiş ve dükkândaki bilgisayarı kullanarak kullanım tarihi sınırı olmayan, yetmiş beş dolar değerinde iki kişilik ücretsiz yemek kuponlarından hazırlayıp yüzlerce kopya çıkarmıştı. Kuponları, değerli müşterilerine teşekkür eden ve kuponun özel bir promosyon olduğunu belirten bir üst yazıyla beraber zarflara doldurmuştu.

Tek yapmanız gereken Clover Inn Restoran'da yemek yemekti.

Garson faturayı getirdiğinde, hesabı kuponla ödeyebilirdiniz. Bahşiş de kupona dahildi.

Biri bunların hepsini ayarlamıştı. Yüzlerce kuponu postaya vermişti.

Bu olay buram buram Ida Mancini kokuyordu.

Hapis sonrası geçici olarak kaldığı yurttan çıkmasını takip eden bir hafta boyunca Annecik, Clover Inn Restoran'da çalışmış ama insanlara yemekleriyle ilgili duymak istemeyecekleri şeyler söylediği için kovulmuştu.

Sonra aniden ortadan kayboldu. Birkaç gün sonra şaşaalı bir bale gösterisinin en sessiz ve sıkıcı bölümünde, kimliği belirlenemeyen bir kadın, tiyatronun koridorunda çığlıklar atarak koşturmuştu.

İşte bu yüzden polis bir gün aptal oğlanı okul çıkışı alıp şehre getirmişti. Ondan haberi olup olmadığını öğrenmek için. Annecikten. Nerede saklandığını bilip bilmediğini sormak için.

Tam o sırada birkaç yüz civarında ateş püsküren müşteri, postayla kendilerine gelen yüzde elli indirim kuponuyla birlikte bir kürkçü dükkânına akın ediyordu.

Tam o sırada oldukça korkmuş bine yakın insan, ilçenin zührevi hastalıklar kliniğine gelip test yaptırmak istediğini söylüyordu; çünkü yerel sağlık yönetiminden eski eşlerinde bulaşıcı bir hastalık teşhis edildiğiyle ilgili bir mektup almışlardı.

Polis dedektifleri küçük yardakçıyı sivil bir araçla şehre getirip alelade bir binanın üst katına çıkardılar ve sıradaki yeni annesini de yanına oturtup ona, "Ida Mancini seninle temasa geçti mi?" diye sordular.
Parayı nereden bulduğunu biliyor musun?
Bu korkunç şeyleri niye yaptığını biliyor musun?
Ve küçük çocuk sadece bekledi.
Yardımın çok gecikmeyeceğini biliyordu.
Annecik ona üzgün olduğunu söyleyip dururdu. İnsanlar dünyanın güvenli ve düzenli bir yer olması için yıllarca çalışırlardı. Ama hiç kimse bunun ne kadar sıkıcı olabileceğinin farkında değildi. Bütün dünyanın parsellendiğini, hız limitleri konduğunu, bölümlere ayrıldığını, vergilendirildiğini ve düzenlendiğini; bütün insanların sınavlardan geçirildiğini, fişlendiğini, nerede oturduğunun, ne yaptığının kaydının tutulduğunu düşünün. Hiç kimseye macera yaşayacak bir alan kalmazdı, satın alınabilenler hariç. Lunaparka gitmek gibi. Film izlemek gibi. Ama bunlar yine de sahte heyecanlardı. Dinozorların çocukları yemeyeceğini bilirsiniz. Büyük bir sahte afetin olma şansı bile oy çoğunluğuyla ortadan kaldırıldı. Gerçek afet veya risk ihtimali olmadığından, gerçek kurtuluş şansı da ortadan kalkmış oldu. Gerçek mutluluk yok. Gerçek heyecan yok. Eğlence, keşif, buluş yok.
Bizi koruyan kanunlar aslında bizi can sıkıntısına mahkûm etmekten başka bir işe yaramazlar.
Gerçek karmaşaya ulaşamadığımız sürece, asla gerçekten huzurlu olamayacağız.
Her şey berbat bir hal almadığı sürece, yoluna da girmeyecek.
Bunlar Anneciğin ona anlattığı şeylerdi.
"Keşfedilmemiş tek alan, elle tutulamayanların dünyasıdır. Bunun dışındaki her şey çok sıkı örülmüştür" derdi.
Çok fazla kanunun içine hapsolmuş durumdayız.
Elle tutulamayanlar derken interneti, filmleri, müziği, hikâyeleri, sanatı, dedikoduları, bilgisayar programlarını, yani

gerçek olmayan her şeyi kastediyordu. Sanal gerçeklikten bahsediyordu. Yalandan inanılan şeylerden. Kültürden.

Gerçekdışı şeyler, gerçeklerden daha güçlüdür.

Çünkü hiçbir şey sizin hayalinizdeki kadar mükemmel olamaz.

Çünkü sadece elle tutulamayan fikirler, mefhumlar, inanışlar ve fanteziler kalır. Taşlar ufalanır. Ağaçlar çürür. İnsanlar da maalesef ölür.

Fakat bir düşünce, bir rüya, bir efsane gibi aslında son derece kırılgan şeyler yaşarlar da yaşarlar.

Eğer insanların düşünüş tarzlarını değiştirebilirsen, dedi Annecik. Kendilerini görmelerinin yolu bu. Bunu yaparsan, insanların yaşayış biçimini de değiştirebilirsin. Ve yaratabileceğin tek uzun ömürlü şey de bu olur.

Ayrıca neticede bize kalacak olan şeyler de sadece anılarımız, hikâyelerimiz ve maceralarımızdır, derdi Annecik.

Son kez hapse girmeden önce çıktığı mahkemede Annecik yargıcın kürsüsünün dibinde, "Hedefim, insanların hayatındaki heyecan motoru olmak" dedi.

Aptal küçük oğlanın gözlerinin içine baktı ve "Amacım insanlara anlatabilecekleri neşeli hikâyeler sunmak" dedi.

Gardiyanlar elleri kelepçeli vaziyette onu arkaya götürmeden önce, "Beni mahkûm etmeniz çok gereksizdi. Bürokrasimiz ve kanunlarımız dünyayı temiz ve güvenli bir toplama kampına çevirdi" diye bağırdı.

"Kölelerden oluşan bir jenerasyon yetiştiriyoruz" diye bağırdı.

Ve Ida Mancini için tekrar hapis yolu göründü.

"Islah olmaz" doğru ifade değil ama ilk aklıma geleni.

Bale gösterisinde koridorda koşturan ve kimliği bilinmeyen kadın, "Çocuklarımıza çaresiz olmayı öğretiyoruz" diye bağırmıştı.

Koridordan aşağıya koşturup yangın çıkışından kaçan kadın, "Öyle planlanmış vaziyetteyiz ve ince ince yönetiliyoruz ki, burası artık dünya olmaktan çıktı. Burası lanet olası bir sahil güvenlik teknesi oldu" diye bağırmıştı.

Polis dedektifleriyle oturmuş beklerken aptal, küçük, bok

suratlı baş belası, "Savunma avukatı Fred Hastings de buraya gelebilir mi?" diye sordu.

Dedektiflerden biri homurdanarak küfretti.

Ve hemen sonra yangın alarmı çalmaya başladı.

Yangın alarmları çalarken bile dedektifler soru sormaya devam ettiler:

"ANNENLE NASIL BAĞLANTI KURABİLECEĞİMİZ KONUSUNDA BİR FİKRİN VAR MI?"

Alarmın sesini bastırmak için avazları çıktığı kadar bağırarak sordular:

"BİZE EN AZINDAN ANNENİN BİR SONRAKİ HEDEFİNİ SÖYLEYEBİLİR MİSİN?"

Alarmı bastırmaya çalışarak bu sefer de üvey annesi bağırdı:

"ONA YARDIM EDEBİLMEMİZ İÇİN BİZE YARDIMCI OLMAK İSTEMEZ MİSİN?"

Ve alarm durdu.

Bir kadın kapıdan kafasını uzatıp, "Endişelenmeyin çocuklar. Bu da şu yanlış alarmlardan biri" dedi.

Yangın alarmı asla yangını haber vermez; en azından artık böyle.

Ve sersem küçük budala, "Tuvaleti kullanabilir miyim?" diye sordu.

Yirmi Altı

Gümüş turta kalıbındaki biradan yansıyan yarımay bize bakıyor. Denny'yle birlikte birilerinin arka bahçesinde dizlerimizin üzerine çökmüş oturuyoruz; Denny başparmağıyla salyangoz ve sümüklüböcekleri fiskeliyor. Sonra ağzına kadar dolu turta kalıbını kaldırıyor ve biranın üzerinde yansıyan suratıyla gerçek yüzünü gittikçe daha da birbirine yaklaştırıyor, ta ki sahte dudakları gerçek dudaklarıyla birleşene dek.

Biranın yarısını içiyor ve "Avrupa'da birayı böyle içiyorlar, dostum" diyor.

Sümüklüböcek tuzaklarından mı?

"Hayır, dostum" diyor Denny. Turta kalıbını bana uzatırken, "Köpüğü kaçmış ve ılık" diyor.

Kendi yansımamı öperek içiyorum; ay omuzlarımın üzerinden beni izliyor.

Tekerleklerinin alt kısmı üstüne göre dışa meyilli duran bir bebek arabası bizi kaldırımda bekliyor. Bebek arabasının altı bel vermiş; içinde de pembe bebek battaniyesine sarılı, Denny'nin de benim de taşıyamayacağımız kadar büyük kumtaşı kayası var. Battaniyenin üst köşesine pembe plastikten bir bebek kafası yerleştirilmiş.

"Şu, kilisede seks yapma konusuna dönelim" diyor Denny. "Bana öyle bir şey yapmadığını söyle."

Yapmadım değil, yapamadım.

Sokamadım, geçiremedim, delemedim, koyamadım. Örtmece olmayan tüm o terimler.

Denny'yle ben bebeği gece gezmesine çıkaran iki sıradan herifiz. Bahçelerin içine kurulmuş büyük evlerle dolu bu nezih semtte iki temiz ve genç adamız. Akıllı ev dedikleri otomatik, klimalı, güvenlik aldatmacalı evler bunlar.

Ve Denny'yle ben bir tümör kadar safız.

Psilosibinli kafa yapan mantarlar kadar zararsızız.

Burası öyle zengin bir semt ki sümüklüböcekler için dışarıda bıraktıkları biralar bile Almanya veya Meksika'dan ithal. Yan evin bahçesine geçmek üzere çitin üzerinden atlıyoruz ve bir sonraki tur için bitkilerin altına burnumuzu sokuyoruz.

Yaprakların ve çalıların altına bakmak için kafamı daldırırken, "Dostum" diyorum. "Sen benim iyi kalpli bir insan olduğumu düşünmüyorsun, değil mi?"

Denny, "Tabii ki hayır dostum" diyor.

Birkaç blok ve onca arka bahçe birasından sonra Denny'nin dürüst davrandığını biliyorum. "Benim aslında duygusallığını gizleyen biri ve mükemmel aşkın İsavari temsilcisi olduğumu düşünmüyorsun, değil mi?" diye soruyorum.

"İlgin yok, dostum" diyor Denny. "Sen götün tekisin."

"Teşekkürler. Sadece merak ettim de" diyorum.

Denny sadece bacaklarını kullanarak ağır çekimde ayağa

kalkıyor ve ellerinin arasındaki turta kabında gece semasının farklı bir yansıması var. Denny, "Tam isabet dostum" diyor.

Ona kilisede olanları anlatıyorum. Kendimden çok, Tanrı hayal kırıklığına uğrattı beni. Beni bir yıldırımla duvara çivilemeliydi. Yani Tanrı Tanrı'dır. Ben götün tekiyim. Paige Marshall'ın giysilerini bile çıkarmadım. Stetoskopu bile boynundaydı ve göğüslerinin arasında sallanıp duruyordu; onu mihraba dayadım. Üzerindeki önlüğü bile çıkarmadım.

Stetoskop kendi göğsüne dayalıydı ve "Çabuk ol" dedi. "Kalbimin atışlarıyla senkronize olmanı istiyorum" dedi.

Kadınların boşalmamak için boktan şeyler düşünmek zorunda olmaması hiç de adil değil.

Ama ben yapamadım. Şu İsa meselesi ereksiyonumun içine ediyordu.

Denny bana birayı uzatıyor; içiyorum. Denny ölü bir sümüklüböceği tükürüyor ve "Dişlerini aralamadan içsen iyi edersin, dostum" diyor.

Bir kilisede, hem de mihrapta yere uzanmışken, hem de elbiseleri üzerinde değilken, Paige Marshall'ın, Dr. Paige Marshall'ın becerdiğim götlerden herhangi biri olmasını istemedim.

Çünkü hiçbir şey hayal ettiğin kadar mükemmel değildir.

Çünkü hiçbir şey fantezilerin kadar heyecan verici değildir.

Nefes al. Sonra ver.

Denny, "Dostum" diyor. "Güya yatmadan önce sadece bir tek atacaktık. Hadi şu kayayı alalım ve eve gidelim."

Bir blok daha ilerleyelim, tamam mı, diyorum. Arka bahçelerde bir tur daha atalım. Geçirdiğim günü unutacak kadar içmedim henüz.

Burası çok iyi bir semt. Yandaki bahçeye geçmek için çitin üzerinden atlıyorum ve gül tarhının üzerine kafa üstü çakılıyorum. Bir yerlerde bir köpek havlıyor.

Mihrabın üzerinde durduğumuz süre boyunca ben benimkini kaldırmaya çalıştım; cilalı ve açık renk tahtadan yapılma haç da bize bakıp durdu. Acı çeken adam yoktu. Dikenli taç yoktu. Daireler çizen sinekler ve ter yoktu. Koku yoktu. Kan ve ıstırap yoktu; en azından bu kilisede. Kan yağmuru da yoktu. Çekirge musibeti de.

Bu süre zarfında, Paige kulaklarına takılı olan stetoskopla kendi kalbini dinledi.

Tavandaki meleklerin üstü boyanmıştı. Renkli camdan süzülen kalın, altınrengi ışıkta toz zerrecikleri yüzüyordu. Kalın ve kesif bir aydınlık olarak süzülüyor, ılık ve ağır bir şekilde üzerimize akıyordu.

Lütfen dikkat. Dr. Freud lütfen beyaz renkli özel telefona bakınız.

Semboller dünyası, gerçek dünya değil.

Denny, güllerin arasına gömülmüş olan bana, dikenler yüzünden orası burası kanayan ve elbiseleri parçalanmış halime bakıyor ve "Tamam, çok ciddiyim" diyor. "Bu kesinlikle son çağrı."

Güllerin kokusu, St. Anthony's'de nefsine hâkim olamayışın kokusu gibi.

Köpek, evin arka kapısından bahçeye çıkmak için havlıyor ve kapıyı tırmalıyor. Mutfakta bir ışık yanıyor ve pencerede biri beliriyor. Sonra da arka verandanın ışığı yanıyor ve ışığın yanmasıyla güllerin arasından kıçımı kaldırıp sokağa fırlamam bir oluyor.

Kaldırımda karşı yönden, birbirine sarılmış bir çift geliyor. Kadın adamın ceketinin yakasına yanağını sürtüyor; adam da kadını alnından öpüyor.

Denny bebek arabasını öyle hızlı itiyor ki, ön tekerlekler kaldırımdaki bir çukura takılıyor ve plastik bebek kafası fırlıyor. Donuk gözleri açılan pembe kafa zıplayarak mutlu çiftin yanından geçip ızgaraya takılıyor.

Denny bana, "Dostum lütfen şunu alıp bana getirir misin?" diyor.

Üzerimde lime lime, kandan yapış yapış olmuş giysilerim ve yüzüme batmış dikenlerle hızlıca çiftin yanından geçip yapraklar ve çöpler arasında duran kafayı alıyorum.

Adam kuyruğuna basılmış köpek gibi geriye sıçrıyor.

Ve kadın, "Victor? Victor Mancini. Aman Tanrım!" diyor.

Hayatımı kurtarmış olmalı; çünkü lanet olası kadını hiç tanımıyorum.

Şapelde ben vazgeçtikten sonra, giysilerimizin düğmelerini iliklerken Paige'e, "Cenin dokusunu unut. Küskün güçlü kadınları unut" dedim. "Seni sikmeyeceğim; neden biliyor musun?" diye sordum.

Pantolonumun düğmelerini iliklerken ona, "Senden hoşlanmayı yeğliyor olabilirim" dedim.

Ellerini başının arkasına götürüp siyah saçlarını yine beyin şeklinde toplarken Paige, "Seks ve aşk birbirini dışlamaz ille de" dedi.

Ben de güldüm. Kravatımı bağlarken ona evet dedim. Evet, dışlar.

Denny'yle 700 Numaralı bloka geliyoruz; tabelada Birch Caddesi yazıyor. Bebek arabasını iten Denny'ye, "Yanlış yoldayız, dostum" diyorum. Arkamızı işaret ederek, "Annemin evi geride kaldı" diyorum.

Denny arabayı iterken, arabanın yere sürtünen altından homurtuya benzer bir ses çıkıyor. İki blok gerimizde kalan mutlu çift, ağzı beş karış açık vaziyette hâlâ bize bakıyor.

Denny'nin yanı sıra hızlı adımlarla yürüyorum ve pembe bebek kafasını bir elimden öbürüne atıp duruyorum. "Dostum, geri dönelim" diyorum.

Denny, "Önce sekiz yüzüncü bloku görmemiz lazım" diyor.

Ne var orada?

"Hiçbir şey olmaması gerekiyor" diyor Denny. "Oranın sahibi Don amcamdı."

Evler sona eriyor, bir sonraki blokta evler tekrar başlıyor ama aradaki sekiz yüzüncü blok bomboş. Arazide sadece yaşlı elma ağaçlarıyla, bunların dibinde bitmiş otlar var. Ağaçların kabukları çatlak çatlak ve karanlığın içine doğru bükülüyorlar. Her dalı yüzlerce dikenle dolu fundaların, böğürtlen dallarının ve çalıların ortasındaki bir bölüm bomboş.

Köşede, beyaza boyanmış kontrplaktan büyük bir tabela var.

Tabelanın üst kısmında, karşılıklı olarak inşa edilmiş kırmızı tuğladan evler ve saksılı pencerelerden el sallayan insanlar resmedilmiş. Evlerin altına siyah harflerle "Menningtown Kasaba Evleri Çok Yakında Burada" yazılmış. Tabelanın durduğu kaldırım, damlayan boya lekeleri yüzünden pütür pütür olmuş. Tabelanın üst köşesi kıvrılmış; resimdeki tuğladan evler çatlamış ve güneşten solduğu için evlerin rengi pembeleşmiş.

Denny bebek arabasının içindeki kayayı yüklenip kaldırımın yanındaki uzun otların arasına bırakıyor. Pembe battaniyeyi silkeleyip iki ucunu bana uzatıyor. Birlikte katlıyoruz ve Denny, "Örnek insan modelinin tersi olsaydı, bu kesinlikle Don amcam olurdu" diyor.

Sonra da battaniyeyi arabanın içine fırlatıp, arabayı eve doğru itmeye başlıyor.

Arkasından sesleniyorum: "Dostum, bu kayayı istemiyor musun?"

Denny, "Sarhoşken araba kullananlara karşı olan annelerin, yaşlı Don Menning'in öldüğünü duyduklarında, bir zil takıp oynamadıkları kaldı" diyor.

Rüzgâr otları bir o yana bir bu yana yatırıyor. Burada, bitkilerden başka yaşayan hiçbir şey yok ve blokun karanlık merkezinin öte yanındaki evlerin veranda ışıkları seçiliyor. Arada sadece yaşlı elma ağaçlarının siyah, zikzaklı siluetleri var.

"Burası bir park mı yani?" diye soruyorum.

Denny, "Yok, değil" diyor. Yürümeye devam ederken, "Burası benim" diyor.

Elimdeki bebek kafasını ona fırlatıyorum ve "Ciddi misin?" diye soruyorum.

"Benimkiler birkaç gün önce aradığından beri öyle" diyor ve kafayı yakalayıp bebek arabasının içine atıyor. Sokak lambalarının altından, insanların ışıkları sönmüş evlerinin yanından yürümeye devam ediyoruz.

Tokalı pabuçlarım parlıyor; ellerim ceplerimde, "Dostum" diyorum. "Sen gerçekten benim İsa gibi biri olduğumu düşünmüyorsun, değil mi?" diye soruyorum.

"Lütfen hayır de" diye ekliyorum.

Yürümeye devam ediyoruz.

Boş bebek arabasını iten Denny, "Kendinle yüzleş, dostum. Tanrı'nın huzurunda az kalsın seks yapıyordun. Rezillik merdivenlerini hızla tırmanıyorsun" diyor.

Yürüyoruz ve bira etkisini yitirmeye başlıyor ve gece havasının bu denli soğuk olması beni şaşırtıyor.

"Lütfen, dostum. Bana gerçeği söyle" diyorum.

Ben iyi, nazik, saygılı veya ota boka sevinen salaklardan biri değilim.

Ben düşüncesiz, beyinsiz biriyim ve zavallının tekiyim, dostum. Ve bununla yaşayabilirim. Ben buyum. Surat siken, can yakan, köpek beceren, lanet olası, çaresiz bir seks bağımlısı götüm ve böyle olduğumu asla unutmamalıyım.

"Ruhsuz götün teki olduğumu tekrar söyle" diyorum.

Yirmi Yedi

Bu gece, kız duş alırken, benim de yatak odasındaki gardırobun içinde bekliyor olmam gerekiyor. Banyodan çıktığında kızın ıslak teni parlak ve buharlı görünecek; saç spreyi ve parfüm yüzünden etrafında bir bulut olacak ve dantelli sabahlığı hariç üzerinde hiçbir şey bulunmayacak. Kafamda bir külotlu çorap ve gözümde güneş gözlüğüyle gardıroptan dışarı fırlayacağım. Kızı yatağa atacağım. Boğazına bıçak dayayacağım. Ve ona tecavüz edeceğim.

Bu kadar basit. Rezillik merdivenini tırmanmaya devam ediyorum.

Kendime sürekli şu soruyu soruyorum: *"İsa ne YAPMAZDI?"*

Fakat kız ona yatakta tecavüz etmemi istemiyor. Açık pembe

ipekten yatak örtüsü lekelenirmiş. Yerde de olmazmış; çünkü halı canını yakıyormuş. Yerde, bir havlunun üzerinde yapmaya karar verdik. Ama güzel bir misafir havlusu olmayacak, dedi kız. Şifoniyerin üzerine eski bir havlu bırakacağını söyledi ve ambiyansın bozulmaması için banyodan çıkmadan önce onu yere sermiş olmalıydım.

Duşa girmeden önce yatak odasının penceresini açık bırakacaktı.

Sonuç olarak, yatak odasındaki giysi dolabında saklanıyorum. Kızın kuru temizlemeden aldığı giysiler çıplak bedenime batıyor; çorap kafamda, güneş gözlüğü gözümde, bulabildiğim en kör bıçak elimde, bekliyorum. Havluyu yere serdim. Çorap yüzümü o kadar yakıyor ki terden sırılsıklam oldum. Kafama yapışmış olan saçlarım kaşınmaya başladı.

Kız pencerenin yanında olmaz demişti. Şöminenin yanında da olmaz. Ona gardırobun yanında tecavüz etmemi söyledi ama çok yakınında olmasın dedi. Halıda aşınma izi olmasın diye havluyu üzerine çok basılan bir yere sermeye çalışmamı tembihledi.

Kızın adı Gwen ve kendisiyle bir kitapçının Tedavi kitapları bölümünde tanıştık. Kimin kimi avladığını söylemek zor; ama o, seks bağımlılığıyla ilgili on iki basamaklı bir kitap okuyormuş numarası yapıyordu, ben de uğurlu kamuflaj pantolonumu giymiştim ve elimde onun okuduğu kitabın aynısı vardı; kitabın üzerinden onu kesiyordum. Ve bir tehlikeli ilişki daha keşfettim.

Kuşlar bunu yapar. Arılar bunu yapar.

Endorfin yağmuruna ihtiyacım var. Yatışmak için. Peptid feniletilamin arzularım. Ben buyum. Bir bağımlı. Yani kimin umurunda ki?

Kitapçının kafesinde otururken Gwen bir ip almamı ama naylon ip olmamasını çünkü naylonun acıttığını söyledi. Kendir ip alerji yapıyormuş. Siyah elektrikçi bandı işe yararmış ama ağzına yapıştırmamalıymışım; ayrıca koli bandı da olmazmış.

"Koli bandını sökmenin bacaklarıma ağda yapmaktan bir farkı yok" dedi.

Programlarımızı karşılaştırdık; perşembe günü sona ermek

üzereydi. Cumaları benim sekskolik toplantım vardı. Ve bu hafta ekemezdim. Cumartesilerimi St. Anthony's'de geçiriyordum. Pazar geceleri o çoğunlukla kilisedeki tombalada görev alıyordu; o yüzden pazarteside karar kıldık. Pazartesi saat dokuzda olmasına karar verdik. Sekiz değil çünkü o, işten geç çıkıyordu; onda değil çünkü benim ertesi sabah erkenden işe gitmem gerekiyordu.

Ve pazartesi geldi çattı. Elektrikçi bandı hazır. Havlu yere serildi. Fakat elimdeki bıçakla üzerine atlar atlamaz, "Şu kafana geçirdiğin benim çorabım mı?" diye soruyor.

Kollarından birini arkasına kıvırıp, bıçağı boğazına dayıyorum. "Tanrı aşkına" diyor. "Sınırları aşıyorsun. Bana tecavüz edebilirsin dedim. Çorabımı mahvedebileceğini *söylemedim* ki."

Bıçaklı elimle dantelli sabahlığın önünü kavrıyorum. Omuzlarından çekiştirerek çıkarmaya çalışıyorum.

"Dur, dur, dur!" diyor ve elimi itiyor. "Bırak da ben yapayım. Sabahlığımı mahvedeceksin." Kaçıp benden kurtuluyor.

Gözlüğümü çıkarabilir miyim, diye soruyorum.

"Hayır" diyor ve sabahlığı çıkarıyor. Açık duran giysi dolabının yanına gidiyor ve askıya asıyor.

Ama hiçbir şey göremiyorum, diyorum.

"Bu kadar bencil olma" diyor. Artık çıplak ve elimi alıp bileğine bastırıyor. Sonra kolunu arkasına kıvırıyor ve dönüp çıplak bedenini bana yaslıyor. Benimki kalkmaya başlıyor. Poposunun sıcak ve kaygan üçgeni benimkini yağlıyor ve "Yüzünü görmediğim bir saldırgan olmanı istiyorum" diyor.

Bir dükkândan külotlu çorap almanın çok utanç verici bir şey olduğunu söylüyorum. Külotlu çorap satın alan bir erkek ya bir suçludur ya da sapık; her iki durumda da kasiyer paranı almak istemez.

"Tanrım, kes sızlanmayı" diyor. "Birlikte olduğum tecavüzcülerin hepsi kendi çorabını getirmişti."

Ayrıca, çorapların durduğu rafta bir sürü farklı renk ve beden var, diyorum. Tenrengi, füme, bej, bronz, siyah, lacivert ve hiçbiri "kafa bedeni"nde değil.

Başını çevirip inliyor. "Sana bir şey söyleyebilir miyim? Sana sadece *bir tek* şey söyleyebilir miyim?" diyor.

"Ne?" diye soruyorum.

"Nefesin *gerçekten* berbat kokuyor" diyor.

Kafede oturup senaryoyu gözden geçirirken, "Bıçağı önceden buzluğa koymayı unutma. Bıçağın çok soğuk olmasını istiyorum" dedi.

Ben de neden plastik bir bıçak kullanmadığımızı sordum.

"Yaşayacağım tecrübede bıçağın çok önemli bir yeri var" dedi.

"Bıçağı oda sıcaklığına gelmeden evvel boğazıma dayasan iyi edersin" dedi.

"Ama dikkatli ol. Eğer beni yanlışlıkla kesersen" dedi masanın diğer ucundan bana doğru eğilip çenesini kaldırarak, "bir çizik bile atarsan, seni temin ederim, pantolonunu bile giyemeden hapsi boylarsın."

Bitki çayından bir yudum alıp fincanı tabağına koyduktan sonra, "Keskin kokulu bir kolonya, tıraş losyonu veya deodoran sürmezsen sinüzitim açısından çok iyi olur; çünkü ben aşırı hassasımdır" dedi.

Şu azgın sekskolik hatunlar inanılmaz toleranslı olurlar. Becerilmeden yaşayamazlar. İşler ne denli rezil bir hal alırsa alsın kendilerini durduramazlar.

Tanrım, bağımlılık ortaklığını ne kadar da çok severim.

Kafede Gwen çantasını dizlerinin üzerine koyup içini karıştırmaya başladı. "Al" dedi ve istediği detayların bir listesinin bulunduğu fotokopi edilmiş kâğıdı uzattı. Listenin en başında şunlar yazıyordu:

Tecavüz, güç ilişkisidir. Romantik değildir. Bana âşık olma. Beni dudaklarımdan öpme. Olaydan sonra oyalanma. Banyomu kullanmaya kalkma.

Pazartesi gecesi onun yatak odasında, çıplak halde bana yaslanmışken Gwen, "Bana vurmanı istiyorum" diyor. "Ama ne sert ne de yumuşak olsun. Boşalabileceğim kadar sert vur, yeter" diyor.

Bir elimle arkasına kıvrılmış olan kolunu tutuyorum.

Poposunu benim alete sürttürüyor. Çok güzel, ufak tefek, bronz bir vücudu var; ama yüzü biraz solgun ve çok fazla nemlendirici sürdüğü için yağlı görünüyor. Giysi dolabının aynasında, omzunun üzerinden bakan kendi yüzümü ve onun ön tarafını görüyorum. Göğsümle onun sırtının birleştiği yere ter dolmuş ve içinde onun saçları yüzüyor. Teninde solaryum yataklarının sıcak plastik kokusu var. Diğer elimde bıçağı tutuyorum; o yüzden, "Sana bıçakla mı vurmamı istiyorsun?" diye soruyorum.

"Hayır" diyor. "Ona, bıçaklamak denir. Birine bıçakla vurursan, onu bıçaklamış olursun" diyor. "Bıçağı bırak ve elinle vur."

Bıçağı bir yere bırakmak için bir adım atıyorum.

Ve Gwen, "*Sakın* yatağın üzerine koyma" diyor.

Bıçağı şifoniyerin üzerine bırakıyorum ve ona vurmak üzere elimi kaldırıyorum. Ona arkasından vuracağım ve bu bana çok saçma geliyor.

"Suratıma vurma" diyor.

Bu yüzden elimi biraz aşağıya indiriyorum.

"Göğüslerime de vurma. Tabii şişmelerini istemiyorsan" diyor.

Ayrıca bakınız: Meme iltihabı kisti.

"Sadece götüme vursan nasıl olur acaba?" diyor.

Peki çeneni kapasan da ben de kendi bildiğim yöntemlerle sana tecavüz etsem nasıl olur acaba, diyorum.

Gwen, "Eğer böyle hissediyorsan, minik penisini alıp evine uzayabilirsin" diyor.

Duştan yeni çıktığı için önündeki tüyleri yumuşak ve dolgun; bir kadının iç çamaşırını ilk çıkardığınızdaki gibi keçeleşmiş değil. Boşta kalan elim bacaklarının arasında dolaşıyor; ama elime sahte, kauçuk veya plastik gibi bir şey geliyor. Çok pürüzsüz. Biraz da yağlı.

"Vajinanda ne var?" diye soruyorum.

Gwen kafasını eğip kendine bakıyor ve "Ne var?" diyor. Sonra da, "Ah, anladım. Femidom var; kadın prezervatifi. Kenarları biraz dışarı taşıyor. Bana hastalık bulaştırmanı istemiyorum" diyor.

"Sadece ben mi böyleyim bilmiyorum ama, tecavüzün daha gayri ihtiyari geliştiğini sanırdım; bilirsin işte, tutku günahı falan" diyorum.

"Bu senin tecavüz konusunda bir bok bilmediğini gösterir" diyor. "İyi bir tecavüzcü suçunu çok titiz bir şekilde planlar. Her küçük detayı ayinleştirir. Bunun hemen hemen dini bir tören gibi olması gerekir" diyor Gwen.

Burada olup bitenler kutsal, diyor.

Kitapçının kafesinde otururken listeyi bana uzattı ve "Buradaki şartların hepsini kabul ediyor musun?" diye sordu.

Kâğıtta, *nerede çalıştığımı sorma,* yazıyordu.

Canını acıtıyor muyum, diye sorma.

Evimde sigara içme.

Geceyi evimde geçireceğini sanma.

Kâğıtta, *parola KANİŞ'tir*, yazıyordu.

Parola'yla ne kastettiğini sordum.

"Eğer durum çok ağırlaşırsa veya ikimizden biri için zevksiz bir hal alırsa, 'kaniş' diyeceğiz ve olay sona erecek" diyor.

Peki ya otuz bir çekmem gerekirse, diye soruyorum.

"Bu senin için çok önemliyse, yaparsın" diyor.

Ben de, "Tamam, nereyi imzalayacağım?" diye soruyorum.

Şu zavallı sekskolik hatunlar. Hepsi yarak hastası.

Elbiseleri yokken biraz kemikli görünüyor. Teni, sanki sıksam ılık köpüklü su akacakmış gibi sıcak ve nemli. Bacakları o kadar ince ki kıçına kadar birbirine hiç değmiyor. Küçük ve düz göğüsleri de göğüs kafesine yapışmış gibi duruyor. Kolu hâlâ arkasında, aynada kendimizi izliyoruz; uzun bir boynu ve şarap şişesi gibi yuvarlak omuzları var.

"Dur, lütfen" diyor. "Canımı yakıyorsun. Lütfen. Sana para veririm."

Ne kadar, diye soruyorum.

"Lütfen, dur" diyor. "Durmazsan bağırırım."

Kolunu bırakıp bir adım geri çekiliyorum. "Bağırma" diyorum. "Yeter ki bağırma."

Gwen iç geçiriyor; kolunu iyice gerip göğsüme bir yumruk

indirerek, "Seni geri zekâlı!" diye bağırıyor. "'Kaniş' demedim ki."
Simon Sez'in cinselliğe karşılık gelen versiyonu.

Tekrar sırtını dönüp bana yapışıyor ve havlunun durduğu yere götürüp, "Bekle" diyor. Şifoniyere gidiyor ve pembe plastikten bir vibratörle geri geliyor.

"Hey" diyorum. "Onu benim üzerimde kullanamazsın."

Omuz silkiyor ve "Tabii ki kullanmayacağım. O benim için" diyor.

"Peki ya ben?" diye soruyorum.

"Üzgünüm, bir dahaki sefere kendi vibratörünü de getirirsin" diyor.

"Hayır" diyorum. "*Penisime* ne olacak?"

"Penisine ne *olmuş*?" diyor.

"Onunla birlikte nasıl sığacak oraya?" diye soruyorum.

Havlunun üzerine yerleşen Gwen kafasını sallıyor ve "Neden hep böyle oluyor? Neden hep kibar ve uygun herifleri buluyorum? Sen yarın sabah benimle evlenmek de istersin" diyor. "Bir kerecik olsun art niyetli bir ilişki yaşayamayacak mıyım ben? Bir kerecik!"

"Bana tecavüz ederken mastürbasyon yaparsın. Ama sadece havlunun üzerinde yaparsan ve bana bulaştırmazsan yapabilirsin" diyor.

Havluyu kıçının etrafına yayıyor ve küçücük bir bölümün üzerine eliyle vurarak, "Vakti gelince orgazmını buraya boşaltabilirsin" diyor.

Eliyle pat, pat, pat yere vuruyor.

"Ah, tamam, yine ne var?" diye soruyorum.

Gwen iç geçirip vibratörü suratıma doğru sallıyor. "Kullan beni!" diyor. "Aşağıla beni, geri zekâlı mankafa! Küçük düşür, pislik herif! Çiğne beni!"

Düğmenin nerede olduğu belli değil; bu yüzden aletin nasıl çalıştığını bana göstermesi gerekiyor. Çalışınca da öyle bir titriyor ki elimden düşürüyorum. Sonra da yerde zıplamaya başlıyor ve lanet olası şeyi yakalamak zorunda kalıyorum.

Gwen dizlerini yukarı çekip bacaklarını kitap gibi iki yana

açıyor; ben de havlunun ucuna diz çöküp titreyen aleti Gwen'in yumuşak, plastik şeyine sokuyorum. Diğer elimle de kendi aletimi sıvazlıyorum. Baldırları tıraşlı ve tırnaklarında mavi oje olan ayaklarına doğru inceliyor. Sırtüstü yatıyor, gözleri kapalı, bacakları açık. Ellerini birleştirip kafasının altına alıyor; göğüsleri yukarı kalkıyor ve tam ele gelecek kadar oluyor. "Hayır, Dennis, hayır. Bunu istemiyorum, Dennis. Yapma. Hayır. Bana sahip olamazsın" diyor.

"Benim adım Victor" diyorum.

Çenemi kapamamı ve konsantrasyonunu bozmamamı söylüyor.

İkimize birden zevk vermeye çalışıyorum; ama bu şekilde seks yapmak, aynı anda hem mideni ovuşturup hem de kafana vurmak gibi bir şey. Dikkatimi ya ona verebiliyorum ya kendime. Anlayacağınız, iki ucu boklu değnek. Birimiz olayın dışında kalıyoruz. Ayrıca vibratör kaygan ve çok zor tutuluyor. Isınıyor ve içinde bir parçası yanıyormuş gibi ekşimtırak, dumanımsı bir koku yayıyor.

Gwen tek gözünü aralayıp aletimi sıvazladığımı görünce, "Önce *ben!*" diyor.

Aletimle boğuşuyorum. Gwen'e sokup çıkarıyorum. Gwen'e sokup çıkarıyorum. Bu vaziyette kendimi tecavüzcüden çok tesisatçı gibi hissediyorum. Femidom'un kenarları içeri kaçıyor ve durup iki parmağımla dışarı çıkarmak zorunda kalıyorum.

Gwen, "Dennis, hayır, Dennis, dur, Dennis" diyor genizden gelen bir sesle. Kendi saçını çekiyor ve nefes nefese kalıyor. Femidom tekrar içeri kaçıyor; bu defa umursamıyorum. Vibratör onu iyice derinlere gömüyor. Öbür elimle de göğüs uçlarıyla oynamamı istiyor.

Öbür elime ihtiyacım var, diyorum. Aletim dimdik ve kaskatı kesildi ve her an patlayabilir. Ve ben, "Ah, evet. Evet. Ah, evet" diyorum.

Gwen, "Sakın buna *kalkışma*" diyor ve iki parmağını yalıyor. Gözlerini benimkilere kilitleyip ıslak parmaklarını bacaklarının arasına sokuyor ve benimle yarışmaya başlıyor.

Benim tek yapmam gereken şeyse gizli silahım Paige Marshall'ı düşünmek; ve yarış sona eriyor.

Boşalmadan bir saniye önce, hani insanın kıç deliği sızlar ya, işte o anda Gwen'in havluda benim için göstermiş olduğu küçük bölgeye dönüyorum. Kendimi aptal ve kâğıt üzerinde eğitilmiş gibi hissediyorum; beyaz askerlerim fışkırmaya başlıyor ve belki de yanlışlıkla rotayı şaşırıp pembe yatak örtüsüne doğru fırlıyor. Gwen'in yumuşak, şişkin ve pembe topraklarına. Sıcak kramplar halinde her boydan parçalar, peş peşe kavisler çizerek yatak örtüsünün, süs yastıklarının ve yatağın pembe ipekten etekliğinin üzerine iniyor.

İsa ne YAPMAZDI?
Öfkeli duvar yazısı.
"Vandalizm" doğru kelime değil ama ilk aklıma geleni.

Gwen havlunun üzerinde top gibi kıvrılmış vaziyette; gözleri kapalı ve soluk soluğa. Vibratör hâlâ içinde çalışmaya devam ediyor. Gözlerinin karası gitmiş akı kalmış; parmaklarının arasından boşalıyor ve "Seni yendim..." diyor.

"Orospu çocuğu, yendim işte seni..." diye fısıldıyor.

Pantolonumun içine zıpladığım gibi, montumu da kapıyorum. Beyaz asker parçaları yatağın her yanından, perdelerden ve duvar kâğıdından akıyor. Gwen hâlâ orada yatıyor ve hızlı hızlı nefes alıp veriyor; vibratör de yarı yarıya dışarı çıkmış. Bir dakika sonra vibratör tamamen dışarı çıkıyor ve ıslak bir balık gibi yerde hoplayıp zıplamaya başlıyor. Sonra Gwen gözlerini açıyor. Hasarı henüz görmedi; dirseklerinin üzerinde doğrulmaya başlıyor.

Vücudumun büyük bir kısmı pencereden çıkmış vaziyette, "Bu arada..." diyorum, "...kaniş."

Gwen'in ilk kez gerçek anlamda çığlık attığını duyuyorum.

Yirmi Sekiz

Massachusetts eyaletine bağlı Plymouth kasabasında, 1642 senesinin yazında, yeniyetme bir oğlan bir kısrak, bir inek, iki keçi, beş koyun, iki buzağı ve bir hindiyi kirletmekle suçlanmıştı. Bu, tarih kitaplarında anlatılan gerçek bir hikâyeydi. İncil'deki Levililerin yasalarına göre, oğlan suçunu itiraf ettikten sonra her bir hayvanın kesilişini izlemeye zorlanmıştı. Daha sonra da idam edilip ölü hayvanlarla birlikte, mezar taşı olmayan bir çukura gömülmüştü.

Bu olay sekskoliklerin konuşarak terapi yaptıkları toplantılardan çok önce gerçekleşmişti.

Şu yeniyetme, dördüncü basamak için günlük tutuyor olsaydı, bütün ahırı yazmak zorunda kalırdı.

"Sorusu olan var mı?" diye soruyorum.

Dördüncü sınıf öğrencileri suratıma bakıyorlar. İkinci sırada oturan bir kız, "Kirletmek ne demek?" diye soruyor.

Öğretmeninize sorun, diyorum.

Her yarım saatte bir, yeni bir dördüncü sınıf sürüsüne ateş yakmak gibi kimsenin bilmek istemeyeceği boktan şeyler öğretmem gerekiyor. Elmadan nasıl oyuncak bebek kafası oyulduğunu. Siyah kestanelerden nasıl mürekkep çıkarıldığını. Sanki bu tür bilgiler onları iyi bir üniversiteye sokabilecekmiş gibi.

Zavallı tavukların formlarını bozdukları yetmiyormuş gibi, dördüncü sınıf öğrencileri buraya mikrop da taşıyorlar. Denny'nin sürekli burnunu silip öksürmesinin sebebi sır değil. Bit, bağırsak solucanı, klamidya, mantar; cidden, burayı gezmeye gelen bu çocuklar, mahşerin minik atlıları.

Amerika'ya ilk göçen İngilizlerin faydalı saçmalıklarını öğretmektense, onlara bahçede oynadıkları "çember" oyununun aslında 1665 yılında baş gösteren hıyarcıklı vebaya dayandığını anlatıyorum. Kara Ölüm'e yakalanan insanlarda ya "veba gülleri" adı verilen sert ve şişkin kara noktalar oluşurmuş ya da soluk bir halkayla çevrili hıyar görünümlü yaralar. Bu yüzden hastalığa "hıyarcık" denmiş. Mikrop taşıyan insanlar evlerine kilitlenerek ölüme terk edilmiş. Altı ayda yüz bin kişi devasa toplu mezarlara gömülmüş.

Cesetlerin kokusunu almamak için Londralılar "cep dolusu çiçek demeti"yle gezer olmuşlar.

Ateş yakmak için yapmanız gereken tek şey biraz tahta parçası ve kuru ot bulmaktır. Bir çakmaktaşı parçasıyla kıvılcım çıkarırsınız. Ciğerlerinizi çalıştırırsınız. Ateş yakma rutininin o küçücük gözlerde bir pırıltı yarattığını bir an olsun düşünmeyin. Hiçbiri kıvılcımlardan etkilenmez. Ön sırada oturan veletler ellerindeki "game boy"larına dalmıştır. Bazıları suratınıza baka baka esner. Pantolonuma ve kirli gömleğime bakarak kıkırdayıp birbirlerini çimdiklerler.

Bu yüzden ben de ateş yakmak yerine, Kara Veba'nın 1672 yılında İtalya'nın Napoli şehrini nasıl vurduğunu ve dört yüz bin insanın nasıl öldüğünü anlatıyorum.

1711'de Kutsal Roma İmparatorluğu'nda Kara Veba'dan beş yüz bin kişi öldü. Grip salgını yüzünden 1781'de dünya çapında milyonlarca insan öldü. 1792'de başka bir veba salgını Mısır'da sekiz yüz bin kişiyi öldürdü. 1793'te sivrisineklerin taşıdığı sarı humma yüzünden Philadelphia'da binlerce kişi öldü.

Arkadan bir çocuk, "Bu, dönmedolaptan da betermiş" diye fısıldıyor.

Diğer çocuklar dağıtılan yiyecek paketlerini açıp sandviçlerinin içine bakıyorlar.

Pencereden bakınca boyunduruğa vurulmuş olan Denny'yi görüyorum. Bu sefer sadece alışkanlıktan asıldı oraya. Belediye Meclisi öğle yemeğinden sonra Denny'nin uzaklaştırılmasına karar verdi. Boyunduruk Denny'nin kendini güvende hissettiği tek yer. Kilitlerin hiçbiri kapalı değil; ama Denny aylardır ellerinin ve boynunun kilitli olduğu yerlere her zamanki gibi asmış kendini.

Dokumacının yanından buraya gelirken çocuklardan biri durup Denny'nin burnuna bir çubuk soktu, sonra da aynı çubuğu Denny'nin ağzına sokmaya çalıştı. Diğerleri, şans getirsin diye Denny'nin kel kafasını sıvazladı.

Ateş yakmak sadece on beş dakikamı aldığı için, daha sonra çocuk sürüsüne büyük yemek kazanlarını, saplı süpürgeleri, yatak ısıtıcılarını ve diğer boku püsürü göstermem gerekiyor.

Tavan yüksekliği bir metre seksen santimden ibaret olan odalarda çocuklar olduklarından iri görünüyorlar. Arkada oturan bir çocuk, "Bize yine boktan yumurta salatası vermişler" diyor.

Burada, on sekizinci yüzyıl ortamında, büyük demir tencere çengelleri, ölçerler, ocağın demir ayaklığı, dağlama demiri gibi sıradan işkence odası hatıralarıyla donatılmış büyük şöminenin yanında oturuyorum. Yakmış olduğum ateş iyice harlıyor. Demir maşayı kömürlerin arasından çıkarıp çocukların beyaz-sıcak çıkıntıları üzerinde çalışıyormuş gibi yapmanın tam sırası. Çocukların hepsi geriye çekiliyor.

Onlara, "Çocuklar! İçinizde on sekizinci yüzyılda insanların çıplak oğlanları nasıl işkence ederek öldürdüğünü bilen var mı?" diye soruyorum.

Bu konu her zaman ilgilerini çeker.

Hiçbiri el kaldırmıyor.

Bir taraftan maşayla oynamaya devam ederken, "Bilen var mı?" diye soruyorum tekrar.

Hâlâ el kaldıran yok.

"Gerçekten" diyorum ve sıcak maşayı açıp kapıyorum. "O zamanlar erkek çocukları nasıl öldürdüklerini öğretmeniniz size anlatmış olmalı."

Öğretmenleri dışarıda bekliyor. Birkaç saat önce öğrenciler dokumacının yanında yün eğirirken, biz de öğretmenle birlikte tütsü odasında sperm nakli yaptık ve her zaman olduğu gibi kadın bunun romantik bir ilişkiye dönüşeceğini düşündü; ama durun bir dakika. Ben onun kaymak gibi pürüzsüz poposuna yüzümü gömmüşken kazara seni seviyorum diyecek olsam, bir kadının bundan çıkaracağı anlam inanılmazdır.

Oysa on erkekten onu da, *bunu sevdim* demek ister.

Üzerinizde aptal keten bir gömlek, boyunbağı ve garip bir pantolon varken, bütün dünya yüzünüze oturmak ister. Cinsel organlarınızı sonuna kadar paylaşırken, vahşi bir seks dergisine kapak bile olabilirsiniz. Kadına, "Ah, bebeğim, bedenini benimkinin üzerinde ayır. Ah evet, benim için ayır, bebeğim" diyorum.

On sekizinci yüzyıl müstehcen konuşmaları işte.

Öğretmenlerinin adı Amanda veya Alison veya Amy. Sesli harfle başlayan bir isim.

Kendinize sürekli şu soruyu sorun: İsa ne *yapmazdı*?

Bu hatunun sınıfının önünde, isten kapkara olan elimle maşayı tekrar ateşin kenarına bırakıyorum ve iki kara parmağımı çocuklara doğru kıpırdatıyorum, yani uluslararası işaret dilinde *yaklaşın* diyorum.

Arkadaki çocuklar, öndekileri itiyor. Öndekiler etrafına bakıyor ve çocuklardan biri, "Bayan Lacey?" diyor.

Penceredeki gölge Bayan Lacey'nin bizi izlediği anlamına geliyor; ama baktığım anda hatun ortadan kayboluyor.

Çocuklara yaklaşmalarını işaret ediyorum. Şu eski "Georgie Porgie" tekerlemesinin, aslında, bir türlü doyuma ulaşamayan İngiltere Kralı George'la ilgili olduğunu söylüyorum.

Çocuklardan biri, "Doyuma ulaşmak ne demek?" diye soruyor.

"Öğretmeninize sorun" diyorum.

Bayan Lacey hâlâ pusuda.

"Yaktığım ateşi sevdiniz mi?" diye soruyorum alevleri göstererek. "İnsanlar sürekli bacalarını temizlemek zorundaydılar ve uzun bacaların içi öylesine dardı ki, insanlar küçük çocukları sokarlardı bacaların içine."

Ama içerisi o kadar dardı ki çocuklar elbiseleriyle girdikleri zaman sıkışırlardı, diye anlatmaya devam ediyorum.

"Yani aynen Noel Baba gibi..." diyorum. "Çocuklar bacadan yukarı tırmanırlardı.." diyorum ve ateşten bir ölçer alıyorum. "Tabii çıplak olarak" diyorum.

Ölçerin kırmızı ucuna tükürüyorum; odanın sessizliği tükürüğün cızırtısıyla doluyor.

"Ve bu çocuklar nasıl ölürlerdi biliyor musunuz?" diye soruyorum. "Bilen var mı?"

Hiçbiri elini kaldırmıyor.

"Erbezi torbasının ne olduğunu biliyor musunuz?" diye soruyorum.

Hiç kimse evet demiyor; kafasını sallayan bile olmuyor. Ben de, "Bayan Lacey'ye sorun" diyorum.

Tütsü odasındaki özel sabahımızda Bayan Lacey aletimi bir güzel tükürüklemiş, sıvazlıyordu. Ardından dillerimizi emmeye koyulduk; terliyorduk ve ağız sularımızı değiş tokuş ediyorduk. Sonra o bana dikkatlice bakmak için geri çekildi. Dumanlı loş ışıkta etrafımızda bir sürü sahte, plastikten et asılıydı. Elimi şeyine sokmuştu ve üstünde kalkıp oturarak hareket ediyordu ve konuşurken durup soluk alıyordu. Ağzını sildi ve korunmam olup olmadığını sordu.

"Çok kıyak" dedim ona. "1734'teyiz, unuttun mu? Çocukların yüzde ellisi doğum sırasında öldü."

Yüzüne düşen bir parça yumuşak saçı üfleyerek kenara itti. "Bunu kastetmemiştim" dedi.

Onu göğsünün ortasından başlayıp boğazına kadar

yaladım ve dudaklarımı kulağına dayadım. İçine girmiş olan parmaklarımla hâlâ onu becerirken, "Bilmem gereken belaların mı var?" diye sordum.

Popomu elleriyle ayırıp, bir parmağını yaladıktan sonra, "Kendimi korumam gerektiğini düşünüyorum" dedi.

Ben de, "Bu iyi" dedim.

"Bu yüzden işten kovulabilirim" dedim ve prezervatifi aletime geçirdim.

Islak parmağını deliğime sokup, diğer eliyle de götümü tokatladı ve "Benim ne hissettiğimi sanıyorsun?" diye sordu.

Boşalmamak için ölü fareleri, çürümüş lahanaları ve lağım çukurlarını düşünüyordum. "Lateksin keşfedilmesi için bir yüzyıl daha geçmesi gerektiğini kastetmiştim" dedim.

Ölçeri dördüncü sınıf öğrencilerine doğru uzatıp, "Bu küçük çocuklar bacalardan çıktıklarında kapkara ise bulanmış olurlardı. İs ellerine, dizlerine ve dirseklerine yapışırdı ve sabun olmadığı için de hep öyle simsiyah kalırlardı" diyorum.

Ömürlerinin geri kalanını siyah olarak geçirirlerdi. Her gün birileri onları bu bacalara girmeye zorlardı ve çocuklar bütün gün karanlıkta emeklemekten başka bir şey yapmazlardı; is ağızlarına ve burunlarına kaçardı ve hiçbiri okula gitmezdi; hiçbirinin televizyonu, video oyunu, mangolu meyve suyu yoktu; müzik veya uzaktan kumandalı herhangi bir şeyleri veya ayakkabıları da yoktu ve her gün bir diğerinin kopyasıydı.

"Bu küçük çocuklar" diyorum ve elimdeki ölçeri üstlerine doğru sallıyorum, "aynen sizin gibi küçüklerdi. Aynen sizin gibiydiler."

Tek tek hepsinin gözlerinin içine bakıyorum.

"Ve önünde sonunda çocukların hepsi özel bölgelerinde bir ağrıyla uyanırdı. Ve bu ağrıyan bölgeler hiç iyileşmezdi. Ağrı vücutlarının diğer bölgelerine yayılırdı; hatta sperm torbalarına kadar inerdi. Ve artık" diyorum, "çok geçti."

İşte tıp eğitimimden geriye kalanlar.

Bazen bu çocukları kurtarmak için erbezi torbalarını kesiyorlardı diye anlatmaya devam ediyorum. Ama bu işlem hastaneler ve ilaçlar yokken yapılıyordu. On sekizinci yüzyılda bu tür tümör hâlâ "is siğili" olarak anılmaktaydı, diyorum.

"Ve bu is siğilleri, keşfedilen ilk kanserdi" diye çocuklara anlatmaya devam ediyorum.

Sonra da niye bu hastalığa kanser dendiğini bilen var mı diye soruyorum.

Kimse el kaldırmıyor.

"İçinizden birini seçmek zorunda bırakmayın beni" diyorum.

Tütsü odasında Bayan Lacey parmaklarını nemli saçlarının arasında gezdiriyor ve "Eee?" diye soruyor. Sanki bu çok masum bir soruymuş gibi, "Buranın dışında bir hayatın var mı?" diye ekliyor.

Koltukaltlarımı pudralı peruğumla kurularken, "Hiç numara yapmayalım, tamam mı?" diyorum.

Bacaklarını daha kolay içine sokabilmek için her kadının yaptığı gibi çoraplarını toplarken, "Bu tür anonim seks yapmak, seks bağımlılığının belirtisidir" diyor.

Ben kendimi daha çok bir playboy, mesela James Bond olarak görmeyi tercih ederim.

Ve Bayan Lacey, "Belki James Bond da bir seks bağımlısıdır" diyor.

Bu noktada, ona gerçeği söylemem gerekiyor. Ben bağımlıları takdir ederim. Herkesin kör bir kaza kurşununa veya ani bir hastalığa kurban gitmeyi beklediği bir dünyada, bağımlıların yolun sonunda kendilerini neyin beklediğini bilmek gibi bir lüksü vardır. Nihai kaderinin kontrolünü biraz da olsa eline almıştır ve bağımlılığı sayesinde ölüm sebebi büsbütün sürpriz olmaktan çıkmıştır.

Bağımlı olmak bir bakıma ileri derecede aktif olmaktır.

Sağlam bir bağımlılık, ölümle ilgili tahmin yürütme olayını ortadan kaldırır. Kaçışınızı planlamak gibi bir şey söz konusudur.

Ayrıca insan ömrünün sonsuza dek süreceğini düşünmek gerçekten çok aptalcadır.

Ayrıca bakınız: Dr. Paige Marshall.

Ayrıca bakınız: Ida Mancini.

Gerçek şu ki, her seferinde değişik bir partneriniz yoksa, seks, seks değildir. Sadece ilk seferinde aklınız ve bedeniniz gerçekten oradadır. İlk seferin ikinci saatinde bile aklınız gidip gelmeye başlar. İsmi meçhulle yapılan iyi bir ilk seksin tümüyle hissizleştiren kalitesine kolay kolay ulaşamazsınız.

İsa ne YAPMAZDI?

Bütün bunları anlatmak yerine Bayan Lacey'ye yalan söyledim ve "Sana nasıl ulaşabilirim?" diye sordum.

Dördüncü sınıf öğrencilerine, hastalığa kanser diyorlar; çünkü kanser içinizde büyümeye başlar, sonra da derinizi yırtarak dışarı çıkar ve yara büyük, kırmızı bir yengece benzer, diye anlatıyorum. Sonra yengeç de açılır; ve içi kanlı ve beyazdır.*

"Doktorlar her türlü yolu denediler" diye sükûnet içinde dinleyen çocuklara anlatmaya devam ediyorum. "Ama çocukların hepsi kir pas içindeydi, hastaydı ve çektikleri korkunç acı yüzünden çığlıklar atıyorlardı. Peki sonra ne olduğunu bana söyleyebilecek olan var mı?"

Eller yine kalkmıyor.

"Elbette hepsi öldü" diyorum.

Ve ölçeri tekrar ateşin içine atıyorum.

"Evet" diyorum. "Sorusu olan var mı?"

Hiçbir el kalkmıyor; ben de onlara fareleri tıraşlayıp atlardan aldıkları smegmaları farelere bulaştıran bilim adamlarının sahte çalışmalarından bahsediyorum. Bu araştırma sünnet derisinin kansere yol açtığını ispatlamak için yapılmıştı.

Bir düzine el havaya kalkıyor ve "Öğretmeninize sorun" diyorum.

O zavallı fareleri tıraşlamak ne manyakça bir iş olmalı. Sonra da sünnet edilmemiş atlar buluyorlar falan.

Şöminenin üzerindeki saat, yarım saatlik sürenin dolmak üzere olduğunu gösteriyor. Pencereden Denny'nin hâlâ boyunduruktaasılı olduğunu görüyorum. Saat bire kadar orada kalabilir. Başıboş bir çoban köpeği Denny'nin yanında duruyor

---

* İngilizce "cancer" kelimesi hem kanser hem de yengeç anlamına gelir. (ç.n.)

ve bir bacağını kaldırıyor. Buharı tüten sarı bir akıntı doğruca Denny'nin tahta sabolarının içine doluyor.

"Bunlardan başka" diyorum. "George Washington'ın köleleri vardı ve hayatında bir kiraz ağacı bile kesmemişti ve o gerçekte bir kadındı."

Kapıya doğru akın ederlerken arkalarından, "Boyunduruktaki herifi rahatsız etmeyi de kesin" diyorum. "Ve lanet olası tavuk yumurtalarını da sallamayın" diye bağırıyorum.

Eksik bir şey kalmasın diye, peynir yapan adama gözlerinin niye kan çanağı gibi kıpkırmızı olduğunu sormalarını tembihliyorum. Nalbanta, kollarının iç kısmındaki aşağı ve yukarı giden iğrenç çizgilerin sebebini sorun, diyorum. Bulaşıcı küçük canavarların arkasından, beniniz veya lekeleriniz varsa, kesin kanser olacaksınız diye sesleniyorum. "Güneş sizin düşmanınızdır. Yolun gölgeli tarafından yürüyün" diyorum.

Yirmi Dokuz

Denny taşındıktan sonra, buzdolabında siyah beyaz bir granit bloku buldum. Eve sürükleyerek bazalt yığınları taşıyor; demir oksitli taşlar yüzünden ellerinde kırmızı lekeler var. Pembe bebek battaniyesini siyah granit kaldırım taşlarına, pürüzsüz nehir kayalarına ve parlak mika kuvarsit parçalarına sarıyor ve otobüsle eve getiriyor.

Denny bütün o bebekleri evlatlık ediniyor. Evde bir nesil birikiyor.

Denny bir seferde, kucak dolusu pembe ve yumuşak kumtaşlarını ve kireçtaşlarını el arabasıyla eve taşıyor. Evin önünde, taşların üzerindeki çamuru hortumla yıkıyor. Sonra oturma odasındaki kanepenin arkasına istifliyor. Ya da mutfaktaki köşelere.

On sekizinci yüzyılda geçirdiğim her zorlu günün ardından eve geldiğimde ya mutfak tezgâhının üzerinde, lavabonun yanında büyük bir lav kayası buluyorum ya da buzdolabını açınca ikinci rafta küçük, gri bir kaya parçası.

"Dostum" diyorum, "niye buzdolabında bir kaya var?"

Denny mutfakta ılık ve temiz kayaları bulaşık makinesinden çıkarıp kurulama beziyle siliyor ve "Çünkü orası benim bölmem, sen söylemiştin" diyor. "Ayrıca o alelade bir kaya değil, granit."

"Ama neden buzdolabında duruyor?" diye soruyorum.

Denny, "Çünkü fırının içi doldu bile" diyor.

Fırın kayalarla dolu. Buzluk dolu. Mutfak dolapları öyle dolu ki duvardaki yerlerinden çıkmak üzereler.

Günde sadece bir kaya olmak üzere plan yapmıştık ama, Denny'nin bağımlılığa böyle yatkın bir kişiliği var işte. Alışkanlığını sürdürebilmek için artık her gün eve bir düzine kaya taşıyor. Bulaşık makinesi her gün çalışıyor ve mutfak tezgâhında annemin temiz banyo havluları serili oluyor; çünkü kayalar burada kurumaya bırakılıyor. Yuvarlak gri kayalar. Kare siyah kayalar. Açık kahverengi ve damarlı sarı kayalar. Travertin kireçtaşları. Denny eve getirdiği yeni yığınları bulaşık makinesine yerleştiriyor ve bir gün önce getirdiği, temiz ve kuru kayaları bodruma atıyor.

İlk başlarda kayalar yüzünden sadece bodrumun döşemesi görünmez olmuştu. Sonra kayalar merdivenin birinci basamağı seviyesine kadar yığıldı. Sonra da bodrum, merdivenlerin yarısına kadar doldu. Artık, bodrumun kapısını açınca içeride yığılı olan kayalar mutfağa dökülüyor. Bodrum diye bir yer kalmadı.

"Dostum burası iyice dolmaya başladı" diyorum. "Sanki bir kum saatinin dibinde yaşıyormuşuz gibi hissetmeye başladım."

Sanki süremiz doluyormuş gibi hissediyorum.

Canlı canlı gömülüyoruz.

Pis giysileri, koltukaltlarından ayrılmaya başlamış yeleği, paramparça boyunbağıyla, pembe kundağı göğsüne yapıştırarak her otobüs durağında bekliyor. Kollarındaki kaslar uyuşmaya başladığında, kucak dolusu yükünü bir kolundan diğerine geçirmeye başlıyor. Otobüse bindikten sonra, yanaklarına toz bulaşmış olan Denny otobüsün içindeki metalik gürültüye rağmen kucağında bebeğiyle horluyor.

Kahvaltıda, "Dostum, planının her gün *bir* kaya getirmek olduğunu söylemiştin" diyorum.

Denny, "Ben de öyle yapıyorum. Sadece bir tane getiriyorum" diyor.

"Dostum, sen işte böyle bir bağımlısın" diyorum. "Yalan söyleme. Günde en az on kaya taşıdığını biliyorum."

Banyodaki ecza dolabına kaya yerleştirmekte olan Denny, "Tamam, biraz hızlı gitmiş olabilirim" diyor.

Tuvaletin sifonuna kaya saklamışsın, diyorum.

"Bunlar sadece taş diye bunun madde bağımlılığı olmadığını söyleyemezsin" diyorum.

Tıraşlı kafası, akan burnu, yağmurda ıslanan bebek battaniyesiyle Denny her otobüs durağında bekliyor ve öksürüyor. Kucağındaki kundağı bir kolundan diğerine geçirip duruyor. Kafasını neredeyse battaniyeye sokup, pembe saten uçlarını çekiştirip örtüyor. Bebeğini daha iyi korumak için yapıyormuş gibi görünse de aslında amacı, içindekinin volkanik süngertaşı olduğunu saklamak.

Yağmur üç kenarı kalkık şapkasının arkasından süzülüyor. Kayalar ceplerini deliyor.

Onca yükü taşımaktan ter lekeleriyle kaplanmış giysilerinin içinde Denny gün geçtikçe daha da zayıf görünüyor.

İçinde bebek varmış gibi görünen o kundakla ortalıkta dolanıp dururken, komşulardan birinin onu çocuk suistimali ve ihmalden yakalatması an meselesi. İnsanlar birinin uygun bir ebeveyn olmadığını ifşa etmek ve çocukları birilerine evlatlık olarak verdirmek için can atarlar; tabii bu sadece benim deneyimim.

Ölümüne boğulayazdığım her uzun gecenin sonunda eve geliyorum ve Denny'yi yeni bir kayayla buluyorum. Kuvars, akik veya mermer. Feldispat, opsidiyen veya kayrak taşı.

Önemsiz kimselerden birer kahraman yarattığım her gecenin

sonunda eve geliyorum ve bulaşık makinesini çalışır vaziyette buluyorum. Oturup günün hesaplarını yapmam, çekleri toplamam ve teşekkür mektuplarını yazmam lazım. Ama sandalyemde bir kaya oturuyor. Yemek masasının üzerindeki kâğıtların ve evrakın üstü ise taşlardan geçilmiyor.

İlk başta Denny'ye odamda kaya istemem demiştim. Kayaları herhangi başka bir yere koyabilir. Koridorlara yığabilir. Dolaplara tıkabilir. Derken, "Sadece yatağıma koyma yeter" demeye başladım.

"Ama sen hiç yatağın o tarafında uyumuyorsun ki" diyor Denny.

"Sorun bu değil ki. Yatağıma kaya girmeyecek; anlatmaya çalıştığım şey bu" diyorum.

Nico veya Leeza veya Tanya'yla birlikte birkaç saatlik grup terapisinden eve dönüyorum ve mikrodalganın içinde kayalar var. Çamaşır kurutma makinesinin içinde kayalar var. Çamaşır makinesinin içinde de kayalar var.

Bazen Denny gece yarısı üçte, dörtte geliyor ve evin önünde kayalara hortum tutuyor; bazen de öyle büyük kayalarla geliyor ki, onları içeri yuvarlayarak sokuyor. Sonra da onları banyodaki, bodrumdaki veya annemin odasındaki diğer kayaların üstüne yığıyor.

Bu kayaları eve itip kakmak Denny'nin tam zamanlı işi.

Kovulmadan önce Denny'nin işyerindeki son gününde, Saygıdeğer Sömürge Valisi gümrük binasının kapısında durdu ve küçük, deri ciltli bir kitaptan bir bölüm okumaya başladı. Kitap öyle küçüktü ki, adamın elleri kitabı neredeyse tamamen gizlemişti; ama kitapçığın cildi siyah deridendi, kenarları yaldızlıydı ve sırtının tepesinden siyah, yeşil ve kırmızı olmak üzere üç kurdele sarkıyordu.

"Sisin kayboluşu gibi, siz de onları uzaklaştırmalısınız ve mumun ateşte eriyişi gibi, bırakın da Tanrı'nın gözü önünde Tanrısal olmayan yok olsun" diye okudu.

Denny bana iyice sokuldu ve "Şu sis ve mumla ilgili kısımda galiba benden bahsetti" dedi.

Koloni Valisi Majesteleri Charlie saat birde kasaba meydanında, kafasını eğip küçük kitapta yazanları bize okudu. Soğuk bir rüzgâr bütün bacalardaki dumanı alıp savurdu. Sütçü kızlar oradaydı. Ayakkabı tamircileri oradaydı. Nalbant oradaydı. Hepsinin elbiseleri, saçları, nefesleri ve perukları haşhaş kokuyordu. Esrar kokusu yayılıyordu üstlerinden. Hepsinin gözleri kırmızı, bakışları bomboştu.

Büyük Hanım Landson ve Bayan Plain önlüğüne kapanarak ağladı; ama üzüldüklerinden değil, iş tanımlarında ağlayıp sızlamak olduğu için. Bir grup gardiyan, Denny'yi park yerindeki ormanlığa götürmek üzere, iki eliyle birden desteklediği tüfeğiyle, hazır ol vaziyetinde bekledi. Gümrük binasının tepesindeki koloni bayrağı yarıya indirilmişti. Bir grup turist, kameralarının gerisinden olayı izledi. Ellerindeki kutulardan patlamış mısır yiyorlardı ve ayaklarının etrafına dökülen kırıntıları gagalamak üzere mutant tavuklar çevrelerini sarmıştı. Bazıları da, ellerine bulaşan pamuk helvaları yalıyordu.

"Beni kovacağınıza" diye bağırdı Denny, "taşlasanız olmaz mı? Yani, taşlar iyi bir elveda hediyesi olabilir" dedi.

Denny "taşlamak"* deyince kasabanın tüm dalgın sakinleri olduğu yerde sıçradı. Önce Vali'ye, sonra ayakkabılarına baktılar ve kızaran yanaklarının eski haline dönmesi biraz zaman aldı.

Vali, "Bu yüzden bedenini doğaya bağışlıyoruz ki toprakta çürüsün..." diye okumaya devam ederken inişe geçen bir jetin gürültüsü küçük konuşmayı boğdu.

Gardiyanlar Denny'ye Dunsboro kolonisinin kapısına kadar eşlik ettiler; iki sıra halindeki silahlı adamlar Denny'yi ortalarına almışlardı ve muntazam adımlarla ilerliyorlardı. Muntazam adımlarla kapıdan çıktılar, park yerini geçtiler ve yirmi birinci yüzyılın kıyısındaki bir otobüs durağına kadar Denny'ye eşlik ettiler.

"Eee, dostum" diye bağırdım koloni kapısından, "artık öldüğüne göre boş zamanını nasıl değerlendirmeyi düşünüyorsun?"

---

* İngilizce'de "stoned" hem "taşlanmak", hem de "esrar etkisi altında olmak" anlamına gelir. (ç.n.)

"Yapacağım şey o *değil*" diyor Denny. "Ve kendimi kandırmayacağıma da adım gibi eminim."

Yani otuz bir çekmek yerine kaya avına çıkacak. Öylesine meşgul olacak, o kadar aç kalacak, yorgun ve bitap düşecek ki, porno avlamaya veya aletini sıvazlamaya hali kalmayacak.

Koloniden uzaklaştırıldıktan sonraki gece Denny kucağında bir kayayla annemin evinin kapısında beliriyor ve yanında da bir polis var. Burnunu koluna siliyor.

Polis, "Affedersiniz, bu adamı tanıyor musunuz?" diye soruyor.

Hemen sonra da, "Victor? Victor Mancini? Hey, Victor nasıl gidiyor? Yani hayatın nasıl gidiyor?" diye soruyor ve kocaman ayası bana bakacak şekilde elini havaya kaldırıyor.

Çak yapmak istediğini anlıyorum ve ben de elimi kaldırıyorum; ama adam o kadar uzun ki biraz havaya zıplamak zorunda kalıyorum. Yine de adamın elini ıskalıyorum. Sonra da, "Evet, bu Denny. Sorun yok. O burada oturuyor" diyor.

Polis Denny'ye dönüp, "Bak görüyor musun? Herifin hayatını kurtardım ama beni hatırlamıyor bile" diyor.

Tabii ki...

"Neredeyse boğuluyordum!" diyorum.

Polis, "Demek hatırlıyorsun!" diyor.

"Denny'yi sağ salim eve getirdiğin için teşekkürler" derken kapıyı kapatmak için Denny'yi içeri çekiyorum.

Polis, "Durumun iyi mi Victor? Bir şeye ihtiyacın var mı?" diye soruyor.

Yemek odasına gidip bir parça kâğıdın üzerine bir isim yazıyorum. Polise uzatıp, "Bu herifin hayatını cehenneme çevirebilir misin? Belki birilerini ayarlayıp herifi rektum çürüğü muayenesine gönderebilirsin" diyorum.

Kâğıdın üzerinde Sömürge Valisi Majesteleri Charlie'nin ismi yazıyor.

İsa ne YAPMAZDI?

Polis gülümseyerek, "Elimden geleni yapmaya çalışırım" diyor.

Ve kapıyı suratına kapatıyorum.

Denny elindeki kayayı yere fırlatıyor ve biraz bozuğun var mı diye soruyor. Taş satan bir yerde yontulmuş granit yığınları varmış. Sağlam inşaat taşları, basınca dayanıklı iyi taşlar ton başına çok para ediyormuş; ama Denny bu tek kayayı on papele alabileceğini keşfetmiş.

"Kaya, kayadır" diyor Denny. "Ama küp şeklinde bir kaya Tanrı'nın lütfudur."

Oturma odası sanki çığ düşmüş gibi görünüyor. Önceleri kayalar kanepenin alt hizasındaydı. Sonra sehpalar gömüldü ve kayaların arasından sadece abajurlar görünür oldu. Granit ve kumtaşının arasından. Gri, mavi, siyah, kahverengi taşların arasından. Bazı odalarda kafamızı tavana çarpmamak için eğilerek yürüyoruz.

Peki bunlarla ne inşa edeceksin diye soruyorum.

Denny, "Bana on papel ver, sana söyleyeyim" diyor.

"Bütün bu aptal taşlarla ne yapmaya çalışıyorsun?" diye soruyorum.

"Bir yere varmaya çalışmıyorum" diyor Denny. "Önemli olan bir şey yapıyor olmak; işin kendisi önemli."

"Peki ne yapacaksın bütün bu kayaları?"

Denny, "Yeterince toplayınca karar vereceğim" diyor.

"Peki ne zaman yeterince olacak?"

"Bilmiyorum dostum" diyor Denny. "Sadece geçirdiğim günlerin bir işe yaramasını istiyorum."

Hayatımızın her gününü, örneğin televizyonun önünde yok olup gideceğine, diyor Denny, yaşadığımız her günü bir kaya göstersin. Böyle olsun istiyormuş. Elle tutulur bir şey. Sadece bir şey. Her günün sonunu belirlemek için küçük bir anıt. Otuz bir çekmediği her gün için.

"Mezar taşı" doğru ifade değil ama ilk aklıma geleni.

"Bu şekilde belki hayatımın bir amacı olur" diyor Denny. "Hem de uzun sürecek bir şey."

Taş bağımlıları için on iki basamaklı bir program olması lazım diyorum.

Denny, "Sanki faydası olurmuş gibi konuşuyorsun" diyor. "Sen kendin en son ne zaman dördüncü basamağınla ilgili bir şey düşündün, onu söyle."

Otuz

Annecik ve burnu boktan kurtulmayan aptal oğlan bir seferinde bir hayvanat bahçesinde durdu. Bu hayvanat bahçesi öyle meşhurdu ki etrafı metrelerce otoparkla çevriliydi. Arabayla gidilebilen bir şehirdeydi ve önünde, ellerinde paralarıyla içeri girmek için bekleyen anneler ve çocuklardan oluşan bir kuyruk vardı.

Bu olay, polis karakolunda verilen yanlış alarmdan sonra oldu. Dedektifler tuvaleti kendi başına bulması için çocuğu bıraktıklarında ve kaldırımın kenarında park halindeki arabada onu bekleyen Annecik, "Hayvanları özgürlüklerine kavuşturmama yardım etmek ister misin?" soruyordu.

Bu Anneciğin onu götürmek üzere dördüncü veya beşinci gelişiydi.

Daha sonra mahkemeler bu olayı "Kamu Malının Sorumsuzca Kötüye Kullanılması" olarak adlandıracaklardı.

O gün Anneciğin yüzü, gözlerinin kenarları aşağıya doğru kıvrılan ve kenarlarda biriken deri parçaları yüzünden hep uykuluymuş gibi görünen köpekleri andırıyordu.

Dikiz aynasında kendine baktı ve "Lanet olası bir St. Bernard" dedi.

Bir yerlerden üzerinde *Baş Belası* yazan beyaz bir tişört bulmuştu ve bir süredir hep o tişörtü giyiyordu. Tişört yeniydi ama kollarından birine burnundan akan kan damlası bulaşmıştı bile.

Diğer anneler ve çocuklar birbirleriyle konuşuyorlardı.

Kuyrukta uzunca bir süre beklediler. Görünürlerde polis yoktu.

Ayakta beklerlerken Annecik bir uçağa ilk binen kişi olmak ve hayvanınla birlikte yolculuk etmek istiyorsan, ikisini de aynı anda kolaylıkla yapabilirsin, dedi. Havayolları, deli olanlara hayvanlarını kucakta taşıma izni veriyormuş. Hükümet böyle buyuruyor.

Hayatta kalabilmek için Anneciğin verdiği bir diğer önemli bilgi.

Sırada beklerken Annecik çocuğa birkaç zarf ve üzerine yapıştırmak için adres etiketleri verdi. Sonra da katlayıp zarfın içine yerleştirmesi için birtakım kuponlar ve mektuplar.

"Havayolları şirketindekileri ara ve 'rahatlatıcı hayvanını' yanında getirmek istediğini söyle, yeter" dedi.

Havayolları gerçekten de böyle diyordu bu hayvanlar için. Köpek, maymun, tavşan olurdu ama hayatta bir kedi olamazdı. Hükümet kediyi rahatlatıcı hayvandan saymıyordu.

Annecik, "Havayolu şirketi senden deli olduğunu ispatlamanı isteyemez. Bu, ayrımcılığa girer. Nasıl körlerden kör olduğunu ispatlamasını isteyemezsen, aynen öyle" dedi.

"Eğer deliysen" diye devam etti, "görünüşünden veya davranışlarından sorumlu tutulamazsın."

Kuponlarda, *Clover Inn'de bedava yemek yerine geçer* yazıyordu.

Annecik, delilerin ve sakatların uçak koltuklarında öncelik

hakkı olduğunu söyledi. Böylece, sırada kaç kişi bekliyor olursa olsun sen ve maymunun sıranın en önüne geçersiniz, dedi. Ağzını bir yana çarpıtıp diğer taraftaki burun deliğiyle tüpü kokladı, sonra da aynısını diğer taraf için yaptı. Bir eli sürekli burnundaydı; dokunuyordu, karıştırıyordu. Burnunun ucunu çimdikledi. Parlak ojeleri henüz taze olan tırnaklarının altını kokladı. Gökyüzüne baktı ve burnundaki bir damla kanı içeri çekti. Bütün güç delilerde, dedi.

Çocuğa, yalayıp zarfların üzerine yapıştırması için pul verdi.

Kuyruk ağır ilerliyordu ama nihayet gişelere vardılar ve Annecik gişe yetkilisine, "Kâğıt mendil alabilir miyim lütfen?" diye sordu. Pullu zarfları pencereden uzattı ve "Lütfen bunları posta kutusuna atar mısınız?" dedi.

Hayvanat bahçesinde demir çubukların, plastik camların ardında, suyla dolu hendeklerin içinde hayvanlar vardı ve çoğu sere serpe yayılmış, arka ayağıyla aletini çekiştiriyordu.

"İnanılmaz bir olay" diye bağırdı Annecik. "Vahşi bir hayvana barınabileceği güzel, temiz ve emniyetli bir yer veriyorsun, onu sağlıklı yiyeceklerle besliyorsun ve karşılığı bu oluyor" dedi.

Diğer anneler çocuklarının kulağına bir şeyler fısıldamak üzere eğildiler ve diğer hayvanlara baksınlar diye çocuklarını çekiştirerek oradan uzaklaştırdılar.

Önlerinde duran maymunlar aletleriyle oynayıp yoğun, beyaz bir sıvı fışkırtıyordu. Plastik camın iç tarafına yapışan sıvı, aşağıya doğru aktı. Eskiden kalma atıklarsa kurumuş ve neredeyse arkası görünecek kadar şeffaflaşmıştı.

"Artık hayatta kalmak için mücadele etmelerine hiç gerek yok; ama şu yaptıklarına bak" dedi Annecik.

Hayvanları izlemeye devam ederken Annecik oklu kirpilerin bu işi nasıl yaptığını anlattı. Oklu kirpiler bir tahta parçası bulup üzerine çıkıyorlardı. Bir cadı, süpürgesine nasıl binerse aynen öyle; üstüne bindikleri çubuğa çişlerinin ve salgıladıkları sıvıların kokusu iyice sinene ve yapış yapış olana dek sürtünüp duruyorlardı. Yeterince koktuktan sonra o tahta çubuğu asla bırakmıyorlardı.

Çubuğuna binmiş olan oklu kirpiyi izlerken Annecik, "Bu öylesine kurnazca bir mecaz ki" dedi.

Ufaklık, Annecikle birlikte bütün hayvanları serbest bıraktıklarını hayal etti. Kaplanları ve penguenleri ve hepsinin birbiriyle kavga ettiğini düşündü. Leoparlarla gergedanların birbirlerini ısırdığını hayal etti. Bu fikre bayıldı küçük sikik.

"Bizi hayvanlardan ayıran tek şey" dedi Annecik, "bizim pornografimizin olması." Yine semboller, dedi. Bunun bizi hayvanlardan daha iyi mi yoksa kötü mü yaptığından emin değildi.

Filler, hortumlarını kullanır, dedi.

Örümcek maymunları kuyruklarını kullanır.

Küçük çocuk tehlikeli bir şeylerin olmasını istiyordu.

"Mastürbasyon" dedi Annecik, "onların tek kaçış yolu."

Biz gelene kadar öyleydi, diye düşündü çocuk.

Hüzünlü ve dalgın hayvanlar, şaşı ayılar ve goriller ve susamurları; hepsinin kamburu çıkmıştı. Cam gibi küçücük gözleri yarı yarıya kapalıydı ve neredeyse nefes almıyorlardı. Küçük ve yorgun pençeleri yapış yapıştı. Hepsinin gözleri kabuk bağlamıştı.

Annecik, yunuslar ve balinalar içinde yüzdükleri havuzun pürüzsüz kısımlarına sürtünürler, dedi.

Geyikler orgazm olana dek boynuzlarını çimenlere sürterler, dedi.

Tam önlerindeki Japon Güneş Ayısı kayaların üzerine dışkısını bıraktı. Sonra da gözlerini kapayarak sırtüstü yere yattı. Dışkısını güneş ışığında ölüme terk etti.

Küçük çocuk fısıldayarak, "Üzücü mü?" diye sordu.

Annecik, "Daha da beter" dedi.

Annecik, bir filmde oynayan meşhur katil balinanın yeni ve şaşaalı bir havuza alındığını fakat sürekli havuzu kirlettiğini anlattı. Bakıcıları utanç içindeydi. Durum öyle bir hal almıştı ki, artık balinayı serbest bırakmanın yollarını arıyorlardı.

"Özgürlüğe kavuşmak için mastürbasyon" dedi Annecik. "Michel Foucault buna bayılırdı."

Kız köpekle oğlan köpek cinsel ilişkiye girdiğinde, oğlanın

penisinin başı şişer, kızın vajinasındaki kaslar büzülür, dedi. Seks bittikten sonra her iki köpek de kilitlenir ve belli bir süre, çaresiz ve zavallı bir halde beklemek zorunda kalır.

Annecik, bu senaryonun, çoğu evlilik için de geçerli olduğunu söyledi.

O anda, ortalıkta görünen son anneler de çocuklarını hemen oradan uzaklaştırdılar. İkisi yalnız kalınca küçük çocuk fısıldayarak bütün bu hayvanları serbest bırakmak için gerekli olan anahtarları nereden bulacaklarını sordu.

Annecik, "Hepsi bende" dedi.

Maymunun kafesinin önünde Annecik elini çantasına soktu ve bir avuç dolusu hap çıkardı: küçük, yuvarlak, mor renkli haplar. Avuç dolusu hapı çubukların arasından içeriye fırlattı; haplar etrafa saçılıp yuvarlandı. Bazı maymunlar bakmak için ağaçlardan aşağıya indi.

Çocuk bu defa fısıldamıyordu ve korkulu gözlerle, "Zehir mi?" diye sordu.

Annecik güldü. "*Bu* da bir fikir" dedi. "Ama hayır tatlım, küçük maymunları *o kadar da* özgürleştirmek istemiyoruz."

Hapların etrafına toplaşan maymunlar onları yemeye başlamıştı bile.

Annecik, "Sakin ol ufaklık" dedi. Elini çantasına attı ve beyaz tüpü çıkardı, trikloroetan tüpünü. "Bu mu?" dedi ve mor haplardan birini dilinin üzerine koydu. "Bu sadece bildiğimiz sıradan, basit LSD" dedi.

Sonra da trikloroetan tüpünü burun deliklerinden birine soktu. Ya da sokmadı. Belki de hikâye tamamen farklıydı.

Otuz Bir

Denny karanlıkta çoktan sahneye yakın bir yere oturmuş, kucağındaki sarı bloknota çizim yapıyor. Yanındaki masada üç buçuk boş bira şişesi duruyor. Dansçı kıza bakmıyor bile. Düz siyah saçları olan buğday tenli kız elleri ile dizlerinin üzerine çökmüş. Kafasını bir sağa bir sola sallayarak saçlarıyla sahneyi dövüyor; kırmızı ışıkta saçları mor renkte görünüyor. Elleriyle, yüzüne yapışan saçları geriye itiyor ve sahnenin kenarına doğru emekliyor.

Yüksek tonda tekno müzik çalıyor ve köpek havlamaları, araba alarmları, Hitler gençliğinin haykırışları da müziğe miks yapılmış. Kırılan cam ve silah sesleri duyuluyor. Kadınların çığlıkları ve itfaiye sirenlerinin sesi de müziğe eklenmiş.

"Hey Picasso" diyor dansçı kız ve bacağını Denny'nin önünde sallıyor.

Bloknottan kafasını bile kaldırmadan Denny pantolonunun cebinden bir dolar çıkarıp kızın parmaklarının arasına sıkıştırıyor. Yan koltukta pembe battaniyeye sarılı bir kaya duruyor.

Yangın alarmlarıyla dans ettiğimize göre bu dünyada yanlış bir şeyler oluyor. Yangın alarmları artık asla yangını haber vermiyor.

Gerçekten yangın çıkmış olsaydı, kibar sesli biri, "BRK 773 plakalı, Buick marka pikap! Farlarınız açık kalmış" diye bir anons yapardı. Gerçek bir nükleer saldırı olması durumunda birileri, "Austin Letterman, bardaki telefondan aranıyorsunuz. Austin Letterman için telefon var" diye bağırırdı.

Dünya bir inilti veya patlamayla değil de, ihtiyatlı ve zarif bir anonsla sona erecek: "Bill Rivervale, telefondan aranıyorsunuz, ikinci hattı alın lütfen." Sonrası, hiçlik.

Dansçı, Denny'nin parasını ayak parmaklarının arasına sıkıştırarak alıyor. Yüzüstü yatıyor, dirseklerini sahnenin kenarına dayayıp göğüslerini sıkıştırıyor ve "Neye benzediğine bir bakalım" diyor.

Denny hızlı hızlı birkaç çizgi attırıyor ve bloknotu kıza çeviriyor.

Kız, "Bu ben miyim yani?" diye soruyor.

"Hayır" diyor Denny ve bloknotu kendine çevirip çizmeye devam ediyor. "Romalıların yaptığı gibi karma üslupta sütun çizmeye çalışıyorum. Şuraya bak!" diyor, karalanmış parmağıyla resimdeki bir şeyi göstererek. "Romalıların, İyonya üslubunun kıvrımlarıyla Korinth üslubundaki akantos yaprağını birleştirmelerine rağmen yine de aynı orantıyı nasıl da koruyabildiklerini görebiliyor musun?"

Dansçı kız geçen seferki ziyaretimizde tanıştığımız Cherry Daiquiri; ama sarı saçlarını siyaha boyamış. Bacağının iç kısmında ise küçük, yuvarlak bir bandaj var.

Yaklaşıp Denny'nin omzunun üzerinden, "Dostum" diyorum.

Denny de, "Dostum" diyor.

"Yine kütüphaneye uğramışsın galiba" diyorum.

Cherry'ye, "Beninle ilgilenmen iyi olmuş" diyorum.

Cherry Daiquiri kafasını soldan sağa vantilatör gibi döndürüyor. Sonra öne doğru eğiliyor ve siyah saçlarını omuzlarının üzerinden geriye doğru atıyor. "Saçımın rengini de değiştirdim" diyor. Eliyle arkasından bir tutam saç çekip bana doğru uzatarak iki parmağıyla saçını ovuşturuyor.

"Artık siyah" diyor.

"Böyle daha sağlıklı olacağını düşündüm" diyor. "Sen cilt kanserine en çok sarışınların yakalandığını söylemiştin."

Bu arada ben de bira şişelerini sallayıp dolu olanı bulmaya çalışıyorum ve Denny'ye bakıyorum.

Denny çizmeye devam ediyor. Bizi dinlemiyor bile; sanki burada değil.

Sütun başlıklarının Korinth ve Toskana karışımı üslupla süslenmesi... Bazı insanları kütüphaneye raporla almaları lazım. Ciddiyim. Mimari kitaplar Denny'ye göre pornografi. Evet, önce birkaç kaya. Sonra yelpaze şeklinde kemer süsü yapma sanatı. Söylemeye çalıştığım şey şu: Burası Amerika. Otuz bir çekmekle başlarsınız, grup sekse kadar ilerlersiniz. Önce biraz ot içersiniz, sonra eroine terfi edersiniz. Kültürümüz böyle; daha büyük, daha iyi, daha güçlü, daha hızlı. Anahtar kelime: ilerleme.

Amerika'da, eğer bağımlılığınız da her zaman yenilik ve ilerleme göstermiyorsa, bitmişsiniz demektir.

Cherry'ye dönüp kafamı işaret ediyorum. Sonra da parmağımı ona doğru uzatıyorum. Göz kırpıyorum ve "Akıllı kız" diyorum.

Ayaklarından birini kafasına değdirmeye çalışıyor ve "İnsan her zaman çok dikkatli olamıyor" diyor. Şeyi hâlâ tıraşlı, teni de çilli pembe. Ayak tırnaklarına gümüşrengi oje sürmüş. Müzik değişiyor, makineli tüfek atışları, sonra düşen bombaların ıslık sesleri duyuluyor ve Cherry, "Mola zamanı" diyor. Perdenin aralığını bulup sahnenin arkasına geçiyor.

"Halimize bak dostum" diyorum. İçinde bira olan şişeyi buluyorum ama bira ılık. "Kadınların tek yaptığı şey soyunmak ve biz, ne kadar paramız varsa çıkarıp onlara veriyoruz. Niye bu kadar köle ruhluyuz biz?" diyorum.

Denny yeni bir sayfaya geçiyor ve başka bir şey çizmeye koyuluyor.

Kayayı yere indirip oturuyorum.

Ben yoruldum artık, diyorum. Etrafımdaki kadınlar sanki sürekli patronluk taslıyorlar bana. Önce annem, şimdi de Dr. Marshall. Arada mutlu kalmak için Nico, Leeza ve Tanya var. Kendisine tecavüz etmeme bile izin vermeyen Gwen var bir de. Hepsi sadece kendini düşünüyor. Hepsi erkekleri modası geçmiş yaratıklar olarak görüyor. Yararsız olduğumuzu düşünüyorlar. Sanki biz bir seks ilavesinden ibaretiz.

Sadece ereksiyon için kullandıkları yaşam destek ünitesiyiz. Ya da sadece bir cüzdan.

Bundan sonra, diyorum, ben buna alet olmayacağım.

Greve gidiyorum.

Bundan sonra kadınlar kendi kapılarını kendileri açsınlar.

Kendi yemeklerinin parasını kendileri ödesinler.

Kimsenin ağır kanepesini taşımayacağım artık; bitti.

Sıkışmış kavanoz kapaklarını açma faslı da bitti.

Ve bir daha asla hiçbir klozet kapağını kaldırmayacağım.

Lanet olsun, bundan sonra bütün klozet kapaklarına işeyeceğim.

İki parmağımla garson kıza uluslararası işaret dilinde iki tane diyorum. İki bira daha, lütfen.

"Bekleyelim ve kadınların bensiz neler yapabileceğini görelim. Küçük dişi dünyalarının gelişiminin durmasına şahit olalım" diyorum.

Isınmış bira Denny'nin ağzı, dişleri ve dudak kremi kokuyor; bu, şu anda bu birayı içmeye ne denli ihtiyacım olduğunu gösteriyor.

"Ve gerçekten" diyorum, "eğer batan bir gemideysem, cankurtaran sandalına da en önce ben bineceğim."

Kadınlara ihtiyacımız yok. Dünyada seks yapabileceğimiz bir sürü başka şey var; bir sekskolik toplantısına gidip not almak yeterli. Mikrodalgada ısıtılan kavun var. Çim biçme makinelerinin tam pantolon ağı hizasına gelen titreyen tutamaçları var. Elektrik süpürgeleri ve kuru fasulye doldurulmuş torbalar var. İnternet siteleri var. Netteki sohbet odalarında on altı yaşında kız numarası yapan seks müptelaları var. Gerçekten de en seksi siber bebekler aslında yaşlı, FBI emeklileri.

Lütfen, bana bu dünyada olduğu gibi görünen bir tek şey söyle.

Denny'ye, "Kadınlar eşit hak falan istemezler. *Bastırıldıkları* zaman daha fazla güçleri oluyor çünkü. Erkekler onların büyük suikastçı düşmanları olsun istiyorlar. Varlıklarının temeli buna dayanıyor" diyorum.

Denny bana bakmak için baykuş gibi sadece kafasını çeviriyor; gözleri kaşlarının altında büzüşmüş. "Dostum sen zıvanadan çıkıyorsun" diyor.

"Hayır, ben ciddiyim" diyorum.

Vibratörü icat eden herifi bulsam öldürürdüm, diyorum. Gerçekten öldürürüm.

Müzik değişiyor ve hava saldırısı sireni başlıyor. Sonra şeffaf bir baby doll'ün içinde pespembe parıldayan yeni dansçı kız çıkıyor sahneye. Üstündeki şey öyle şeffaf ki göğüsleri ve şeyi neredeyse olduğu gibi görünüyor.

Askılarından birini omzundan düşürüyor. İşaretparmağını emiyor. Diğer omzundaki askı da düşüyor ve üzerindeki çamaşırı sadece göğüsleri tutuyor.

Denny'yle birlikte kızı izliyoruz ve çamaşır yere düşüyor.

Otuz İki

Servisten gönderilen çekici geldiğinde, ön bürodaki kızın dışarı çıkması gerekecek; bu yüzden, "Hiç merak etme, masana göz kulak olurum" diyorum.
Bugün St. Anthony's'in önünde otobüsten inince arabasının iki lastiğinin de patlamış olduğunu gördüm. Arka lastiklerin ikisi de jantların üstünde duruyor derken kendimi sürekli kızın gözlerinin içine bakmaya zorladım.
Güvenlik kamerası, öğle yemeğinde farklı tonlardaki gri bulamaçları yiyen yaşlı kadınları gösteriyor.
Dahili dinleme cihazının düğmesi bir numarada duruyor ve asansör müziğiyle, bir yerlerde akan suyun sesini duyabiliyorsunuz.

Monitörde hobi odası görülüyor; boş. On saniye geçiyor. Sonra dinlenme salonu görünüyor; televizyon kapalı. On saniye sonra monitör kütüphaneyi gösteriyor ve annemi tekerlekli sandalyesiyle gezdiren Paige görünüyor; hırpalanmış eski kitapların dizili olduğu rafların önündeler.

Seslerini duyana dek dahili dinleme cihazının düğmesini çeviriyorum ve altı numarada buluyorum onları.

"Her şeyden kuşku duymamak, her şeye karşı mücadele etmemek için gereken cesareti kendimde bulabilmiş olmayı çok isterdim" diyor annem. Uzanıp bir kitabın sırtına dokunuyor ve "Bir kere olsun *'İşte bu.* Bu yeterince iyi. Çünkü onu ben *seçtim'* diyebilmiş olmayı çok isterdim" diyor.

Kitabı alıyor, kapağına bakıyor ve aynen yerine sokuyor kitabı, kafasını sallayarak.

Annemin hoparlördeki boğuk ve hışırtılı sesi, "Doktor olmaya nasıl karar verdin?" diye soruyor.

Paige omuz silkiyor. "İnsanın gençliğini bir şeyle takas etmesi gerekiyor..."

Monitör St. Anthony's'in arkasındaki boş yükleme yerini gösteriyor.

Annemin hoparlörden gelen sesi, "Tamam da, nasıl karar verdin?" diyor.

Paige'in sesi, "Bilmiyorum. Bir gün kalktım ve doktor olmak istediğime karar verdim..." diyor ve cihaz başka bir odadaki sesleri iletmeye başlıyor.

Monitör ön taraftaki park yerini gösteriyor. Çekici park etmiş; şoför mavi bir arabanın yanında dizlerinin üzerine çökmüş. Ön büro görevlisi kız kollarını göğsünde kavuşturmuş, bir kenarda duruyor.

Dahili dinleme cihazının düğmesini sırayla numaralarda gezdirip sesleri dinliyorum.

Monitör, kulağımı hoparlöre dayamış vaziyette beni gösteriyor.

Beş numarada daktiloyla yazı yazan birinin çıkardığı tuş sesleri duyuluyor. Sekiz numarada bir saç kurutma makinesinin uğultusu var. İkide tekrar annemin sesini duyuyorum. "Şu eski deyişi bilirsin: Geçmişini hatırlamayanlar onu tekrarlamaya mahkûmdur... Ama ben geçmişini *hatırlayanların* daha da beter durumda olduklarını düşünüyorum" diyor.

Paige, "Geçmişini hatırlayanlar hikâyeyi daha da karman çorman bir hale getirirler" diyor.

Monitör ikisini bir koridorda yürürken gösteriyor; annemin kucağında açık duran bir kitap var. Siyah beyaz ekranda gördüğüm kadarıyla bile bunun annemin günlüğü olduğunu kolaylıkla söyleyebilirim. Annem gülümseyerek günlüğü okuyor.

Tekerlekli sandalyeyi iten Paige'i görebilmek için dönüp kafasını kaldırıyor ve "Bence geçmişini hatırlayanlar geçmişleri tarafından etkisiz hale getirilirler" diyor.

Sandelyeyi iten Paige, "Peki bu nasıl: Geçmişini unutabilenler hepimizden daha ileridedir" diyor.

Sesleri tekrar kesiliyor.

Üç numarada biri horluyor. On numarada bir sallanan sandalyenin gıcırtısı var.

Monitör ön taraftaki park yerinde bir kâğıda imza atan kızı gösteriyor.

Ben Paige'i tekrar bulana kadar, ön büro görevlisi kız geri dönmüş olacak ve tekerleklerinin sağlam olduğunu söyleyecek. Yine bana yan yan bakacak.

İsa ne YAPMAZDI?

Anlaşılan götün teki lastiklerin havasını boşaltmış, diyecek.

Otuz Üç

Çarşambaları, Nico demek.
Cumaları, Tanya demek.
Pazarları, Leeza demek ve onu şehir kulübünün park yerinde yakalıyorum. Sekskolikler toplantısının yapıldığı odanın iki yanındaki odada, kapıcının dolabında, kirli su dolu bir kovanın içinde duran paspasın yanında sperm heba ediyoruz. Leeza tuvalet kâğıdı kutularının üzerine eğiliyor; götünü ayırıp öyle bir sokuyorum ki her gidiş gelişimde kafasını katlanmış yer bezlerinin durduğu rafa çarpıyor. Biraz nikotin almak için Leeza'nın sırtındaki teri yalıyorum.

İşte, bu benim aşina olduğum hayat. Yere önce gazete kâğıdı sermek isteyeceğiniz türden sert ve kirli seks. Bu, hayatımdaki her şeyi Paige Marshall'dan önceki haline döndürmeye çalışan benim. Bir dönemden uyanış. Hayatımın birkaç hafta öncesine kadarki akışını yakalamaya çalışıyorum. Yetersizliğim pekâlâ yeterli oluyordu bana.

Leeza'nın fırça gibi saçlarına, "Tatlı biri olmaya başlasaydım, bunu bana söylerdin, değil mi?" diye soruyorum.

Kalçalarını kendime doğru çekiyorum ve "Doğru söyle" diyorum.

Leeza'ya ritmik olarak vuruyorum ve "Yumuşadığımı düşünmüyorsun, değil mi?" diye soruyorum.

Boşalmamak için uçak kazalarını ve boka bastığımı düşünüyorum.

Aletim yanıyor; trafik kazalarında çekilmiş polis fotoğraflarını ve yakından ateş edildiğinde açılan kurşun yaralarını düşünüyorum. Herhangi bir şey hissetmektense, pompalamaya devam ediyorum.

Aletimi pompalıyorum; hislerin yerini dolduruyorum. İnsan sekskolik olunca, bu elbette aynı anlama gelebiliyor.

Sonuna kadar dayıyorum ve kollarımı bedenine doluyorum. En dibine kadar zorluyorum ve koltukaltlarından uzanıp, sertleşmiş göğüs uçlarını parmaklarımla çimdikliyorum.

Koyu kahverengi gölgesi, açık kahverengi tuvalet kâğıdı kutusuna düşen Leeza, "Yavaş ol" diyor. "Ne ispatlamaya çalışıyorsun sen?"

Hissiz bir bok olduğumu.

Aslında umursamadığımı.

İsa ne YAPMAZDI?

Üç saatlik izin kâğıdı olan Leeza tuvalet kâğıdı kutusuna yapışıp kuru kuru öksürüyor. Ellerimle karın kaslarının kasılışını ve parmaklarımın arasında dalgalanışını hissediyorum. Alt karın duvarındaki *pubococcygeus* kasları, yani kısaca PC kasları kasıldığında aletimin üzerine binen kavrayıcı ağırlık inanılmaz.

Ayrıca bakınız: Gräfenberg Noktası.

Ayrıca bakınız: Tanrıça Noktası.

Ayrıca bakınız: Tantrik Kutsal Nokta.

Ayrıca bakınız: Taocu Siyah İnci.
Leeza avuç içlerini duvara dayıyor ve kendini bana doğru itiyor.
Aynı yer için kullanılan bu isimler, gerçek şey yerine geçen bütün bu semboller. Feminist Sağlık Koruma Merkezleri buna idrar yolu tamponu diyor. On yedinci yüzyılda yaşamış Hollandalı anatomi bilgini Regnier de Graaf, bu sertleşebilir doku, sinir ve bezler topluluğuna dişi prostatı adını vermiş. Bütün bu isimler, vajinanın ön duvarından hissedebileceğiniz iki santimlik idrar yolu için söylenmiş. Vajinanın ön duvarı için. Bazıları da bu noktaya mesane boynu diyor.

Herkes bu fasulye şeklindeki bölgeye bir isim koymak istiyor. Kendi bayrağını dikmek istiyor. Kendi sembolini.

Boşalmamak için, ilk yıl aldığımız anatomi dersini ve klitorisin her biri işaretparmağı uzunluğunda olan iki bacağını birbirinden ayırışımızı gözümün önüne getiriyorum. *Corpus cavernosa*'yı, yani penisin içindeki silindir şekilli sertleşen iki dokuyu birbirinden ayırdığımızı gözümde canlandırıyorum. Yumurtalıkları keseriz. Testisleri çıkarırız. Bütün sinirleri kesmeyi ve çıkarıp bir kenara koymayı öğreniriz. Kadavralar formalin, formaldehit kokar. Yeni arabalardaki koku.

Kadavralarla ilgili şeyler düşündüğünüz sürece, hiçbir yere varmadan hatuna saatlerce binebilirsiniz.

Bütün ömrünüzü, hatunun teni dışında hiçbir şey hissetmeden geçirebilirsiniz. Sekskolik hatunların büyüsü budur işte.

İnsan bağımlıysa, sarhoş ya da kafası iyi olmak veya acıkmak dışında hiçbir şey hissetmez. Yine de, bu hisleri üzüntü, öfke, korku, endişe, hayal kırıklığı ve depresyon gibi diğer hislerle kıyaslayınca, herhangi bir bağımlılık artık gözünüze o denli kötü görünmez. Aksine, çok makul bir seçenek gibi görünür.

Pazartesi günü işten sonra eve gelip annemin terapi seansları sırasında kaydetmiş olduğu kasetleri dinliyorum. Burada iki bin yıllık kadınlar bir rafta duruyor. Annemin sesi aynen benim küçüklüğümdeki gibi ciddi ve derin.

Bilinçaltının genelevi.

Yatak hikâyeleri.

Bir ağırlığın vücudunuza bastırdığını, kafanızı ve kollarınızı kanepenin yastıklarına iyice gömdüğünü hayal edin. Kaseti kulaklıktan dinliyorsanız, uykuya dalma ihtimaline karşılık altınıza bir havlu sermeyi unutmayın.

Kayıtlı seanslardan birinde Mary Todd Lincoln'ün adı geçiyor. Hiç şansı yok. Çok çirkin.

Ayrıca bakınız: Wallis Simspon seansı.

Ayrıca bakınız: Martha Ray seansı.

Şimdi sıra Bronte kardeşlerde. Gerçek kadınlardan bahsetmiyoruz; hepsi birer sembol, isimleri de deniz kabukları kadar boş. Ama bu boş kabukların içini istediğiniz gibi doldurabilirsiniz; mesela antika stereotipler ve klişelerle; peynir gibi bembeyaz tenleri kalçaya konan yastıklarla, tokalı ayakkabılarla, içine çember geçirilen eteklerle donatabilirsiniz. Üzerindeki balinalı korse ve tığ işi saç filesi hariç çırılçıplak olan ve canı sıkılan Emily, Charlotte ve Anne Bronte, kavurucu bir öğleden sonra, salondaki at kılından dokunmuş kanepenin üzerine uzanmış. Seks sembolleri. Gerisini siz doldurun: pozisyonlar, masalar, pompa organı. Kendinizi hikâyeye Heathcliff veya Bay Rochester olarak sokun. Sadece teybi açın ve rahatlayın.

Sanki geçmişi hayal etmek mümkünmüş gibi. Geçmiş, gelecek, diğer gezegenlerdeki hayat; her şey bildiğimiz hayatın bir uzantısı, bir yansıması aslında.

Odama kapanmış vaziyetteyim ve bu arada Denny gelip gidiyor.

Sanki yaptığım masum bir hataymışçasına, kendimi telefon rehberindeki Marshall'lara bakarken yakalıyorum. Adı listede yok. Bazı geceler işten çıkınca St. Anthony's'in önünden geçen otobüse biniyorum. Hiçbir zaman pencerelerde olmuyor. Hızla geçerken otoparktaki arabaların hangisinin onun olduğunu da seçemiyorum; bu yüzden inmiyorum.

İnsem lastiklerini mi patlatırım yoksa bir aşk mektubu mu bırakırım, bilemiyorum.

Denny gelip gidiyor ve her gün evdeki kayalar azalıyor. Eğer birini her gün görmezseniz, değiştiğini fark edersiniz. Üst kattaki pencereden Denny'nin büyük kayaları yuvarlayarak bir el arabasına yükleyişini izliyorum. Gün geçtikçe Denny'nin eski ekose gömleğinin içinde daha iri göründüğünü fark ediyorum. Yüzü bronzlaşıyor, göğsü ve omuzları eskiden sarkık duran gömleğin içini iyice dolduruyor. Dev gibi görünmüyor ama yine de eski Denny'ye göre çok iri.

Denny'yi pencereden izlerken, ben bir kayayım. Ben bir adayım.

"Yardıma ihtiyacın var mı?" diye aşağıya sesleniyorum.

Kaldırımda Denny etrafına bakınıyor; kucağındaki kayayı göğsüne dayamış.

"Yukarıdayım" diyorum. "Yardım etmemi ister misin?"

Denny kayayı el arabasına koyuyor ve omuz silkiyor. Kafasını sallıyor ve bir elini gözüne siper edip bana bakıyor. "Yardıma ihtiyacım yok" diyor. "Ama istersen yardım edebilirsin."

Boş versene.

Ben ihtiyaç duyulmak istiyorum.

Benim birisinin hayatında vazgeçilmez olmaya ihtiyacım var. Bütün boş vaktimi, egomu ve dikkatimi yiyip bitirecek birine ihtiyacım var. Bana bağımlı birine. Karşılıklı bağımlılığa.

Ayrıca bakınız: Paige Marshall.

Aynen bir uyuşturucunun, aynı anda hem iyi hem de kötü olması gibi.

Yemek yemezsin. Uyumazsın. Leeza'yı yemenin, yemek yemekle ilgisi yok. Sarah Bernhardt'la yatarsın ama gerçekte yattığın falan yoktur.

Seksüel bağımlılığın büyüsü kendini asla aç, yorgun, sıkılmış veya yalnız hissetmemektedir.

Yeni kartlar yemek masasında birikmiş. Birisinin kahramanı olduğuna inanmak isteyen yabancıların yolladığı çekler ve iyi dilekler yığılmış. Birisinin kendine ihtiyacı olduğunu düşünen yabancılar. Kadının biri benim için dua zinciri başlattığını yazmış. Ruhani bir piramit biçimi. Sanki Tanrı'ya karşı gelebileceklermiş gibi. Sanki ona zorbalık edebileceklermiş gibi.

Dua etmekle dırdır etmenin arasındaki ince çizgi.

Salı gecesi telesekreterdeki ses, annemi St. Anthony's'in üçüncü katına, yani insanların ölmeye gittiği kata taşımak için iznimi istiyor. İlk düşündüğüm şey, bunun Dr. Marshall'ın sesi olmadığı.

Telesekretere avazım çıktığı kadar bağırıyorum, elbette diyorum. O çatlak orospuyu üst kata taşıyın. Rahat etmesini de sağlayın; ama benden astronomik ücretler ödememi beklemeyin. Beslenme tüpleri veya respiratörlere verecek param yok. Daha nazik davranabilirdim; ama yöneticinin benimle o sakin sakin konuşması, sesindeki o huzur yok mu? Hele hele benim nazik biri olduğumu sanması yok mu?

Telesekreterdeki yumuşak kadın sesine, Bayan Mancini geberip gidene kadar beni bir daha aramamasını söylüyorum.

Para için dilenmediğim sürece, insanların bana acımasındansa benden nefret etmesini tercih ederim.

Bunu duymak beni sinirlendirmiyor. Üzmüyor da. Bütün hissettiğim azgınlıktan başka bir şey değil.

Ve Çarşambaları Nico demek.

Kadınlar tuvaletinde Nico'nun yumruk gibi kasık kemiği burnumu eziyor. Şeyini yukarı aşağı oynatarak yüzüme silip, bulaştırıyor. İki saat boyunca, parmaklarını kafamın arkasına yerleştirip yüzümü şeyine dayıyor ve neredeyse yuttuğum kıllardan boğulacak hale geliyorum.

Nico'nun vajinasındaki dudakların iç kısmını yalarken, Dr. Marshall'ın kulağının kıvrımlarını yalıyormuşum gibi hissediyorum. Burnumdan nefes alıp verirken, dilimi özgürlüğe doğru uzatıyorum.

Perşembe günü önce Virginia Woolf oluyor. Sonra Anais Nin. Ve sabah olup da 1734 yılındaki işime gitmeden evvel Sacajawea'yla bir seans yapacak kadar vaktim bile kalıyor.

Aralarda da geçmişimi bir deftere not ediyorum. Yani dördüncü basamak ödevimi yapıyorum; korkusuz ve eksiksiz ahlaki kayıtlarımı tutuyorum.

Cumaları, Tanya demek.

Cuma günü artık annemin evinde hiç kaya kalmamıştı.

Tanya eve geliyor ve Tanya, anal seks demektir.

Göt becermenin büyüsü, hatunun her seferinde bir bakire kadar dar olmasıdır. Ve Tanya oyuncaklar getirir. Boncuklar, çubuklar, sondalar; hepsi çamaşır suyu kokar ve Tanya bu oyuncakları arabasının bagajında duran siyah deri bir çantanın içinde oraya buraya taşıyıp durur. Tanya bir yandan ağzıyla ve tek eliyle aletim üzerinde çalışırken, bir yandan da, uzun bir ipe dizili olan, yağlı, kırmızı plastikten topların ilkini kıç deliğime sokmak için çabalıyor.

Gözlerim kapalı, rahatlamaya çalışıyorum.

Nefes al. Sonra ver.

Maymunu ve kestaneleri düşün.

Yavaş ve düzenli olarak nefes al, sonra ver.

İlk topu döndüren Tanya'ya, "Zavallı görünseydim, bana söylerdin, değil mi?" diyorum.

Ve ilk top içeri kaçıyor.

"Umurumda olmadığını söylediğim zaman insanlar neden bana inanmıyorlar?" diyorum.

Ve ikinci top da içeri kaçıyor.

"Aslında hiçbir şey benim umurumda değil" diyorum.

Bir top daha giriyor içeri.

"Bir daha beni incitmelerine izin vermeyeceğim" diyorum.

Bu defa da başka bir şey kaçıyor içime.

Aletimi emmeye devam eden Tanya sallanan ipi bileğine doluyor ve çekiyor.

Bağırsaklarınızı söken bir kadın düşünün.

Ayrıca bakınız: Ölüm döşeğindeki annem.

Ayrıca bakınız: Dr. Paige Marshall.

Tanya ipi tekrar çekiyor ve boşalıyorum; beyaz askerler yüzünün yanından yatak odasının duvar kâğıtlarına fışkırıyor. Tanya ipi bir kez daha çekiyor ve aletim kuru kuru öksürmeye başlıyor.

Orgazm devam ederken, "Lanet olsun. Bunu harbiden hissettim" diyorum.

İsa ne YAPMAZDI?

Ellerimi duvara dayayıp öne doğru eğiliyorum ve dizlerimi hafifçe kırıyorum. Tanya'ya, "Yavaş ol" diyorum. "Çim biçme makinesi çalıştırmıyorsun."

Altımda diz çökmüş olan Tanya hâlâ yerde duran kaygan ve pis kokulu toplara bakıyor ve "Ah zavallı" diyor. Kırmızı plastikten topların dizili olduğu ipi bana gösteriyor ve "On tane olması gerekiyordu" diyor.

Sadece sekiz top var ve ipin epey bir bölümü de boş gibi.

Kıçım o kadar çok acıyor ki parmaklarımla deliği yoklayıp, sonra da kan var mı diye elime bakıyorum. Canımın bu denli yandığını düşünürsek, etraf kan gölüne dönmüş olmalıydı.

Dişlerimi sıkıyorum ve "Bu çok eğlenceliydi, öyle değil mi?" diyorum.

Tanya, "İzin kâğıdımı imzalaman gerekiyor ki hapishaneye geri dönebileyim" diyor. Topların dizili olduğu ipi siyah çantasına tıkıyor ve "Acile gitmen gerekebilir" diyor.

Ayrıca bakınız: Kolon sıkışması.

Ayrıca bakınız: Bağırsak düğümlenmesi.

Ayrıca bakınız: Kramp, ateş, septik şok, kalp krizi.

En son beş gün önce yemek yemeyi isteyecek kadar acıkmıştım. Yorgun değilim. Endişeli, kızgın, korkmuş veya susamış da değilim. Odada kötü bir koku var mı yok mu söyleyemem. Sadece bugünün günlerden cuma olduğunu biliyorum; çünkü Tanya burada.

Paige ve diş ipi. Tanya ve oyuncakları. Gwen ve emniyet kelimesi. Bütün bu kadınlar beni bir ipe bağlamışlar ve çekiştirip duruyorlar.

"Hayır, gerek yok" diyorum ve formda *kefil* yazan bölümün altına imzamı atıyorum. "Gerçekten, sorun yok. İçeride bir şey kalmış gibi hissetmiyorum" diyorum.

Tanya formu alıyor ve "Buna inanamıyorum" diyor.

İşin komik olan tarafı ise, bundan benim bile hâlâ emin olamamam.

Otuz Dört

Ne kasko var, ne de ehliyetim; ama annemin eski arabasını çekerek çalıştırması için bir taksi çağırdım. Radyoda trafiğin nerelerde yoğun olduğundan bahsediliyor; kestirme yolda iki araba çarpışmış, havaalanı otoyolunda bir tır arıza yapmış. Benzin deposunu doldurduktan sonra bir kaza bulup kuyruğa giriyorum. Kendimi bir şeyin parçası gibi hissedebilmek için.

Trafikte otururken kalbim normal hızda atacaktır. Yalnız değilim. Burada kapana kısılmış vaziyette beklerken, evine, karısına ve çocuklarına gitmeye çalışan sıradan bir insan olabilirdim. Hayatım bir sonraki felaketi beklemekten öte bir şeymiş gibi numara yapabilirdim. Nasıl işe yaranacağını biliyormuşum gibi davranabilirdim. Diğer çocuklar nasıl "evcilik" oynuyorsa, ben de aynı şekilde, her gün eviyle işi arasında gidip gelen aile babasını oynayabilirdim.

İş çıkışı gidip Denny'yi eskiden Menningtown Kasaba Evleri'nin olduğu boş blokta ziyaret ediyorum. Harçla kayaları üst üste yapıştırarak neredeyse bir duvar örmüş. "Hey!" diyorum.

Denny, "Dostum" diyor.

"Annen nasıl?" diye soruyor.

İlgilenmiyorum, diyorum.

Denny en üst sıradaki taşların üzerine elindeki malayla kumlu, gri bir çamur katmanı sürüyor. Malanın sivri çelik ucuyla harcı ve çamuru düzeltiyor. Bir çubuk yardımıyla da, koymuş olduğu kayaların arasındaki birleşim noktalarını düzeltiyor.

Elma ağacının altında bir kız oturuyor ve pek de uzakta olmadığı için, onun striptiz kulübünden tanıdığımız Cherry Daiquiri olduğunu çıkartıyorum. Altına bir battaniye sermiş, kahverengi bir market poşetinden beyaz hazır yemek kutuları çıkarıyor ve kutuları tek tek açıyor.

Denny taze harcın üzerine taşları yerleştirmeye başlıyor.

"Ne inşa ediyorsun?" diye soruyorum.

Denny omuz silkiyor. Kare, kahverengi bir kayayı döndürerek harcın içine iyice yerleştiriyor. Malayla kayaların arasındaki yarıkları dolduruyor. Bebeklerini bir araya getirip dev bir şey inşa ediyor.

Bunu önce kâğıt üzerinde inşa etmen gerekmiyor mu, diye soruyorum. Bir planın olması gerekmiyor mu? Alman gereken izinler ve geçirmen gereken teftişler var. Birtakım ücretler ödemen gerekiyor. Bilmen gereken yapı yönetmelikleri var.

Denny, "Nasıl yani?" diyor.

Kayaları ayaklarıyla itip en uygun olanı buluyor ve yerine yerleştiriyor. Resim yapmak için izin alman gerekmiyor, diyorum. Kitap yazmak için önce planı işlemden geçirmen gerekmiyor. Bunun yol açabileceğinden çok daha fazla zarar veren kitaplar var. Şiirlerin teftişten geçmesi gerekmiyor. İfade özgürlüğü diye bir şey var.

Denny, "Çocuk doğurmak için izin alman gerekmiyor. Öyleyse niye ev yapmak için izin alman gereksin ki?" diye soruyor.

"Peki ya tehlikeli ve çirkin bir ev yaparsan?" diye soruyorum.

Denny, "Peki ya tehlikeli ve göt gibi bir evlat yetiştirirsen?" diyor.

Yumruğumu kaldırıp, "Dostum, umarım *beni* kastetmiyorsundur" diyorum.

Denny, çimenlerin üzerinde oturan Cherry Daiquiri'ye bakıp, "Onun adı Beth" diyor.

"Şehrin senin anayasa değişikliğiyle ilgili mantığını kabul edeceğini aklından bile geçirme" diyorum.

"Ve o senin düşündüğün kadar çekici bir hatun değil" diye ekliyorum.

Denny tişörtünün ucuyla yüzündeki teri siliyor. Karnındaki kasların zırh gibi olduğunu fark ediyorum. "Gidip onu görmelisin" diyor.

Onu buradan da görebiliyorum.

"Anneni kastetmiştim" diyor.

Artık beni tanımıyor bile. Özleyeceğini de sanmam.

"Onun için değil" diyor Denny. "Bunu kendin için yapmalısın."

Kaslarının kasıldığı yerlerde gölgeler oynaşıyor. Kolları, terli tişörtünün kollarını geriyor. Bir zamanlar kemik torbası gibi görünen kolları kocaman olmuş. Büzüşük omuzları genişlemiş. Ördüğü her sıra için kayaları daha da yukarı kaldırması gerekiyor. Ve her sıra için de daha güçlü olması gerekiyor. "Çin yemeği yemek ister misin?" diye soruyor. "Biraz bitik görünüyorsun."

Artık bu Beth denen kızla mı oturuyorsun, diye soruyorum.

Kızı hamile falan mı bıraktın, diyorum.

İki eliyle büyük, gri bir kayayı bel hizasına kadar kaldırıyor ve omuz silkiyor. Bir ay önce bu kayayı ikimiz birlikte zor kaldırıyorduk.

İhtiyacın varsa annemin eski arabası çalışır durumda, diyorum.

"Anneni ziyarete git" diyor. "Sonra gelip yardım edersin."
Dunsboro kolonisindeki herkesin sana selamı var, diyorum.
Denny, "Bana yalan söyleme dostum. Morale ihtiyacı olan kişi ben değilim" diyor.

Otuz Beş

Annemin telesekreterindeki mesajları ileriye sararken, yine aynı yumuşak ve anlayışlı ses, "Durumu kötüleşiyor..." diyor. "Kritik..." diyor. "Anneniz..." diyor. "Müdahale..." diyor.
İleri sardırma düğmesine basmaya devam ediyorum.
Bu gece için hâlâ rafta beni bekleyen Colleen Moore var; her kim idiyse. Constance Lloyd var; her kimse. Judy Garland var. Eva Braun var. Geriye kesinlikle sadece vasatlar kalmış.
Telesekreterdeki ses duruyor ve başlıyor.
"...annesinin günlüğünde yazan doğum kliniklerinden bazılarını aradığımı..."
Paige Marshall'ın sesi.
Geri sardırıyorum.

"Merhaba. Ben Dr. Marshall" diyor. "Victor Mancini'yle görüşmem gerekiyor. Lütfen Bay Mancini'ye annesinin günlüğünde yazan doğum kliniklerinden bazılarını aradığımı ve hepsinin meşru olduğunu söyler misiniz? Doktorlar bile gerçek. İşin en garip yanı ise, kendilerine Ida Mancini'yi sorduğumda hepsinin keyfinin kaçmış olması."

"Bayan Mancini'nin fantezilerinin ötesinde bir durum var gibi görünüyor" diyor.

Arkadan bir ses, "Paige?" diyor.

Bir erkek sesi.

"Dinleyin" diyor Paige. "Kocam geldi. Lütfen Victor Mancini beni en kısa zamanda St. Anthony's Bakım Merkezi'nde ziyaret etsin."

Adam, "Paige? Neler yapıyorsun sen? Neden fısıldayarak konuşuyorsun..." diyor.

Ve konuşma kesiliyor.

Otuz Altı

Böylece cumartesi günü annemi ziyarete gidiyorum.
St. Anthony's'in lobisinde, ön büro görevlisi kıza adımın Victor Mancini olduğunu ve annem Ida Mancini'yi ziyarete geldiğimi söylüyorum.
"Tabii, yani, hâlâ ölmediyse" diyorum.
Hani insan birisi için çok ama çok üzüldüğünde, o kişiye çenesini aşağıya eğerek bakar ya, işte ön büro görevlisi kız da bana o şekilde bakıyor. Hani yüzünüzü eğersiniz ve karşınızdaki insana bakmak için gözlerinizi kaldırırsınız ya. Hani şu tevazu bakışı var ya. Bakarken kaşlarınızı saçlarınızın başladığı noktaya kadar çektiğiniz. İşte bu, sonsuz acıma bakışıdır. Dudaklarınızı,

kaşları çatık bir yüz biçimine sokun; işte kız bana aynen öyle bakıyor.
"Anneniz tabii ki hâlâ bizimle" diyor.
"Yanlış anlamayın ama olmamasını dilerdim" diyorum. Yüzü, bir saniye boyunca, ne kadar üzgün olduğunu unutuyor ve dudakları dişlerini gösterecek kadar geriliyor. Göz temasını kesmek için dilinizi dudaklarınızda gezdirmeniz çoğu kadında işe yarar. Gözlerini kaçırmıyorsa, tam isabet demektir.
"Geri gidin" diyor kız, "Bayan Mancini hâlâ birinci katta."
Bayan Mancini değil, diyorum ona. Annem evlenmemiş; ama benim de şu iğrenç Odipal yoldan doğduğumu düşünme.
"Paige Marshall burada mı?" diye soruyorum.
"Elbette burada" diyor ve yüzünü benden uzaklaştırıp, gözlerinin ucuyla bakıyor. Bilinen güvensizlik bakışı.

Güvenlik kapılarının ardındaki bütün çatlak ve bunak Irma'lar, Laverne'ler, Violet'ler ve Olive'ler koltuk değnekleri veya tekerlekli sandalyeleriyle bana doğru ağır çekimde ilerlemeye başlıyor. Bütün kronik teşhirciler. Evden atılmış nineler ve cepleri çiğnenmiş yemekle, ciğerleri yutmayı unuttukları yiyecek ve suyla dolu olan sincaplar.

Hepsi bana gülümsüyor. Sevinç gösterisinde bulunuyor. Hepsinin bileğinde kapıların kilitli kalmasını sağlayan plastik bileklikten var. Ama yine de benden daha iyi görünüyorlar.

Dinlenme salonu gül, limon ve çam ağacı kokuyor. Televizyonun gürültülü küçük dünyası ilgi çekmek için elinden geleni yapıyor. Masalarda yapbozun dağılmış parçaları var. Hiç kimse annemi üçüncü kata, yani ölüm katına taşımamış. Annem eski odasında ve Paige Marshall da orada tüvit bir muayene koltuğuna oturmuş, gözlüğünün üzerinden elindeki dosyayı okuyor. Beni görünce, "Şu haline bak" diyor. "Mide tüpüne ihtiyacı olan bir tek annen değil sanırım."

Mesajını aldığımı söylüyorum.

Annem orada. Yatakta yatıyor. Sadece uyuyor; midesi örtünün altında şişmiş bir tümsek gibi görünüyor. Kollarında ve ellerinde sadece kemikleri kalmış. Kafası yastığa gömülmüş;

gözlerini kapalı tutmak için sıkıyor. Bir dakikalığına dişleri kilitleniyor ve çenesinin kenarları şişiyor; yutkunmak için bütün yüzünü bir araya toplaması gerekiyor.

Gözleri açılıyor ve yeşil-gri parmaklarını, suyun altında yüzerken olduğu gibi garip bir ağır çekimde ve küçükken otoyoldan çıkıp, geceyi geçirmek için kaldığımız motellerin yüzme havuzunun dibindeki ışıklar gibi titrek bir şekilde bana doğru uzatıyor. Plastik bileklik bileğinden sarkıyor ve annem "Fred" diyor.

Tekrar yutkunuyor ve bu hareketi yapabilmek için bütün yüzü korkunç bir efor sarf ediyor. "Fred Hastings" diyor. Gözlerini yana kaydırıp Paige'e gülümsüyor. "Tammy" diyor. "Fred ve Tammy Hastings."

Annemin eski savunma avukatı ve onun eşi.

Fred Hastings rolümle ilgili bütün notlarım evde. Ford mu kullanıyorum yoksa Dodge mu, hatırlamıyorum. Kaç çocuğum olması gerekiyordu? Yemek odasını sonunda hangi renge boyamıştık? Hayatımı nasıl yaşamam gerektiğiyle ilgili tek bir detay dahi hatırlamıyorum.

Paige hâlâ muayene koltuğunda oturuyor. Ona doğru yaklaşıp elimi omzuna koyuyorum ve "Kendinizi nasıl hissediyorsunuz Bayan Mancini?" diye soruyorum.

Korkunç yeşil-gri elini havaya kaldırıyor ve iki yana sallıyor. Uluslararası işaret dilinde bu, idare eder hareketi. Gözleri kapalı ve "Victor'ın gelmesini umuyordum" diyor.

Paige elimi omzundan itiyor.

"Beni daha çok sevdiğinizi sanıyordum" diyorum.

"Kimse Victor'ı sevmez" diyorum.

Annem parmaklarını Paige'e doğru uzatıyor ve "Sen onu seviyor musun?" diye soruyor.

Paige bana bakıyor.

Annem, "Şu Fred'i seviyor musun?" diye soruyor.

Paige tükenmezkalemini hızlı hızlı açıp kapamaya başlıyor. Gözleri kucağındaki dosyada, bana bakmadan, "Seviyorum" diyor.

Annem gülümsüyor. Ve parmaklarını bana doğru uzatarak, "Sen de onu seviyor musun?" diye soruyor.

Belki bir kirpinin çubuğunu sevdiği kadar; tabii buna sevgi denebilirse.

Ya da belki, bir yunusun içinde yüzdüğü havuzun pürüzsüz kenarlarını sevdiği gibi.

"Sanırım" diyorum.

Annem çenesini boynuna çekiyor ve beni süzerek, "Fred" diyor.

"Tamam, evet" diyorum. "Onu seviyorum."

Korkunç yeşil-gri elini tekrar şiş göbeğinin üzerine koyuyor. "Siz ikiniz çok şanslısınız" diyor. Gözlerini kapatıyor ve "Victor insanları sevmeyi pek beceremez" diyor.

"En çok da, ben gittikten sonra koca dünyada Victor'ı sevecek bir kişinin bile kalmayacak oluşuna üzülüyorum" diyor.

Lanet olası ihtiyarlar. İnsan enkazları.

Aşk saçmalıktır. Duygular saçmalıktır. Ben bir kayayım. Pisliğim. Hiçbir şeyi sallamayan bir götüm ve kendimle gurur duyuyorum.

İsa ne YAPMAZDI?

Eğer sevilmemekle, incinebilir, hassas ve duygusal biri olmak arasında bir seçim yapmak zorunda kalsaydım, sevginizi kendinize saklayın derdim.

Paige'i sevmekle ilgili söylediklerimin yalan mı yoksa bir yemin mi olduğunu bilmiyorum. Ama bu bir hileydi. Hatunların saçmalıklarından biri bu da. İnsan ruhu diye bir şey yok ve kesinlikle ve cidden ağlamayacağıma adım gibi eminim.

Annemin gözleri hâlâ kapalı; göğsü uzun ve derin devirler halinde kalkıp iniyor.

Nefes al. Nefes ver. Bir ağırlığın vücudunuza bastırdığını, kafanızı ve kollarınızı derinlere gömdüğünü hayal edin.

Ve annem uykuya dalıyor.

Paige oturduğu koltuktan kalkıyor ve kafasıyla kapıyı işaret ediyor. Onu koridora kadar takip ediyorum.

Etrafına bakıyor ve "Şapele gitmek ister misin?" diye soruyor.

Havamda değilim.

"Konuşmak için" diyor.

Tamam, diyorum. Onunla yürürken, "Odada yaptığın şey için teşekkür ederim. Yani yalan söylediğin için" diyorum.

Paige, "Yalan söylediğimi nereden çıkardın?" diyor.

Yani bu beni sevdiği anlamına mı geliyor? Bu imkânsız.

"Tamam" diyor. "Biraz sallamış olabilirim. Ama senden hoşlanıyorum. Birazcık."

Nefes al. Nefes ver.

Paige şapelin kapısını arkamızdan kapatıyor. "Bak" diyor ve elimi alıp dümdüz karnının üzerine koyuyor. "Ateşime baktım. Artık hamile kalınacak dönemde değilim."

Bağırsaklarımda bir yerde artan ağırlık zaten bana yeter ve "Öyle mi?" diyorum. "Aslında ben oraya senden önce varmış olabilirim."

Tanya ve plastik göt oyuncakları.

Paige dönüp ağır adımlarla benden uzaklaşıyor ve arkası dönükken, "Bu konuda seninle nasıl konuşacağımı bilemiyorum" diyor.

Vitraylardan sızan güneş ışığı bir duvarı boydan boya altın sarısının yüzlerce tonuna boyuyor. Sarı tahtadan haç. Semboller. Mihrap ve komünyon parmaklığı; hepsi burada. Paige gidip sıralardan birine oturuyor, öflüyor ve iç geçiriyor. Bir eliyle dosyasının tepesini kavrayıp, diğer eliyle kâğıtları kaldırarak altında duran kırmızı şeyi gösteriyor bana.

Annemin günlüğünü.

Günlüğü bana uzatıyor ve "Gerçekleri kendin de görebilirsin. Aslında öyle yapmanı tavsiye ederim. Huzura kavuşman için" diyor.

Defteri alıyorum; bana göre içi hâlâ saçmalık dolu. Tamam, İtalyanca olduğu için saçmalık.

Paige, "İşin tek iyi yanı ise, kullanılan genetik malzemenin o tarihi kişiye ait olduğuna dair kesin hiçbir kanıt olmaması" diyor.

"Geri kalan her şey doğru. Tarihler, klinikler, uzmanlar" diyor. Hatta konuştuğu kilise yetkilileri bile çalınan ve klinikte işlemden geçen malzemenin, tek otantik sünnet derisi olduğu konusunda ısrar etmişler. Olay Roma'da ortalığı birbirine katmış.

"İşin diğer iyi yanı ise" diyor, "senin kim olduğunu hiç kimseye söylemedim."

İsa Mesih, diyorum.

"Hayır, yani *şu anda* kim olduğunu" diyor.

"Yok canım, sadece küfrediyordum" diyorum.

Olumsuz biyopsi sonuçlarını öğrenmiş gibiyim. "Peki bunun anlamı ne?" diye soruyorum.

Paige omuz silkiyor. "Aslında düşünürsen hiçbir anlamı yok" diyor. Elimdeki günlüğü işaret ederek, "Hayatını karartmak istemiyorsan, o günlüğü yakmanı öneririm" diyor.

Peki bu bizi nasıl etkileyecek, yani seninle beni, diye soruyorum.

"Bundan sonra birbirimizi görmemeliyiz" diyor. "Eğer kastettiğin buysa."

Bu saçmalıklara inanmıyorsun, değil mi, diye soruyorum.

Paige, "Seni buradaki hastaların yanında gördüm" diyor "Hepsi seninle konuştuktan sonra huzura kavuşuyor." Dirseklerini dizlerine, çenesini de ellerine dayıyor ve "Annenin haklı olma ihtimalini kaldıramam. İtalya'da konuştuğum herkes delirmiş olamaz. Yani ya eğer sen gerçekten Tanrı'nın güzel ve ilahi oğluysan?" diyor.

Tanrı'nın kutsanmış ve mükemmel ölümlü tezahürü.

Midemden bir geğirti yükseliyor ve ağzımın içi ekşiyor.

"Sabah bulantısı" doğru ifade değil ama ilk aklıma geleni.

"Yani sen sadece ölümlülerle yatarsın; bunu mu söylemeye çalışıyorsun?" diye soruyorum.

Paige öne doğru eğilip o acıma ifadesiyle bakıyor; hani şu ön büro görevlisi kızın çenesini göğsüne yapıştırıp kaşlarını tepeye kadar kaldırarak çok güzel becerdiği acıma ifadesiyle. "Burnumu soktuğum için çok üzgünüm. Kimseye söylemeyeceğime söz veriyorum" diyor.

Peki ya annem?

Paige iç geçiriyor ve omuz silkiyor. "O kısmı kolay. O bir akıl hastası. Ona zaten kimse inanmaz" diyor.

"Yok, yani yakında ölecek mi?" diye soruyorum.

"Muhtemelen" diyor Paige. "Tabii bir mucize olmazsa."

Otuz Yedi

Ursula durup dinleniyor ve bana bakıyor. Parmaklarını sallıyor ve diğer eliyle bileğini kütletiyor. "Yayık olsaydın, yarım saat önce tereyağımız hazırdı" diyor.

Affedersin, diyorum.

Eline tükürüyor ve aletimi kavrayıp, "Sen böyle değildin" diyor.

Artık, nasıl olduğumu biliyormuş numarası yapmıyorum bile.

1734'teki geçmek bilmeyen günlerden birindeyiz; ahırdaki saman balyalarından birinin üzerine devrilmişiz. Ben kollarımı kafamın arkasında kavuşturmuşum, Ursula da üzerime kıvrılmış. Giysilerimizin içine saman kaçmasın diye çok fazla hareket etmiyoruz. İkimiz de kirişlere, saz ve samanla kaplı damın altındaki tahta direklere ve örümcek ağlarına bakıyoruz. Ağların ucundan örümcekler sarkıyor.

Ursula aletimi sıvazlamaya başlıyor ve "Denny'yi televizyonda gördün mü?" diye soruyor.

Ne zaman?

"Dün gece."

Neden?

Ursula kafasını sallıyor ve "Bir şey inşa ettiği için. İnsanlar söyleniyor ve oranın bir çeşit tapınak olduğunu iddia ediyorlardı; ama Denny ne tarz bir tapınak olduğunu söylemiyormuş" diyor.

Anlamadığımız şeylerle yaşayamıyor oluşumuz ne kötü. Her şeyin etiketlenmesine, açıklanmasına ve yeniden yapılanmasına ne kadar da ihtiyacımız var. Kesinlikle açıklanamıyor olsa bile. Tanrı'nın bile.

"Zıvanadan çıkmış" doğru ifade olmayabilir ama ilk aklıma geleni.

"Yaptığı tapınak değil" diyorum. Boyunbağımı omzumun üzerinden geriye atıyorum ve gömleğimin ucunu pantolonumun içinden çıkarıyorum.

Ursula, "Televizyonda tapınak olduğunu söylediler" diyor.

Parmak uçlarımı göbeğimin etrafında gezdiriyorum; ama elle dokunarak muayene etmek bir sonuç vermez. Katı bir kütle olup olmadığını anlamak için elimle vurup ses değişikliklerini dinliyorum; ama perküsyon da sonuç vermiyor.

Boku içinizde tutmaya yarayan büyük göt kasının, ki doktorlar buna *rektal raf* der, ötesine bir şey sokarsanız, yardım olmadan onu oradan çıkarmanız imkânsızdır. Hastanelerin acil servislerinde bu müdahaleye *kolorektal yabancı madde yönetimi* denir.

Ursula'ya, "Kulağını karnıma dayayıp, herhangi bir ses duyup duymadığını bana söyler misin?" diyorum.

"Denny hiçbir zaman tam akıllı olmadı zaten" diyor ve sıcak kulağını göbek deliğime dayıyor. Karnıma. Doktorların deyimiyle *umbilikus*'uma.

Kolorektal yabancı madde yakınmasıyla hastaneye gelen

hastalar çoğunlukla kırk, elli yaşlarında erkeklerdir. Yabancı madde ise genellikle doktorların *elle açılan* dediği türden maddelerdir.

Ursula, "Ne dinlemem gerekiyor?" diye soruyor.

Pozitif bağırsak seslerini.

"Çağıltı sesi, gıcırtı, gurultu, herhangi bir ses" diyorum. Yakında bağırsaklarımın çalışacağını ve dışkının bir engelin arkasında birikmediğini haber veren herhangi bir ses.

Kolorektal yabancı maddeler klinik bir vaka olarak her yıl inanılmaz bir artış göstermektedir. Bağırsakları tıkamadan veya belirli bir sağlık sorunu yaratmadan girdiği yerde yıllarca kalan yabancı maddelerin anlatıldığı raporlar var. Ursula bir ses duysa bile ikna edici olmayacak. Karın röntgeni ve proktosigmoydoskopi gerekecek.

Muayene masasına sırtüstü yattığınızı, dizlerinizi de suya bomba stili atlayış yaparken olduğu gibi karnınıza çektiğinizi hayal edin. Kalça butlarınızın birbirinden ayrı durduğunu ve o şekilde kalması için plasterle yapıştırıldığını düşünün. Biri karnınıza dışarıdan basınç uygularken, diğeri de çift dokulu bir pensi içeri sokar ve anal yoldan yabancı maddeyi yakalayıp dışarı çıkarmaya çalışır. Tabii bütün bu işlemler lokal anesteziyle yapılır. Elbette kimse kıkırdayarak fotoğraflarınızı çekmez; ama yine de...

Yine de... Burada bahsettiğimiz kişi benim.

Sigmoydoskop görüntülerinin bir televizyon ekranına yansıtıldığını gözünüzün önüne getirin. Parlak bir ışığın, pembe ve ıslak mukoza dokusunun büzüşük tüneline girdiğini ve içerdeki şeyi herkes TV'de görene dek buruşuk karanlıkta ilerlediğini düşünün: Mesela ölü hamsterın.

Ayrıca bakınız: Barbie bebek kafası.

Ayrıca bakınız: Kırmızı plastikten kıç topu.

Ursula'nın yukarı aşağı hareket eden eli duruyor ve "Kalp atışlarını duyabiliyorum" diyor. "Korkmuşsun gibi geldi bana."

Hayır. Alakası yok, diyorum, duygu patlaması yaşıyorum.

"Bence öyle bir şey yaşamıyorsun" diyor. Sıcak nefesini karın bölgemde hissediyorum. "Bende karpal tünelleri var" diyor.

"*Karpal tüneli sendromu* demeye çalışıyorsun galiba" diyorum. "Ama bu mümkün değil; çünkü bu sendrom Sanayi Devrimi'ne kadar bulunmuş olmayacak."

Yabancı maddenin kolonda yukarılara ilerlemesini önlemek için Foley sondası yardımıyla yabancı maddeyi çeker, maddenin yukarısına bir balon yerleştirirsiniz. Balonu şişirirsiniz. Daha yaygın olan bir diğer yöntem ise yabancı maddenin üzerine vakum yerleştirilmesidir; bu genellikle elle açılan şarap veya bira şişelerinde kullanılan yöntemdir.

Kulağı hâlâ göbeğimde olan Ursula, "Kimden olduğunu biliyor musun?" diye soruyor.

Hiç komik değil, diyorum.

Elle açılan şişenin önce açık olan uç tarafı girmişse, şişenin etrafına Robinson sondası takılır, havanın akması ve vakumu kırması sağlanır. Eğer şişenin önce kapalı olan kısmı girmişse, şişenin açık olan ucuna bir çekici yerleştirilir ve şişe plasterle doldurulur. Plaster çekicinin etrafına yerleşince, şişeyi çıkarmak için çekici çekilir.

Bir diğer metot da lavmandır; ama pek güvenilir bir yöntem değildir.

Ursula'yla ahırda otururken, dışarıda başlayan yağmurun sesi duyuluyor. Dama vuran ve sokaklarda akan yağmurun sesi. Pencerelerdeki ışık donuklaşıyor, hava iyice kararıyor ve altına girecek bir saçak arayanların sıçrattığı su sesleri tekrarlanıp duruyor. Sakat siyah-beyaz tavuklar duvardaki bir yarıktan içeri girip üzerlerindeki suyu atmak için kanat çırpıyor.

"Televizyon Denny'yle ilgili başka neler söyledi?" diye soruyorum.

Denny ve Beth'le ilgili.

"Sence İsa doğduğu andan itibaren otomatik olarak İsa olduğunu biliyor muydu; yoksa annesi veya başka biri ona söyledi ve o şekilde mi büyüdü?" diye soruyorum.

Kucağımdan yumuşak bir gurultu sesi duyuluyor ama ses içimden gelmiyor.

Ursula nefes alıyor, sonra horluyor. Aletimi tutan eli gevşiyor. Aletim de gevşemiş. Saçları bacaklarımın arasına dağılmış. Sıcak ve yumuşak kulağı karnıma gömülmüş.

Gömleğimin arkasından giren saman sırtımı kaşındırıyor.

Tavuklar toz ve samanın içinde eşeleniyor. Örümcekler dönüp duruyor.

Otuz Sekiz

Kulak mumu yapmak için, herhangi bir kâğıt parçasını ince bir boru şeklini alana dek kıvırırsınız. Mucizevi bir olay değildir bu. Ama yine de öğrenmiş olduğunuz bilgilerle başlamakta fayda vardır.

Bu da tıp fakültesinden geriye kalan enkazlardan bir tanesi; Dunsboro kolonisini gezmeye gelen çocuklara öğrettiğim bir bilgi.

Ama belki de sizin hakiki mucizelere ihtiyacınız vardır.

Bütün gün yağmurun altında taş taşıdıktan sonra Denny bana gelip kulaklarının salgıyla dolu olduğunu ve hiçbir şey duyamadığını söylüyor. Annemin mutfağındaki bir sandalyede oturuyor; Beth de arka kapının yanında, kıçını mutfak tezgâhının köşesine dayamış vaziyette duruyor. Denny sandalyeyi masanın yanına çekmiş, bir kolunu da masaya dayamış.

Ona kıpırdamamasını söylüyorum.

Kâğıdı ince bir boru haline getirmek için kıvırırken, "Tahminimce İsa, Tanrı'nın Oğlu sıfatıyla başarılı olmak için pratik yapmak zorundaydı" diyorum.

Beth'e mutfağın ışıklarını söndürmesini söylüyorum ve elimdeki ince kâğıt borunun bir ucunu Denny'nin kulağındaki dar ve karanlık tünele sokuyorum. Saçları biraz uzamış ama, çoğu insanın başına gelen yangın tehlikesine yol açacak kadar değil. Boruyu Denny'nin kulağına sokuyorum ama fazla derine itmiyorum; bıraktığımda yere düşmesin yeter.

Konsantre olmak için Paige Marshall'ın kulaklarını düşünmemeye çalışıyorum.

"Ya İsa ilk mucizesini başarana dek bütün çocukluğunu yanlışlar yaparak geçirdiyse?" diyorum.

Karanlıkta sandalyede oturan Denny'nin kulağından beyaz kâğıt boru sarkıyor.

"Nasıl oluyor da İsa'nın ilk denemelerinde başarısız olduğunu veya asıl mucizelerini anca otuzundan sonra gerçekleştirebildiğini hiçbir yerde okumuyoruz?" diyorum.

Beth daracık kotunun ağını bana doğru uzatıyor; ben de kibriti fermuarına sürtüp yakıyorum ve küçük ateşi odanın diğer tarafında oturan Denny'nin kafasına doğru taşıyorum. Kibritle kâğıt borunun ucunu tutuşturuyorum.

Yanan kibritin sülfür kokusu odayı dolduruyor.

Kâğıdın yanan ucundan duman yayılıyor ve Denny, "Canımı yakmayacaksın değil mi?" diye soruyor.

Alev kafasına doğru ağır ağır yaklaşıyor. Kâğıdın yanan ucu kıvrılıp açılıyor. Siyah kâğıdın kenarları portakalrengi solucanlarla çevrilmiş gibi duruyor; sıcak kâğıt parçacıkları tavana doğru uçuşuyor. Bazı siyah kâğıt parçacıkları kıvrılıp yere düşüyor.

Adına yakışır bir işlem bu. Kulak mumu.

"Peki ya İsa insanlar için iyi şeyler yaparak başladıysa bu işlere; mesela yaşlı kadınları caddede karşıdan karşıya geçirmek veya insanlara farlarını açık unuttuklarını söylemek gibi şeylerle?" diyorum. "Aslında *tam olarak* bunlar değil tabii de, ne demek istediğimi anladınız işte."

Ateşin Denny'nin kulağına kıvrıla kıvrıla yaklaşmasını izlerken, "Ya İsa şu beş ekmek ve iki balıkla mucizevi şekilde beş bin kişiyi doyurma işine senelerce çalıştıysa? Şu Lazar'ı diriltme olayı da belki geliştirmek zorunda kaldığı bir şeydi; olamaz mı yani?" diyorum.

Denny ateşin kulağına ne kadar yaklaştığını görebilmek için gözlerini iyice kenara kaydırıyor ve "Beth, beni yakacak kadar yaklaştı mı?" diye soruyor.

Beth bana bakıp, "Victor?" diyor.

"Sorun yok" diyorum.

Kıçını iyice mutfak tezgâhına yaslayan Beth görmemek için kafasını çeviriyor ve "Bu, tedaviden çok saçma sapan bir işkence yöntemine benziyor" diyor.

"Belki" diyorum, "belki ilk başlarda İsa bile inanmıyordu kendine."

Denny'nin yüzüne eğilip bir solukta ateşi söndürüyorum. Kıpırdamaması için tek elimle Denny'yi çenesinin altından tutarken, diğeriyle de kâğıt borunun kalan kısmını Denny'nin kulağından çekip çıkarıyorum. Ateşin fitil gibi çektiği kulak kirinin, kâğıdın kalan kısmını yapış yapış yaptığını Denny'ye gösteriyorum.

Beth, mutfak lambasını yakıyor.

Denny yanmış küçük boruyu ona gösteriyor; Beth kâğıdı kokluyor ve "İğrenç kokuyor" diyor.

"Belki de mucizeler yetenek gibidir, önce küçük şeylerle başlaman gerekir" diyorum.

Denny eliyle, temizlenen kulağını kapatıyor, sonra açıyor. Tekrar kapatıyor, açıyor ve "Kesinlikle daha iyi" diyor.

"İsa'nın, iskambil hileleri yaptığını söylemiyorum" diyorum, "ama insanları incitmemek de iyi bir başlangıç noktası olabilir."

Beth yanımıza geliyor, eğilip Denny'nin kulağına bakmadan

önce saçlarını geriye alıyor. Gözlerini kısıyor ve farklı açılardan bakmak için kafasını bir o yana bir bu yana eğiyor.

Başka bir kâğıt parçasını kıvırırken, "Geçen gün televizyona çıktığınızı duydum" diyorum.

"Kusura bakma" diyorum. Kâğıt boruyu iyice inceltmek için ellerimin arasında yuvarlıyorum ve "Benim yüzümden" diyorum.

Beth doğrulup bana bakıyor. Saçını geriye atıyor. Denny parmağını sokup temiz kulağını karıştırıyor, sonra da parmağını kokluyor.

Kâğıt boruyu elimde tutarken, "Bundan sonra iyi bir insan olmaya çalışacağım" diyorum.

Restoranlarda boğulmak, insanları kandırmak gibi boktan şeyler yapmayacağım. Orada burada sızmak, önüme gelenle yatmak gibi boktan şeyler.

"Belediyeyi arayıp şikâyetçi olan bendim. Televizyon kanallarını arayıp sizinle ilgili bir sürü şey anlattım" diyorum.

Midem yanıyor; ama suçluluk duygusundan mı yoksa bağırsaklarımın tıkanmasından dolayı mı bilemiyorum.

Her halükârda boktan bir herifim ben.

Bir an lavabonun üzerinden karanlık mutfak penceresine ve gerisindeki geceye bakıyorum. Pencerenin camına en az annem kadar bitik ve zayıf bedenimin görüntüsü yansıyor. Yeni doğrucu ve belki de ilahi Aziz olan Benim. Pencerede, kollarını göğsünde kavuşturmuş vaziyette bana bakan Beth'in yansıması var. Mutfak masasının yanında oturmuş, tırnağıyla kirli kulağını karıştıran Denny var. Kulağını karıştırdıktan sonra tırnağının altına bakıyor.

"İşin aslı, benim yardımıma ihtiyaç duyun istemiştim" diyorum. "Bana danışmanızı istemiştim."

Beth ve Denny gözümün içine bakıyor; ben de üçümüzün camdaki yansımasına bakıyorum.

"Elbette, evet" diyor Denny. "Yardımına tabii ki ihtiyacım var." Beth'e, "Şu televizyona çıkma olayı nedir?" diye soruyor.

Beth omuz silkip, "Sanırım salı günüydü" diyor. "Hayır, bir dakika, bugün günlerden ne?"

"Yani bana muhtaçsın, öyle mi?" diye soruyorum.

Hâlâ sandalyede oturmakta olan Denny kafasıyla, hazırladığım kâğıt boruyu işaret ediyor. Kirli kulağını bana doğru çevirip, "Dostum hadi bir daha yap. Çok iyiydi. Diğer kulağımı da temizle" diyor.

Otuz Dokuz

Kiliseye vardığımda hava kararıyor, yağmur başlıyor ve Nico'yu beni otoparkta beklerken buluyorum. Montunun içinde bir şeyler yapma çabası içinde. Bir dakikalığına montunun kollarından biri içi boş şekilde aşağıya sarkıyor, sonra Nico kolunu tekrar montuna geçiriyor. Elini montunun diğer kolundan içeri sokuyor ve beyaz dantelli bir şeyi çekip çıkarıyor.

"Bunu benim için tutar mısın?" diyor ve bir avuç dolusu ısınmış danteli elime tutuşturuyor.

Sutyenini.

"Sadece birkaç saatliğine" diyor. "Cebim yok." Ağzını çarpıtarak gülümsüyor, üst dişleriyle altdudağını ısırıyor. Gözleri yağmur ve sokak lambalarının ışığıyla parlıyor.

Eşyalarını taşımayacağım, diyorum. Artık bitti.

Nico omuz silkiyor ve sutyenini montunun koluna sokuşturuyor. Bütün sekskolikler 234 Numaralı odaya girdiler bile. Parlak döşemelik muşambayla kaplı koridorlar boş ve duvarlarda ilan panoları var. Her yere kilise haberleri ve çocukların sanatsal projeleri asılmış. Parmak boyasıyla yapılmış İsa ve on iki havari tasvirleri var. İsa ve Meryem Ana tasvirleri.

Nico'dan bir adım önde, 234 Numaralı odaya doğru yürürken, Nico pantolonumun kemerini yakaladığı gibi beni duvardaki bir ilan panosuna yaslıyor.

Kemerimi çekmesiyle beraber bağırsaklarıma öyle bir ağrı saplanıp, gaz sıkışmasıyla birlikte öyle bir kramp giriyor ki, hissettiğim acı mide asidinin boğazıma çıkmasına sebep oluyor. Sırtım duvara dayalıyken, Nico bacağını bacaklarımın arasına sokuyor ve kollarını kafamın etrafına doluyor. Ilık ve yumuşacık göğüsleri aramızda sıkışıyor; Nico ağzını benimkinin üzerine oturtuyor ve ikimiz de parfümünü soluyoruz. Dilinin neredeyse tamamı ağzımın içinde. Bacağını ereksiyonuma değil de, tıkalı bağırsaklarıma sürtüyor.

Kramplar kolorektal kanser anlamına gelebilir. Akut apandisit olabilir. Hiperparatriodizm. Böbrek yetmezliği.

Ayrıca bakınız: Bağırsak düğümlenmesi.

Ayrıca bakınız: Kolorektal yabancı maddeler.

Sigara içmek. Tırnak yemek. Bütün bunları tedavi etmek için kullandığım yöntem seksti; ama Nico üzerimde debelenirken hiçbir şey yapamam.

Nico, "Tamam, biz de başka bir yer buluruz" diyor.

Geri çekiliyor; ben de bağırsaklarımdaki ağrı yüzünden iki büklüm oluyorum ve Nico arkamdan tıslarken 234 Numaralı odaya doğru sendeliyorum.

Nico, "Hayır" diye tıslıyor.

234 Numaralı odadaki grup lideri, "Bu gece dördüncü basamakla ilgili çalışmalar yapacağız" diyor.

Nico, "Orada olmaz" diyor ve boya lekeleri, kurumuş

macun tümsekleriyle kaplı büyük ve alçak bir masanın etrafına toplanmış olan bir grup insan, açık kapının önünde duran bize bakıyor. Küçük plastik kepçeler gibi görünen sandalyeler öyle alçak ki oturan herkesin dizi göğsüne değiyor. Bu insanlar öylece bize bakıyorlar. Bu adamlar ve kadınlar. Kent efsaneleri. Sekskolikler.

Grup lideri, "Burada hâlâ dördüncü basamakta olan var mı?" diye soruyor.

Nico yanıma yaklaşıp kulağıma, "İçeriye, şu zavallıların yanına gidersen" diye fısıldıyor, "bir daha asla seninle birlikte olmam."

Ayrıca bakınız: Leeza.

Ayrıca bakınız: Tanya.

Masaya yaklaşıp kendimi plastik bir sandalyeye bırakıyorum.

Herkesin gözleri üzerimdeyken, "Merhaba. Ben Victor" diyorum.

Nico'nun gözlerinin içine bakarak, "Adım Victor Mancini ve ben bir sekskoliğim" diyorum.

Dördüncü basamakta takılıp kaldığımı ve sonsuza dek sürecekmiş gibi hissettiğimi söylüyorum.

Bir sondan çok, yeni başlangıç noktasındaymışım gibi hissediyorum.

Hâlâ kapıda duran Nico'nun sadece gözleri yaşarsa neyse, gözlerinden fışkıran yaşlar siyah rimele bulaşıp aşağı süzülüyor ve Nico eliyle gözyaşlarını siliyor. Sonra da, "Ben değilim" diye bağırıyor. Ve sutyeni montunun kolundan yere düşüyor.

Kafamla onu işaret edip, "Ve bu da Nico" diyorum.

Nico, "Hepiniz siktir olup gidin" diyor. Sutyenini yerden kaptığı gibi kaçıp gidiyor.

Sonra herkes, "Merhaba Victor" diyor.

Grup lideri, "Tamam" diyor.

Sonra da, "Biraz önce söylemiş olduğum gibi, işin iç yüzünü kavramak için bekâretinizi nerede kaybettiğinizi hatırlamanız gerekir" diyor.

Kırk

Los Angeles'ın kuzey ya da kuzeybatısında bir yerlerde, canım yanıyordu; bu yüzden Tracy'ye bir dakikalığına ara vermesini söyledim. Bu olay bir hayat önce oluyor.

Aletimin kafasıyla Tracy'nin altdudağı arasında beyaz bir tükürük parçası ip gibi uzuyor; yüzünün tamamı aletimden çıkan meniye bulanmış ve sıcak, acıyan aletimi elinden bırakmadan, topuklarının üzerine oturuyor ve *Kama Sutra*'da insanın dudaklarını beyaz bir aygırın testislerindeki tere silerek kıpkırmızı yapabileceğinin anlatıldığını söylüyor.

"Gerçekten" diyor.

Ağzımda garip bir tat var; Tracy'nin dudaklarına bakıyorum.

Dudaklarının ve aletimin kafasının rengi mor. "Böyle şeyler yapmıyorsun, değil mi?" diye soruyorum.

Kapının kolu oynayınca ikimiz de hemen dönüp kilitli mi diye bakıyoruz.

Her bağımlılığın olduğu gibi, işte bu olay da benim bağımlılığımın başlangıç noktası. Sonrasındakiler asla ilk sefer kadar iyi olmaz.

Kapıyı küçük bir çocuğun açması kadar beteri yoktur. Diğer en kötü şey ise bir adamın kapıyı aniden açması ve hiçbir şey anlamamasıdır. Yalnız olsanız bile, küçük bir çocuk kapıyı açtığında hemen bacaklarınızı kapamanız gerekir. Kazayla olmuş ayağına yatmanız gerekir. Yaşı büyük biri kapıyı suratınıza çarpabilir ve "Bir dahaki sefere kilitlemeyi unutma, seni geri zekâlı" diye bağırabilir; ama yine de, yüzü kızaran kişi o olacaktır.

Tracy, bundan daha kötüsü ise *Kama Sutra*'da fil kadın denen kadın tipi olmaktır, diyor. Özellikle de tavşan olarak adlandırılan bir erkekle beraberse.

Hayvan benzetmeleri, cinsel organların boyutuna işaret ediyor.

Sonra da, "Öyle demek istememiştim" diyor.

Kapıyı yanlış kişi açarsa bütün hafta onun kâbusu olursunuz.

Biri sizinle iş tutmaya niyetli olmadığı sürece en iyi savunmanız, kapıyı açan ve sizi orada otururken gören her kimse, bunun, kendi hatası olduğunu düşünmesidir. Kendi kabahati.

Ben hep böyle düşündüm. Uçaklarda, trenlerde veya şehirlerarası otobüslerdeki tuvaletlere oturmuş kadınları veya erkekleri bastığımda veya restoranların ister kadın-erkek ortak kullanılan ister ayrı küçük tuvaletlerinde olsun, kapıyı açıp içeride oturan yabancıyı veya mavi gözlü, sarışın, göbeğinde bir hızma, ayağında topuklu ayakkabılar olan, tangası dizlerinin arasında gerilmiş, geri kalan kıyafetleri ve sutyeni de lavabonun yanındaki küçük tezgâha katlanıp konmuş olan bir hatunu gördüğümde daima böyle hissediyordum. Her seferinde, *niye insanlar zahmet edip de kapıyı kilitlemezler ki* diye düşünüyordum.

Sanki bu tür şeyler kazayla oluyormuş gibi gelirdi bana.
Çemberin içindeki hiçbir şey kazayla olmaz.

Örneğin evle iş arasındaki yolu trenle gittiğiniz günlerden birinde tuvaletin kapısını açarsınız ve içeride saçlarını topuz yapmış, uzun küpeleri pürüzsüz ve beyaz omuzlarına kadar uzanan, giysilerinin yarısı yerde duran kumral bir hatun olur. Bluzunun önü açıktır, içine hiçbir şey giymemiştir ve elleriyle göğüslerini tutmaktadır; tırnakları, dudakları ve göğüs uçları aynı kahverengi, kırmızı arası tondadır. Bacakları da boynu gibi, saatte iki yüz kilometre yapan bir araba kadar pürüzsüz ve beyazdır; tüyleri ise saçları gibi kumraldır ve dudaklarını yalar.

Kapıyı suratına çarparsınız ve "Özür dilerim" dersiniz.

İçeriden, derinden gelen bir ses, "Dileme" der.

Ve hatun yine de kapıyı kilitlemez. Kapının üzerindeki küçük levhada hâlâ "Boş" yazmaktadır.

USC'de tıp okuduğum dönemde, sömestr tatillerinde doğu sahillerinden Los Angeles'a uçakla gider gelirdim. Tam altı kez kapıyı açtım ve belinden aşağısı çıplak vaziyette tuvaletin üzerine bağdaş kurarak oturmuş, sanki kendini yakmak ister gibi, bir kibrit kutusunun kenarıyla tırnaklarını törpüleyen, göğüslerinin üzerinden düğmelenmiş ipek bir bluz giyen, ince bacaklı, kızıl kafalı bir yogacıyla karşılaştım ve hatun her seferinde cankurtaran turuncusu bir örtüyle çevrili, çilli ve pembe şeyine baktı, sonra da çelik gibi gri renkli gözlerini yavaşça kaldırıp bana ve her seferinde, "Müsaade edersen, burada ben varım" dedi.

Altı kez kapıyı yüzüne çarptım.

Aklıma sadece, "İngilizce bilmiyor musun?" diye sormak geldi.

Altı kez.

Bunların hepsi bir dakikadan az sürdüğü için düşünmeye vakit olmuyordu.

Ama daha sık gerçekleşmeye başlamıştı.

Başka bir seyahatte, diyelim ki Los Angeles'tan Seattle'a giderken tuvaletin kapısını açarsınız ve bronzlaşmış elleriyle bacaklarının arasındaki koca mor aleti kavramış olan sörfçü sarışını görürsünüz ve Bay Kewl gözlerine giren saçlarını kenara itip, parlak lastiğin içine sıkışmış ıslak aletini direk size doğru uzatır ve "Hey, bayım, yavaş olun..." der.

Her tuvalete gittiğinizde, kapıdaki levhada boş yazar ama her seferinde içeride biri vardır.

İki parmağını şeyinin derinliklerine gömmüş başka bir kadın vardır.

Beyaz askerleri her an fırlatmaya hazır olan on santimlik aleti baş ve işaret parmağının arasında dans eden farklı bir adam vardır.

Boş demekle ne kastettiklerini düşünmeye başlarsınız.

Tuvalet boş olsa bile içerideki sperm kokusunu alırsınız. Kâğıt havlular hep bitmiş olur. Aynanın neredeyse tepesinde çıplak bir ayağın izini görürsünüz, bir kadının ayağının kavisli izini ve parmaklarının bıraktığı beş yuvarlak nokta gözünüze çarpar ve *burada neler olmuş* diye düşünmeden edemezsiniz.

"Mavi Tuna Valsi" veya Hemşire Flamingo benzeri, halka yapılan şifreli anonslardan birini duymuş gibi, *neler oluyor* diye düşünürsünüz.

Neden bize de söylemiyorlar, diye geçirirsiniz aklınızdan.

Duvarın yere yakın bir noktasında ruj lekesi görürsünüz ve neler olmuş olabileceğini anca hayal edersiniz. En son giren kişinin aletinden karşıdaki plastik duvara fışkıran beyaz askerlerin kurumuş izlerini görürsünüz.

Bazı uçuşlarda duvarlar hâlâ sırılsıklam, ayna da buharlı olur. Halı yapış yapıştır. Lavabo, içindeki her renkten küçük, kıvırcık tüylerle ağzına kadar dolu ve tıkanmış olur. Lavabonun yanındaki tezgâhta, diyaframını yerleştirmiş olan bir hatunun, gebeliği önleyici jel ve sümük gibi sıvının karışımından oluşan bir pelteyle çizilmiş mükemmel yuvarlak izi olur. Bazı uçuşlardaysa iki veya üç tane farklı boyutta popo izi olur.

Bunlar kıtalar arası veya kutup üzerinden gelen uzun uçuşların iç bağlantılarıdır. On on altı saatlik uçuşlardır. Los Angeles'tan Paris'e direk uçuşlardır. Veya başka bir yerden Sydney'e.

Los Angeles'a yedinci uçuşumda, kızıl kafalı yogacı yerden eteğini kaptığı gibi aceleyle beni takip ediyor. Eteğinin fermuarını çekiştirirken beni koltuğuma kadar takip ediyor ve yanıma oturup, "Amacın duygularımı incitmekse, bu konuda ders bile verebilirsin" diyor.

Televizyondaki pembe dizilerde oynayan kadınlarınki gibi abartılı bir saç stili var; bluzunun düğmeleri iliklenmiş, önünde kocaman bir fiyonk var ve fiyonk bluza büyük taşlı bir broşla tutturulmuş.

Tekrar, "Özür dilerim" diyorum.

Batıya doğru giden bir uçaktayız; Atlanta'nın kuzey kuzeybatısındayız.

"Dinle" diyor. "Böyle boktan şeyleri çekemeyecek kadar çok çalışıyorum. Beni duyuyor musun?"

"Özür dilerim" diyorum.

"Her ay üç hafta yollardayım" diyor. "Hiç görmediğim bir ev için kira ödüyorum... çocuklarımın futbol kampının ücretini ödüyorum... sadece babamın bakımevinin ücreti bile inanılmaz yüksek. Ben de bir şeyler hak etmiyor muyum? Çirkin değilim. En azından kapıyı suratıma çarpmasan olmaz mı?" diyor.

Bunları gerçekten söylüyor.

Kafasını, okuyormuş numarası yaptığım dergiyle yüzümün arasına sokuyor. "Bilmiyormuşsun gibi davranma" diyor. "Seks gizli bir şey değil ki."

"Seks mi?" diye soruyorum.

Ağzını eliyle kapatıp arkasına yaslanıyor.

"Aman Tanrım, özür dilerim. Ben sadece şey sanmıştım..." diyor ve hostesi çağırmak için yukarıdaki kırmızı düğmeye uzanıyor.

Bir uçuş görevlisi yanımızdan geçiyor ve kızıl kafa iki duble burbon istiyor.

"Umarım ikisini de kendin içmeyi planlıyorsundur" diyorum.

"Aslında ikisini de sana söylemiştim" diyor.

Bu benim ilk seferim olacak. O ilk sefer ki diğerleri asla onun kadar iyi olamaz.

"Kavga etmeyelim lütfen" diyor ve soğuk, beyaz elini bana uzatıyor. "Ben Tracy."

Bu olay Lockheed Tristar 500 tipi bir jetin, turist sınıfındaki izole edilmiş beş geniş tuvaletinden birinde olabilirdi. Ferah. Ses geçirmez. Kimin gelip geçtiğinin görülmediği, herkesin arkasının dönük olduğu bir yerde.

Buna kıyasla, her tuvaletin bir koltuğa açıldığı Boeing 747-400'ü hangi hayvanın tasarlamış olduğunu düşünmeden edemiyor insan. Gerçek bir mahremiyet istiyorsanız arkaya, turistik kabinin gerisindeki tuvaletlere gitmelisiniz. İçeride neler yaptığınızı herkesin bilmesini istemiyorsanız birinci sınıf kabindeki alçak tavanlı tek kişilik tuvaletleri unutabilirsiniz.

Çok basit.

Eğer erkekseniz, klozette oturur, Charlie Amca'yı, yani kocaoğlanı dışarı çıkarırsınız ve hazır ol vaziyetine, yani dik pozisyona getirip küçük plastik odanızda beklemeye ve en iyisi için dua etmeye başlarsınız.

Bunu balık avlamak gibi düşünebilirsiniz.

Eğer Katolik'seniz, günah çıkarma hücresinde oturmakla aynı histir. Bekleyiş, azat, kurtuluş.

Bunu, balık tutup, sonra da tuttuğunuz balıkları denize geri atmak gibi düşünün. İnsanların "spor olsun diye balık tutmak" dedikleri şey gibi.

Bunun başka bir işleyişi ise şöyledir: Beğenebileceğiniz bir şey bulana kadar kapıları açarsınız. Hani şu seçtiğiniz kapının arkasından çıkan hediyeyi eve götürdüğünüz eski yarışma programlarında olduğu gibi.

Bazı kapıların ardında, kenar mahalle tiplerini merak eden ve tuvalette sert bir alışveriş yapmak isteyen birinci sınıf yolcusu pahalı bir hatun olur. Bir tanıdıkla karşılaşma ihtimali hemen hemen hiç yoktur. Başka kapıların ardında, kahverengi kravatını omzunun üzerinden geriye atmış, killi dizlerini iki yana ayırmış, pörsümüş kobrasını okşayan yaşlı bir kurt olur ve "Affedersin dostum, üzerine alınma" der.

Böyle zamanlarda o kadar mideniz bulanır ki, "Sanki yapabileceksin de..." bile diyemezsiniz.

Ya da: "Anca *rüyanda* görürsün, dostum."

Yine de kazanma olasılığınız öyle yüksektir ki şansınızı denemeye devam edersiniz.

Tuvaletin o küçücük boşluğundayken, iki yüz yabancının sizden sadece birkaç santim ötede olduğunu bilmek çok heyecan vericidir. Fazla hareket özgürlüğü bulunmadığından, eklemlerinizin iyi çalışıyor olması burada çok işe yarar. Hayal gücünüzü kullanmanız gerekir. Biraz yaratıcılık ve birkaç basit esneme egzersiziyle cennete gidip gelebilirsiniz. Zamanın ne kadar da çabuk geçtiğine şaşırıp kalabilirsiniz.

Heyecanın yarısı mücadeledir. Tehlike ve risktir.

Sonuç olarak bunun Altına Hücum'la, Güney Kutbuna Kaçış'la veya aya ilk ayak basan kişi olmakla bir ilgisi yoktur.

Bu, değişik bir mekân keşfidir.

Değişik bir vahşi bölgenin haritasını çıkarmaktasınızdır. Hem de size ait uçsuz bucaksız içsel bir peyzajdır bu.

Ötekileri, yabancıları, onların kol ve bacaklarından, saç ve tenlerinden, koku ve inlemelerinden oluşan bir ormanı ilk kez keşfedecek olan kâşifsinizdir. Büyük bilinmeyenler. Balta girmemiş son orman. Şimdiye kadar sadece hayalini kurabildiğiniz her şey buradadır işte.

Ufuk çizgisinde yelken açmış Chris Kolomb'sunuzdur.

İstiridye yeme riskini göze alacak ilk mağara adamısınızdır. *Bu* istiridye yeni olmayabilir; ama sizin için yenidir.

Heathrow ve Jo-burg havaalanlarının arasındaki on dört saatlik mesafenin ortasında on kez gerçek maceraya atılabilirsiniz. Eğer gösterdikleri film kötüyse, on iki. Uçak doluysa daha fazla, türbülans varsa daha az. Aletinizi bir erkeğin ağzına vermek sizin için sorun teşkil etmiyorsa daha fazla, yemek servisi için koltuğunuza dönüyorsanız daha az.

İlk seferin tek kötü yanı ise şu oldu; sarhoştum ve kızıl kafalı Tracy tarafından beceriliyordum ki hava boşluğuna girdik. Tuvaletin kenarına yapışıp uçakla birlikte düşmeye başlıyorum; ama Tracy zıvanadan çıkıyor. Prezervatif hâlâ Tracy'nin içinde ama benden şampanya fışkırıyor ve Tracy'nin saçıyla birlikte plastik tavana fırlıyor. Boşaldığım anda benden çıkanlar havada asılı duruyor ve beyaz askerler tavana vuran Tracy'yle hâlâ tuvalette oturan benim aramda havada kalıyor. Sonra Tracy ve içindeki prezervatif, beyaz askerlerle tekrar birleşiyor ve bam diye patlayan hava kabarcıkları misali üzerime iniyor elli kiloluk Tracy.

Böyle geçen güzel günlerden sonra nasıl oldu da kasıkbağı takmak zorunda kalmadım anlamıyorum.

Tracy gülüyor ve "Buna bayılıyorum!" diye bağırıyor.

Daha sonra normal türbulans Tracy'nin saçını tavana değil de yüzüme, göğüs uçlarını ağzıma fırlatıyor. Boynundaki incileri hoplatıyor. Boynumdaki altın zinciri de. Boş tuvaletin üzerinde büzüşmüş olan torbalarımın içindeki zarları zıplatıyor.

Zamanla performansınızı geliştirmek için bazı ipuçları yakalamaya başlarsınız. Örneğin Fransızların şu eski üçgen pencereleri ve hakiki perdeleri olan Super Caravelles uçaklarında birinci sınıf tuvaleti yoktur. Sadece turist kabininin arkasında iki adet tuvalet vardır ve abartılı bir pozisyon denememenizi tavsiye ederim. Hintlilerin temel tantrik pozisyonu iyi gider. Yüz yüze ayakta durursunuz, kadın bacaklarından birini erkeğin beline dolar. "Kızıl denizi yarmak" veya bacakların birbirine dolandığı klasik pozisyonda da aynı hazzı alabilirsiniz. Kendi Kama Sutra'nızı yazın. Yeni şeyler uydurun.

Haydi, durmayın. Yapmak istediğinizi bilirsiniz.

Bunları, ikinizin hemen hemen aynı boyda olduğunuzu varsayarak söylüyorum. Aksi takdirde, olabileceklerden beni sorumlu tutamazsınız.

Ayrıca armudun pişip ağzınıza düşmesini beklemeyin. Ben sadece sizin adınıza bazı temel bilgiler veriyorum.

Bir Boeing 757-200'ün minik tuvaletinde sıkışmış olsanız bile, modifiye edilmiş bir Çin pozisyonunu deneyebilirsiniz; siz tuvalete oturursunuz, kadın da size sırtını dönerek üzerinize oturur.

Little Rock'ın kuzey kuzeydoğusunda bir yerlerde Tracy bana "Bir *'Pompoir'* olsa, işi oldukça kolaylaştırırdı. Arnavut kadınları vajinalarındaki sıkıcı kaslarla erkekleri sağıyorlar" diyor.

Sadece şeylerini kullanarak mı erkeğin boşalmasını sağlıyorlar?

Tracy, "Evet" diyor.
Arnavut kadınlar?
"Evet."
"Havayolları var mı?" diye soruyorum.

Öğrenmeniz gereken bir diğer şey de, bir uçuş görevlisinin kapıyı çalması durumunda, Florentine Metodu diye anılan metotla hızlıca toparlanabilmek. Aletin hassaslaşması için kadın erkeğin şeyini dibinden tutup deriyi geriye çeker. Bu hareket, toparlanma sürecini oldukça hızlandırır.

İşleri yavaşlatmak içinse adamın şeyinin dibine sert bir şekilde bastırmanız yeterlidir. Olayı durdurmasa bile, bütün spermler mesanesine kaçacağı için en azından ortalığı temizlemek zorunda kalmazsınız. Uzmanlar buna "Saxonus" derler.

McDonell Douglas DC-10 Serisi 30CF tipi uçağın arka tuvaletinde kızıl kafa bana zenci pozisyonunu gösteriyor. Dizleriyle lavabonun üzerine çıkıyor, ben de arkasından ellerimi çıplak omuzlarına dayıyorum.

Nefesi aynayı buğuluyor; başını aşağı sarkıtmaktan yüzü kızarmış. "Kama Sutra'da nar ve kabak suyu ile salatalık çekirdeklerinin karışımıyla masaj yapılan erkeklik organlarının şişeceği ve altı ay boyunca öyle kalacağı yazıyor" diyor.

Bu tavsiyenin Külkedisi'ninki gibi bir bitiş süresi var.

Aynadan bakışımı görüyor ve "İsa adına, söylediğim her şeyi üzerine alınmasana sen" diyor.

Dallas'ın kuzey semalarında, Tracy, bir kadının erkeğini asla terk etmemesi için erkeğin kadının kafasına ısırgan otu ve maymun boku sürmesi gerektiğini anlatırken ben daha fazla tükürük salgılamaya çalışıyorum.

Ve, şaka yapmıyorsun, değil mi, diye soruyorum.

Ve eğer karını bufalo sütü ve inek bokunda yıkarsan, onu kullanmaya kalkan erkek iktidarsız olurmuş.

Buna hiç şaşırmam işte, diyorum.

Eğer bir kadın kadifeçiçeğinin suyuna deve kemiği batırır ve suyu kirpiklerine sürerse, baktığı her erkek büyülenirmiş. Bir tutam tavus, şahin veya akbaba kemiği de konabilirmiş.

"Bir göz at" diyor Tracy. "Hepsi büyük kitapta yazıyor."

Albuquerque'in güney güneydoğu semalarında Tracy'yi yalamaktan yüzüm yumurta akı gibi kalın bir tabakayla kaplanıyor; yanaklarım da kılları yüzünden halıya sürtülmüş gibi oluyor. Tracy şekerli sütte kaynatılan koçyumurtasının erkekliği güçlendirdiğini söylüyor.

Sonra da, "Öyle demek istememiştim" diye ekliyor.

Ben de iyi gittiğimi düşünüyordum. İki duble burbonu da hesaba katarsak bu dakikaya kadar üç saattir ayaktayım.

Las Vegas'ın güney güneybatı semalarında ikimizin de yorgun dizleri titrerken Tracy bana Kama Sutra'da "otlamak" diye tabir edilen pozisyonu gösteriyor. Sonra da "mangonun emilişini" ve "yutuluşunu".

Her şeyin gittiği ama zamanın ve mekânın durduğu, daracık, kolay temizlenen plastik odamızda sürdürdüğümüz cebelleşmeye, tam olarak bağlılık denemese de buna yakın bir şeyler söylenebilir.

Bir giyinme odası ve onun arkasında ayrı bir tuvaleti bulunan ve hem önde ve arkada hem de iki yanda bu iki odalı banyo süitlerinden bulunan eski muhteşem Lockheed Super Constellations uçakları artık yok.

Tracy'nin yumuşak kaslarından ter boşanıyor. İkimiz de birbirimize zevk vermeye çalışıyoruz; yapmak üzere tasarlandığımız şeyi yapan iki makine gibiyiz. Bazı dakikalarda birbirimize sadece benim kayan kısmımla dokunuyoruz ve Tracy'nin minik kenarlarındaki derisi dışarı çekiliyor. Omuzlarım plastik duvara dayanmış, vücudumun belimden aşağısı sallanıp duruyor. Tracy bir bacağını kaldırıp lavabonun üzerine koyuyor ve ağırlığını o bacağına vererek eğiliyor.

Kendimizi aynada izlemek işimize geliyor: İki boyutlu ve camın ardındakiler sanki biz değiliz, bir film, internet karesi. Bir dergiden alınmış resimdeki başka birileri gibiyiz; bu an dışında bir hayatı veya geleceği olmayan güzel insanlar gibi.

Bir Boeing 767'deyseniz yapabileceğiniz en iyi şey, turist kabininin arkasındaki geniş orta tuvalete gitmektir. Tuvalet kompartımanları küçücük olduğundan bir Concorde'da hiç şansınız yoktur; ama elbette bu sadece benim fikrim. Eğer tuvaletleri işemek, lenslerinizi takmak veya diş fırçalamak için kullanıyorsanız, eminim yeterince alan bulunmaktadır.

Ama Kama Sutra'da "karga" veya "but" diye anılan pozisyonları veya ileri geri hareket için beş santimden fazla alana ihtiyaç duyulan bir pozisyonu deneme arzusundaysanız, şansınıza, arka kısımdaki kabininde parti verilebilecek kadar geniş tuvaletleri olan bir European Airbus 300/310 düşmesi için dua edin. Benzer pozisyonlar için İngiliz yapımı Aerospace Bir-On Bir'in arkadaki iki tuvaletinden daha lüksünü bulamazsınız.

Los Angeles'ın kuzey kuzeydoğu semalarında canım yanmaya başlıyor ve Tracy'ye ara vermeyi öneriyorum.

"Bunu niye yapıyorsun?" diye soruyorum.

"Neyi?" diyor.

Bunu.

Tracy gülümsüyor.

Kilitlenmemiş tuvalet kapılarının arkasında karşılaştığınız insanlar havadan sudan konuşmaktan bıkmış insanlardır. Güvenlikten yorulmuş insanlardır. Bu insanlar bir sürü ev dekore etmişlerdir. Bunlar sigara içmeyen, şeker, tuz, yağ ve biftek yemeyen, bronz tenli insanlardır. Bunlar sonunda kazandıkları her şeyi sadece kaybetmek için ömür boyu çalışan anne babalarını ve büyükanneleriyle büyükbabalarını görmüş insanlardır. Beslenme tüpüyle hayatta kalabilmek için bütün servetini harcayan, nasıl çiğneneceğini ve yutulacağını dahi unutan insanları görmüş kişilerdir.

"Babam doktordu" diyor Tracy. "Ama şu anda adını bile hatırlayamıyor."

Kilitlenmemiş kapıların ardında oturan bu insanlar daha büyük bir evin sorunları çözmeyeceğini çok iyi bilirler. Daha iyi bir eş, daha çok para ve daha gergin bir cildin de.

"Sahip olacağın her şey" diyor Tracy, "bir gün kaybedeceğin şeylerden sadece biridir."

Cevap, bir cevabın olmamasıdır.

Bu gerçekten o ağır dakikalardan biri.

"Hayır" diyorum; parmağımı apış arasına sokuyorum. "Ben *bunu* kastetmiştim. Niye kıllarını tıraş ediyorsun?"

"Ah, o mu?" diyor ve gülümseyerek gözlerini kaçırıyor. "Tanga giyebilmek için."

Ben tuvalette otururken, Tracy aynada kendine değil de bozulan makyajına bakıyor ve dağılan rujunu parmağıyla düzeltiyor. Parmaklarıyla göğüs uçlarındaki ısırık izlerini ovuşturuyor. Kama Sutra'da bu izlere Bulut Kümeleri deniyormuş.

Aynaya bakarak konuşmayı sürdürüyor; "Bunu yapmamın sebebi, aslına bakarsan herhangi bir şeyi yapmak için iyi bir sebep bulamamış olmamdır" diyor.

Bir amacı yok.

Bu insanlar aslında orgazmdan çok unutmak isterler. Her şeyi unutmak isterler. İki dakikalığına da olsa, on, yirmi dakika veya yarım saatliğine de olsa unutmak.

Belki de insanlar koyun muamelesi yapıldığında böyle tepki veriyorlardır. Bu belki sadece bir mazerettir. Belki de sadece çok sıkılmışlardır. Sebep, insanların kılını bile kıpırdatmadan diğerleriyle birlikte can sıkıcı bir sandıkta oturmak üzere tasarlanmamış olması da olabilir.

"Sağlıklıyız, genciz, uyanık ve canlı insanlarız" diyor Tracy. "Olaya böyle bakarsan hangisi daha normal?"

Bluzunu giyiyor, çoraplarını çekiyor.

"Herhangi bir şeyi niye yapıyorum ki?" diyor. "Kendimi herhangi bir plandan çıkarmak için yeteri kadar eğitim aldım. Herhangi bir fanteziyi yıkabilirim. Herhangi bir amaçtan kendimi vazgeçirebilirim. Öyle zekiyim ki herhangi bir rüyanın olmadığını ispat edebilirim."

Hâlâ çırılçıplak ve yorgun vaziyette tuvalette oturuyorum; uçuş ekibi inişe geçtiğimizi, Los Angeles'a çok yaklaştığımızı, saati, hava sıcaklığını söylüyor, sonra da bağlantı uçuşlarıyla ilgili bilgi veriyor.

Bir dakika boyunca bu kadınla birlikte durup dinliyoruz bunları ve boşluğa bakıyoruz.

Tracy bluzunun düğmelerini iliklerken, "*Bunu* yapıyorum; çünkü kendimi çok iyi hissediyorum" diyor. "Belki niye yaptığımı aslında bilmiyorumdur. Katilleri idam etmelerinin sebebi de buna benzer bir şey. Çünkü insan bazı sınırları aşınca, aynı şeyi tekrar tekrar yapmak istiyor."

İki elini de arkasına götürüp eteğinin fermuarını çekiyor ve "Gerçek şu ki, her önüme gelenle yatmamın sebebini aslında bilmek *istemiyorum*. Sadece yapıyorum; çünkü kendine iyi bir neden söylediğin anda, onu didiklemeye başlarsın."

Ayakkabılarını giyiyor, saçlarını düzeltiyor ve "Lütfen bunun özel bir şey olduğunu düşünme" diyor.

Kapının kilidini açarken, "Rahatla" diyor. "Bir gün gelecek ve yaptığımız her şey sana küçük patatesler gibi görünecek."

Yolcu kabinlerine doğru bir adım atıyor ve "Bugün sen bu özel çizgiyi ilk kez geçtin" diyor. Beni içeride çıplak ve tek başıma bırakırken, "Kapıyı arkamdan kilitlemeyi unutma" diyor. Sonra da bir kahkaha atıyor ve "Tabii bundan sonra kilitlemeyi istiyorsan" diye ekliyor.

Kırk Bir

Ön bürodaki kız kahve istemiyor.
Park yerindeki arabasını da kontrol etmek istemiyor.
"Eğer arabama bir şey olursa, kimi suçlayacağımı biliyorum" diyor.

Ben de ona, şişşşşşşşşşşt, diyorum.

Önemli bir şey, bir gaz kaçağı veya bebek ağlaması gibi bir ses duyduğumu söylüyorum.

Dahili dinleme cihazından duyulan, annemin hangi odadan geldiği bilinmez boğuk ve yorgun sesini tanıyorum.

St. Anthony's'in lobisindeki masanın yanında ayakta duruyorum, dinliyorum. Annem, "Amerika'nın sloganı şöyle: 'Yeterince İyi Değil.' Hiçbir şey yeterince hızlı değil. Hiçbir şey yeterince büyük değil. Asla gözümüz doymuyor. Her zaman gelişim içindeyiz..." diyor.

Ön büro görevlisi kız, "Ben gaz kaçağı falan duymuyorum" diyor.

Baygın ve yorgun ses, "Herhangi bir şey yaratma riskini göze alamadığım için ömrüm boyunca her şeye saldırdım..." diyor.

Kız sesi kapatıyor. Mikrofonun düğmesine basıyor ve "Hemşire Remington ön büroya lütfen. Hemşire Remington acilen ön büroya lütfen" diyor.

Çağırdığı, ön cebi kalem dolu olan şişko güvenlik görevlisi.

Mikrofondan elini çektiği anda baygın ve fısıldayarak konuşan ses geri geliyor.

"Daha iyi olmalı dedik de ne oldu? Hayatımın sonuna geldim ama elimde hiçbir şey kalmadı..." diyor annem.

Ve ses kısılıyor.

Hiçbir ses duyulmuyor. Sadece hışırtı sesi. Statik.

Ve annem ölüyor.

Tabii bir mucize olmazsa.

Güvenlik görevlisi kapılardan uçarak geliyor ve "Eee? Olay nedir?" diye soruyor.

Monitördeki siyah-beyaz ve karlı görüntüde, ön büro görevlisi kız, neredeyse şişen bağırsaklarını elinde taşıyan, çektiği ağrıdan iki büklüm vaziyetteki beni gösteriyor. "O" diyor.

"Şu andan itibaren bu adamın buradan uzaklaştırılması gerekiyor" diyor.

Kırk İki

Dün gece yayımlanan haberler beni, benden biraz geride durmuş, duvara bir taş yerleştirmeye çalışan Denny ve onun biraz gerisinde, elindeki çekiçle bir kayayı parçalayarak bir heykel yapmaya çalışan Beth'in önünde, kollarımı sallaya sallaya bağırırken gösterdi.

Televizyonda sanki sarılıkmışım gibi betim benzim atmış, karnımdaki şişlikten kamburum çıkmış ve içimdeki ağırlıktan bağırsaklarım sarkmış gibi görünüyorum. İki büklüm vaziyette, kameraya bakmak için suratımı kaldırıyorum, boynum, kafamdan yakama inen bir ip gibi duruyor. Boynum kolum kadar kaldığı için, âdemelmam da dirsek kadar kocaman görünüyor. Bunlar dün gece işten sonra yaşandığı için üzerimde hâlâ

Dunsboro kolonisinde giydiğim bluz benzeri keten gömlek ve o tuhaf pantolon var. Tokalı ayakkabılarım ve boyunbağım da cabası.

Beth'in evinde oturmuş, kendimizi televizyonda izlerken Denny, "Dostum" diyor. "Pek de çekici görünmüyorsun."

Dördüncü basamakta anlattığım tıknaz Tarzan gibi görünüyorum; hani şu elinde közlenmiş kestane olan maymuna domalmış olan Tarzan gibi. Yüzündeki mesut gülüşle duba gibi vücudu olan kurtarıcı gibi. Saklayacak başka hiçbir şeyi olmayan kahraman gibi.

Televizyonda, bir terslik olmadığını anlatmaya çalışıyordum herkese, o kadar. Belediyeyi arayıp yakınlarda yaşadığımı ve bir kaçığın, izinsiz olarak ne olduğunu bilmediğim bir şey inşa ettiğini söyleyerek bütün bu karışıklığı yaratanın ben olduğuma ikna etmeye çalışıyordum insanları. İnşaat alanının, civarda yaşayan çocuklar için tehlike oluşturduğunu, işi yapan herifin görünüşünün de pek düzgün olmadığını ve inşa ettiği şeyin kesinlikle bir şeytana tapınma yeri olduğunu söyleyen de bendim.

Belediyeden sonra televizyon kanallarını aramış ve aynı şeyleri onlara da söylemiştim.

Bütün olaylar böyle başladı işte.

Bütün bunları yapmamın sebebi, Denny'nin bana muhtaç olmasını istememdi demiyorum tabii. En azından televizyonda değil.

Bütün bu açıklamalarım montaj odasında bir kenara atılmış olmalı; çünkü televizyonda, bir eliyle kamerayı kapatmaya, diğeriyle de kameranın önünde sallanan mikrofonun kablosuna vurmaya çalışan terli ve şişik bir manyaktan başka bir şey göstermiyorlar.

Denny, "Dostum" diyor.

Beth, bu küçük fosilleşmiş anı videoya kaydetmiş ve başa sarıp sarıp izliyoruz.

Denny, "Dostum, şeytan veya benzer başka bir şey tarafından ele geçirilmiş gibi görünüyorsun" diyor.

Gerçekten de tamamen farklı bir ilahi varlık tarafından ele geçirilmiş durumdayım. Bu benim iyi bir insan olmaya çalışan halim. Büyük şeyler yapabilmek için küçük mucizeler üzerinde çalışıyorum.

Ağzımdaki termometreyi kontrol ediyorum; ateşim 38 derece. Sürekli terlediğim için Beth'e, "Kanepe için kusura bakma" diyorum.

Beth, bakmak üzere termometreyi elimden alıyor ve elini alnıma koyuyor.

"Senin aptal ve aklı beş karış havada bir karı olduğunu düşündüğüm için de özür dilerim" diyorum.

İsa olmak, eşittir dürüst olmak.

Beth, "Sorun değil" diyor. "Ne düşündüğün hiç umrumda olmadı zaten. Beni bir tek Denny ilgilendiriyordu." Termometreyi sallayıp tekrar dilimin altına sokuyor.

Denny kaseti geri sarıyor ve görüntüm yine televizyonda beliriyor.

Kollarım ağrıyor; kireç ve harçla çalışmaktan kemiklerim hamur gibi olmuş ve tutulmuş. Denny'ye, "Meşhur olmak nasıl bir duygu?" diye soruyorum.

Televizyonda arkamda, yuvarlak bir temel üzerinde yükselen bir kulenin taş duvarları görünüyor. Başka duvarlar pencerelerin etrafını sarıyor. Geniş bir kapıdan, içeride yükselen merdivenler görünüyor. Başka kanatlara, kulelere, manastırlara, sütunlara ait olduğu belli olan başka duvarlar, havuzlar, dehlizler bu temelleri izliyor.

Muhabirin sesi, "İnşa etmekte olduğunuz yapı, bir ev mi?" diye soruyor.

Bilmiyoruz, diyorum.

"Bir çeşit tapınak mı?"

Bilmiyoruz.

Görüntüye giren muhabir, kahverengi saçlarını alnının üzerinde kabartmış olan bir adam. Mikrofonlu elini ağzıma doğru uzatıp, "Öyleyse ne inşa ediyorsunuz?" diye soruyor.

Son taş yerine oturana dek bilemeyeceğiz.

"Peki son taş ne zaman yerine oturacak?"

Bilmiyoruz.

Tek başıma yaşadığım onca seneden sonra "biz" demek çok hoş.

Bunu söylerken Denny televizyondaki beni işaret ediyor ve "Mükemmel" diyor.

Denny inşaata ve yaratmaya devam ettiğimiz sürece, olasılıklar artacak, diyor. Bütünlüğe ulaşmayı ne kadar ertelersek o kadar iyi. Hazzı geciktirmeliyiz.

Tantrik bir mimari düşünün.

Televizyonda muhabire, "Burada önemli olan süreç, bir şeyleri bitirmek değil" diyorum.

İşin komik yanı ise, Denny'ye gerçekten yardım ettiğimi sanmam.

Her bir taş Denny'nin otuz bir çekmediği bir günü temsil ediyor. Pürüzsüz nehir graniti. Koyu bazalt bloku. Her taş, çoğu insanın yaptığı işin uçup gittiği, sona erdiği veya yapıldığı anda gündem dışı kaldığı her günün anısına dikilmiş minik bir mezar taşı veya küçük bir anıt niteliğinde. Muhabire bu düşüncelerimi aktarmıyorum; yaptığı iş yayımlandıktan hemen sonra, havaya karıştıktan sonra ne olduğunu da sormuyorum. Çünkü işi havaya karışıyor. Yayımlanıyor. Ve uçup gidiyor, siliniyor. Kâğıt üzerinde çalıştığımız, makinelerde egzersiz yaptığımız, zaman, emek ve paranın yüzünü gösterip kaçtığı bu dünyada, Denny'nin taşları birbiri üstüne koyması hiç de acayip görünmüyor.

Bunların hiçbirini muhabire söylemiyorum.

Orada durup kollarımı sallarken daha fazla taşa ihtiyacımız olduğunu dile getiriyorum. Halk bize taş getirirse çok müteşekkir olacağız, diyorum. İnsanlar yardım etmek isterlerse, çok iyi olur. Terden saçım kalıp gibi katılaşmış ve rengi kararmış; şişen göbeğim pantolonumun üzerine düşmüş. Bilmediğimiz tek şey bunun nasıl sona ereceği; ayrıca bilmek de istemiyoruz, diyorum.

Beth mısır patlatmak için mutfağa gidiyor.

Açlıktan ölmek üzereyim ama yemeye cesaret edemiyorum.

Televizyon, günün birinde çatıya yükselecek olan uzun kapalı çarşı kolonlarının temellerini gösteriyor. Heykel kaidelerini gösteriyor. Günün birinde. Fıskıyeli havuzları. İstinat duvarını, sivri kuleyi ve üzeri kubbeyle örtülecek duvarları. Günün birinde bitecek olan tonozları desteklemek üzere yükselen kemerleri. Ufak kuleleri. Günün birinde. Yapılan işin bir kısmını örtüp gömecek çalı ve ağaçlar zaten büyümüş bile. Dallar pencerelerden içeri giriyor. Bazı odalarda çimenler ve otlar yarım diz boyu uzamış. Bütün bu görüntüler kameranın önünde uzanıyor ve görüntüye, tamamlanışını belki de hiçbirimizin göremeyeceği bir temel giriyor.

Bunu da muhabire söylemiyorum tabii.

Görüntüde olmayan kameramanın sesi duyuluyor. "Hey Victor!" diye bağırıyor. "Beni hatırladın mı? Chez Buffet'tan? Hani neredeyse boğuluyordun..."

Telefon çalıyor ve Beth açmaya gidiyor.

Denny kaseti geri sararken, "Dostum" diyor. "Bu söylediğin şeyler bazı insanları çok kızdıracak."

Beth, "Victor, annenin yattığı hastaneden arıyorlar. Seni bulmaya çalışıyorlarmış" diyor.

"Bir dakika içinde geliyorum" diye bağırıyorum.

Denny'ye kaseti tekrar oynatmasını söylüyorum. Annemle uzlaşmaya hazırım neredeyse.

Kırk Üç

Bir sonraki mucizemi gerçekleştirmek için gidip puding satın alıyorum. Yağ, şeker ve koruyucularla dolu çikolatalı puding, vanilya ve şamfıstıklı puding ve karamelalı puding dolu minik plastik kutulardan. Tepesindeki kâğıt kapağı kaldırıp kaşıklarsınız ya, işte onlardan.

Annemin koruyuculara ihtiyacı var. Ne kadar çok koruyucu olursa o kadar iyi diye düşünüyorum.

İçi tepeleme puding dolu alışveriş poşetiyle birlikte St. Anthony's'in yolunu tutuyorum.

Çok erken olduğu için ön bürodaki kız henüz gelmemiş.

Yatağına gömülmüş olan annem, feri kaçmış gözleriyle bakıp, "Kimsin?" diye soruyor.

Benim, diyorum.

"Victor, sen misin?" diyor.

"Evet, sanırım" diyorum.

Paige ortalıklarda yok. Cumartesi sabahı, saat çok erken olduğu için etrafta kimsecikler yok. Yeni doğan güneşin ışıkları panjurlardan içeri giriyor. Dinlenme salonundaki televizyon bile kapalı. Annemin oda arkadaşı, teşhirci Bayan Novak yandaki yatakta kıvrılmış uyuyor; bu yüzden fısıldayarak konuşuyorum.

Çikolatalı pudinglerden birinin kapağını açıyorum ve alışveriş poşetinden plastik bir kaşık çıkarıyorum. Annemin yatağının yanına bir sandalye çekip kaşığı pudinge daldırarak, "Seni kurtarmaya geldim" diyorum.

Ona kendimle ilgili gerçeği en nihayetinde öğrendiğimi söylüyorum. İyi bir insan olarak doğduğumu, mükemmel sevginin tezahürü olduğumu, tekrar iyi bir insan olabileceğimi ama küçük şeylerle başlamam gerektiğini. Kaşığı dudaklarının arasına daldırıp ilk elli kaloriyi ağzına bırakıyorum.

Diğer kaşığı ağzına tıkarken, "Bana sahip olmak için neler çektiğini biliyorum" diyorum.

Puding ağzında öylece duruyor ve dilinin üstünde kahverengi kahverengi parlıyor. Annem hızlıca gözlerini kırpıştırıp, konuşabilmek için diliyle pudingi yanağına doğru itiyor ve "Ah Victor, demek öğrendin?" diyor.

Bir elli kaloriyi daha ağzına tıkarken, "Utanmana gerek yok. Haydi yut şunu" diyorum.

Çikolata lekeli dudaklarıyla, "Yaptığım o kötü şeyi düşünmeden duramıyorum" diyor.

"Bana hayat verdin" diyorum.

Kafasını kaşıktan ve benden kaçırıp, "Amerikan vatandaşlığına ihtiyacım vardı" diyor.

Çalınan sünnet derisine. Kutsal emanete.

Bunun önemi yok, diyorum.

Uzanıp kaşığı ağzına sokuyorum.

Denny, İsa'nın ikinci kez gelişine belki de Tanrı karar vermemiştir, demişti. İsa'yı tekrar hayatlarına döndürme yetisini geliştirsinler diye belki de Tanrı bu kararı insanlara bırakmıştır. Belki Tanrı hazır olduğumuzda kendi kurtarıcımızı yaratmamızı istemiştir. Denny, belki de kendi mesihimizi yaratmak bize kalmıştır, demişti.

Kendimizi kurtarmak için.

Bir elli kaloriyi daha ağzına tıkıyorum.

Belki de azıcık bir çabayla mucizeler yaratacak duruma gelebiliriz.

Bir kaşık dolusu puding daha ağzına giriyor.

Annem bana dönüyor; kırışıklıklar gözlerini küçültüyor. Diliyle pudingi yanağına itiyor. Ağzının kenarlarından puding fışkırıyor. "Sen neden bahsediyorsun yahu?" diyor.

"İsa Mesih olduğumu biliyorum" diyorum.

Gözleri fal taşı gibi açılıyor ve bir kaşık daha pudingi ağzına tıkıyorum.

"Buraya gelmeden önce İtalya'da kutsal sünnet derisiyle hamile kaldığını biliyorum" diyorum.

Ağzına biraz daha puding sokuyorum.

"Artık gerçek yaradılışımın farkındayım. Ben sevgi dolu, iyi bir insanım" diyorum

Ağzına biraz daha puding sokuyorum.

"Okumamam için bunların hepsini günlüğüne İtalyanca yazdığını biliyorum." Ağzına biraz daha puding sokuyorum.

"Ve seni kurtarabileceğimi biliyorum" diyorum.

Annem bana bakıyor. Gözleri sonsuz bir anlayış ve sevgiyle dolu. "Sen ne bok demeye çalışıyorsun?" diyor.

"Seni, Iowa'nın Waterloo şehrinde bir bebek arabasından çaldım ben. Yaşayacağın hayattan kurtarmak istemiştim" diyor.

Aile, kitlelerin uyuşturucusudur.

Ayrıca bakınız: Denny ve çalıntı taşla dolu bebek arabası.

Annem, "Seni kaçırdım" diyor.

Zavallı deli, kaçık şey, ne dediğini bilmiyor.

Bir elli kaloriyi daha ağzına tıkıyorum.

"Sorun yok" diyorum. "Dr. Marshall günlüğünü okudu ve bana gerçekleri anlattı."

Kahverengi pudingden bir kaşık daha tıkıyorum.
Konuşmak için ağzını açıyor; ama bir kaşık daha puding sokuyorum.
Gözleri yuvalarından fırlıyor ve yaşlar yanaklarından süzülüyor.
"Tamam. Seni affediyorum" diyorum. "Seni seviyorum ve seni kurtarmaya geldim."
Silme puding dolu kaşığı ağzına götürürken, "Tek yapman gereken şey, bunu yutmak" diyorum.
Göğsü hızla inip kalkıyor ve burnundan puding kabarcıkları çıkmaya başlıyor. Gözbebekleri kayboluyor. Morarmaya başlıyor. Göğsü tekrar inip kalkıyor.
"Anne?" diyorum.
Elleri ve kolları titriyor; kafası yastığa iyiden iyiye gömülüyor. Göğsü inip kalkıyor ve ağzındaki kahverengi pelte boğazına kaçıyor.
Yüzü ve elleri gittikçe daha fazla morarıyor. Sadece gözlerinin beyazı görünüyor. Her şey çikolata kokuyor.
Hemşire düğmesine basıyorum.
"Sakin ol" diyorum.
"*Affedersin. Affedersin. Affedersin. Affedersin...*" diyorum.
Göğsü inip kalkıyor, çırpınıyor ve elleri boğazına yapışıyor. Lokantalarda numara yaparken böyle görünüyor olmalıyım.
Sonra yatağın öbür yanında Dr. Marshall beliriyor ve tek eliyle annemin kafasını arkasından kavrıyor. Diğer elini annemin ağzına sokup pudingleri çıkarmaya başlıyor. Bana, "Ne oldu?" diye soruyor.
Onu kurtarmaya çalışıyordum. Delirmişti. Benim mesih olduğumu hatırlamıyordu. Onu kurtarmaya geldim.
Paige eğilip annemin ağzına nefes veriyor. Tekrar doğruluyor. Sonra tekrar annemin ağzına nefes veriyor ve her doğruluşunda ağzının etrafına daha fazla puding bulaşmış oluyor. Daha fazla çikolata. Puding soluyoruz.
Puding kutusu ve kaşık hâlâ elimde ve "Tamam. Bunu

başarabilirim. Lazar'a yaptığım gibi yapabilirim" diyorum.
"Bunu daha önce yapmıştım" diyorum.
Ellerimi annemin inip kalkan göğsüne koyuyorum.
"Ida Mancini. Sana yaşamanı emrediyorum" diyorum.
Paige hayat öpücüğü verdikten sonra bana bakıyor. Bütün yüzüne çikolata bulaşmış. "Küçük bir yanlış anlama oldu sanırım" diyor.
"Ida Mancini sen sağlam ve iyisin" diyorum.
Paige yatağın öbür tarafından uzanıp ellerini benimkilerin üzerine koyuyor. Bütün gücüyle tekrar tekrar bastırıyor. Kalp masajı yapıyor.
"Bunu yapmana gerek yok" diyorum. "Ben İsa'yım."
Ve Paige, "Nefes al! Nefes al lanet olası" diye fısıldıyor.
Ve Paige'in kolunun üst kısmından, önlüğünün koluyla sıkıştırdığı yerden plastik hasta bilekliği bileğine düşüyor.
Ve hemen ardından annemin göğsünün inip kalkışı, çırpınışı, boğazını sıkışı; her şey o anda duruyor.
"Dul erkek" doğru ifade olmayabilir ama ilk akla geleni.

Kırk Dört

Annem öldü. Annem öldü ve Paige Marshall bir deli. Bana anlattığı her şeyi uydurmuş. Benim şey olduğum fikri de dahil; söyleyemiyorum bile: O olduğum fikri. Beni sevdiği de.
Tamam, hoşlandığı yani.
Benim doğuştan iyi biri olduğum da yalandı. Değilim.
Ve eğer cennet, tek kutsal varlığımız olan annelerimizin ayağının altındaysa, ben cenneti de yok ettim.
Bu *jamais vu*. *Déjà vu*'nun tersi. İnsanları ne kadar iyi tanıdığınızı sanırsanız sanın, aslında herkesin yabancı olması durumu.
Tek yapabildiğim işe gitmek ve Dunsboro kolonisinde sersem sersem gezinip dururken geçmişi tekrar tekrar zihnimde yaşamak. Parmaklarıma bulaşan çikolatalı pudingi kokla-

mak. Annemin kalbinin durduğu ve mühürlü plastik bilekliğin Paige'in akıl hastası olduğunu kanıtladığı anda takılıp kaldım. Deliren annem değil, Paige'miş.

Deliren benmişim.

O anda Paige yatağa bulaşmış olan çikolatalı pudingden kafasını kaldırdı. Bana baktı ve "Koş. Git. Dışarı çık hemen" dedi.

Ayrıca bakınız: "Mavi Tuna Valsi."

Tek yapabildiğim bileğindeki bilekliğe bakmaktı.

Paige yatağın etrafından dolanıp yanıma geldi ve kolumu kavradı. "Bunu benim yaptığımı sansınlar" dedi. Beni kapıya doğru sürüklerken, "Bunu annen kendi kendine yaptı sansınlar" dedi. Koridoru kontrol ettikten sonra, "Kaşığın üzerindeki parmak izlerini silerim ve annenin eline yerleştiririm. Pudingi dün getirmiş olduğunu söylerim herkese" dedi.

Kapılardan geçtikçe hepsi şak diye kilitlendi. Kolundaki bileklik yüzünden.

Paige dış kapılardan birini işaret etti ve daha fazla ileri gidemeyeceğini, aksi halde kapının bana da açılmayacağını söyledi.

"Sen bugün buraya gelmedin. Anladın mı?" dedi.

Bir sürü şey daha söyledi ama hiçbirinin önemi yok.

Sevilmiyorum. Temiz bir ruhum yok. İyi ve verici biri değilim. Kimsenin kurtarıcısı da değilim.

Bütün bu sahtekârlığın yanında bir Paige'in deli olması eksikti.

"Onu öldürdüm" diyorum.

Az önce ölen kadın, az önce çikolatayla boğduğum kadın annem bile değildi.

"Sadece bir kazaydı" diyor Paige.

"Bundan nasıl emin olabilirim ki?" diye soruyorum.

Cesedi bulmuş olacaklar ki, dışarı adımımı atar atmaz, "Hemşire Remington 158 Numaralı odaya. Hemşire Remington lütfen acilen 158 Numaralı odaya geliniz!" anonsu duyuluyor.

İtalyan bile değilim.

Ben bir öksüzüm.

Dunsboro kolonisindeki doğuştan sakat tavuklar, uyuşturucu bağımlısı köylüler ve bu pisliğin tarihle gerçekten alakası olduğunu sanan gezi öğrencileriyle birlikte dolanıp duruyorum. Geçmişi geri getirmenin imkânı yoktur. Sadece rol yapabilirsiniz. Kendinizi kandırabilirsiniz; ama biten bir şeyi tekrar yaratamazsınız.

Köy meydanındaki boyunduruk bomboş. Ursula bir inekle birlikte yanımdan geçip gidiyor; ikisi de esrar gibi kokuyor. İneğin gözleri de kaymış ve kan çanağına dönmüş.

Burada her gün, aynı gündür ve bunun rahatlatıcı bir yanı olmalı. Aynen mevsimler boyu aynı adada hapsolan ama asla yaşlanmayan veya kurtarılamayan ama daha fazla makyaj yapan insanların hayatını anlatan televizyon dizilerinde olduğu gibi.

İşte hayatınızın geri kalanı.

Bir grup dördüncü sınıf öğrencisi bağrışıp koşturarak yanımdan geçiyor. Arkalarında bir adamla bir kadın var. Adam elinde sarı bir defter tutuyor ve "Siz Victor Mancini misiniz?" diye soruyor.

Kadın, "Bu o" diyor.

Adam defteri kaldırıp, "Bu sizin mi?" diye soruyor.

Seks bağımlıları grubunda dördüncü basamakta tuttuğum eksiksiz ve insafsız ahlaki envanterim. Seks hayatımın günlüğü. Hesaba geçen bütün günahlarım.

Kadın, "Ne yani?" diyor. Elinde defteri tutan adama, "Onu hemen tutuklamayacak mısınız?" diye soruyor.

Adam, "St. Anthony's Bakımevi'nde kalan, Eva Muehler isimli şahsı tanıyor musunuz?" diye soruyor.

Sincap Eva. Beni bu sabah görmüş ve yaptıklarımı anlatmış olmalı. Yani annemi öldürdüğümü. Tamam, annemi değil. O yaşlı kadını.

Adam, "Victor Mancini, sizi tecavüz şüphelisi olarak tutukluyorum" diyor.

Şu tecavüz fantezisi yaptığımız kız. Hakkımda dava açmış olmalı. Pembe ipekten yatak örtüsünü berbat ettiğim kız. Gwen.

"Hey, bir dakika" diyorum, "ona tecavüz etmemi kendisi istemişti. Bu onun fikriydi."

Kadın, "Yalan söylüyor. Anneme iftira atıyor" diyor.

Adam, Miranda Anlaşması'nı okumaya başlıyor. Haklarımı yani.

"Gwen sizin *anneniz* mi?" diye soruyorum.

Cildine bakınca bile bu kadının Gwen'den en az on yaş büyük olduğunu görebilirsiniz.

Bugün bütün dünya çıldırmış olmalı.

Kadın bağırmaya başlıyor. "Benim annem *Eva Muehler*! Ve kendisini yere yatırdığını ve ona bunun gizli bir oyun olduğunu söylediğini anlatıyor" diyor.

Şimdi anladım. "Haa o mu?" diyorum. "Ben de *öbür* tecavüz olayından bahsediyorsunuz sanmıştım" diyorum.

Adam Miranda Anlaşması'nın ortasında duruyor; "Sana burada haklarını okuyorum, dinliyor musun?" diye soruyor.

Hepsi sarı defterde yazıyor, diyorum. Yaptıklarım yani. Dünya yüzündeki bütün günahların sorumluluğunu üzerime alıyordum. "Görüyorsunuz ya" diyorum, "bir süreliğine gerçekten İsa Mesih olduğuma inanmıştım."

Adam arkasından kelepçeleri çıkarıyor.

Kadın, "Doksan yaşında bir kadına tecavüz edecek birinin delirmiş olması gerekir" diyor.

Yüzümü buruşturuyorum ve "Çok haklısın" diyorum.

Kadın, "Tanrım, şimdi de annemin çekici olmadığını mı söylüyorsun?" diyor.

Adam kelepçeyi bileklerimden birine geçiriyor. Beni çevirip ellerimi arkamda birleştiriyor ve kelepçeyi kilitliyor. "Bu olayı başka bir yerde çözmeye ne dersiniz?" diyor.

Dunsboro kolonisindeki bütün zavallıların, keşlerin, sakat tavukların, eğitim aldığını sanan çocukların ve Koloni Valisi Charlie Majesteleri'nin önünde tutuklanıyorum. Denny'nin boyunduruğa vurulması gibi bir durum bu ama benimki gerçek.

Aslında oradakilere kendilerinin de farklı durumda olmadıklarını söylemek istiyorum.

Buradaki herkes tutuklu zaten.

Kırk Beş

St. Anthony's'den son kez çıkmadan evvel, kapıdan adımımı atıp koşmaya başlamadan evvel, Paige durumu izah etmeye çalıştı.
   Evet, gerçekten doktormuş. Öyle hızlı konuşuyordu ki kelimeler birbirine girdi. Evet, gerçekten de orada tutulan bir hastaymış. Tükenmezkalemini hızlı hızlı açıp kapıyordu. Gerçekten de genetik uzmanıymış ve burada hasta muamelesi görüyormuş çünkü gerçeği söylemiş. Beni incitmeye çalışmıyormuş. Dudaklarında hâlâ puding vardı. Sadece işini yapmaya çalışıyormuş.
   Koridorda birlikte olduğumuz son dakikada Paige beni kolumdan çekti ve ona bakmak zorunda kaldım. "Bunlara inanmak zorundasın" dedi.

Gözleri yuvalarından uğramış, gözbebekleri küçülmüştü. Siyah bir beyin gibi görünen topuzu artık bozulmuştu.

Doktor olduğunu, bir genetik uzmanı olduğunu söyledi. 2556 yılında. Ve tarihin bu dönemindeki tipik bir erkekten hamile kalmak için zamanda yolculuk etmiş. Böylece genetik bir numuneyi saklayıp belgeleyebilecekmiş. Bir salgını önlemek için bu numuneye ihtiyaçları varmış. 2556 yılında. Bu ucuz ve kolay bir yolculuk değilmiş. Şu anda uzay yolculuğu bizim için neyse, 2556'da da zamanda yolculuk öyle bir şeymiş. Yolculuk rizikolu ve pahalı bir kumarmış; ama karnında sağ salim bir ceninle dönmediği sürece, diğer yolculuklar iptal edilecekmiş.

1734 yılının kostümleri içinde, tıkanmış bağırsaklarım yüzünden iki büklüm olmuş vaziyette, *"tipik erkek"*le neyi kastettiğini düşünüyorum.

"İnsanlara gerçeği söylediğim için beni buraya tıktılar" dedi. "Sen mevcut olan tek üretken erkektin."

Ah, tamam o zaman, dedim, şimdi hiç sorun kalmadı. Artık bütün taşlar yerine oturdu.

Bu gece 2556'ya geri dönmesi gerektiğini bilmemi istediğini söyledi. Bu birbirimizi son görüşümüz olacakmış ve bana minnettar olduğunu bilmemi istemiş.

"Fazlasıyla müteşekkirim" dedi. "Ve seni seviyorum."

Koridorda, dışarıda yükselen güneşin güçlü ışığı altında duruyorduk. Önlüğünün cebinden siyah bir keçeli kalem çekip aldım.

Arkasındaki duvara düşen gölgesinin resmini çizmeye başladım.

Paige Marshall, "Bu ne için?" diye sordu.

Sanat böyle icat edilmişti.

"Hani olur da. Olur da deli falan değilsindir diye" dedim.

Kırk Altı

On iki basamaklı tedavi programlarının çoğunda dördüncü basamağa gelince bir bağımlı olarak hayat hikâyenizi eksiksiz olarak yazmanızı isterler. Bir defter alıp hayatınızın her ezik ve boktan dakikasını yazarsınız. Suçlarınızın eksiksiz envanterini. Böylece hep aklınızda kalır. Sonra da hepsini düzeltmenizi isterler. Bu seks bağımlıları için olduğu kadar bütün alkolikler, uyuşturucu bağımlıları ve obezler için de geçerlidir.

Böylece istediğiniz zaman geri dönüp hayatınızın en kötü anlarını gözden geçirebilirsiniz.

Yine de, geçmişi hatırlayanlar hatırlamayanlardan her zaman iyi durumda olacak diye bir kural yoktur.

Benimle ilgili her şeyin yazılı olduğu sarı defterime bir arama emri kararıyla el konuldu. Paige, Denny ve Beth ile ilgili her şey orada yazıyor. Nico, Leeza ve Tanya ile ilgili. Kilitli ve ses geçirmez bir odadaki masanın diğer ucunda oturan dedektifler defteri okudular. Bir duvarda boydan boya bir ayna var ve gerisinde de kayıt yapan bir video kamera olduğuna eminim.

Dedektifler, diğer insanların suçlarını üzerime alarak ne başarmayı umduğumu soruyorlar.

Ne yapmaya çalışıyordun, diye soruyorlar.

Geçmişi tamamlamaya çalışıyordum, diyorum.

Bütün gece boyunca defteri okuyup, bunların ne anlama geldiğini soruyorlar.

Hemşire Flamingo. Dr. Blaze. "Mavi Tuna Valsi."

Gerçeği açıklayamadığımız zaman söylediğimiz şeyler. Artık neyin ne anlama geldiğini bilemiyorum.

Dedektifler, Paige Marshall isimli hastanın nerede olduğunu bilip bilmediğimi soruyorlar. Ida Mancini isimli bir hastanın boğularak ölmesiyle ilgili sorgulanmak üzere aranıyormuş. Görünürdeki annemin.

Bayan Marshall dün gece kilitli bir koğuştan yok olmuş. Hiçbir kapı zorlanmamış. Hiç şahit yokmuş. Görünürde hiçbir şey yokmuş. Ama kadın kaybolmuş.

Polis, St. Anthony's'de çalışanların, Marshall'ın kendini doktor sanmasıyla dalga geçtiklerini söylüyor. Eski bir doktor gömleği giymesine izin vermişler. Bu onu daha işbirlikçi kılıyormuş.

Çalışanlar, Marshall'la pek bir sıkı fıkı olduğumu söylemiş.

"Pek de değil" diyorum. "Yani onu oralarda görüyordum tabii; ama onunla ilgili hiçbir şey bilmiyorum."

Polis pek fazla hemşire arkadaşım olmadığını söylüyor.

Ayrıca bakınız: Clare, Kadrolu Hemşire.

Ayrıca bakınız: Pearl, Hemşire Yardımcısı.

Ayrıca bakınız: Dunsboro kolonisi.

Ayrıca bakınız: Sekskolikler.

Dedektiflere, Paige Marshall'ı 2556 yılında arama zahmetine katlandınız mı diye soruyorum.

Cebimi karıştırırken madeni bir para buluyorum. Yutuyorum ve para boğazıma takılmadan aşağıya iniyor.

Cebimde bir de ataş buluyorum. Ama o da boğazıma takılmıyor.

Dedektifler annemin kırmızı günlüğünü karıştırırken ben de etrafta daha büyük bir şeyler arıyorum. Yutamayacağım kadar büyük bir şey.

Yıllardır boğulma numarası yapıyorum. Artık bu benim için zor olmamalı.

Kapı çalınıyor ve bir tepsi içinde yemek getiriyorlar. Tabakta bir hamburger var; yanında da bir peçete. Bir şişe ketçap. Karnım çok aç ama bağırsaklarımdaki tıkanıklık, şişlik ve acı yüzünden yemek yiyemiyorum.

"Bu günlükte neler yazıyor?" diye soruyorlar.

Hamburger ekmeğini ayırıyorum. Ketçap şişesinin kapağını açıyorum. Kurtulmak için yemem lazım ama kendi bokumla ağzıma kadar dolmuş vaziyetteyim.

İtalyanca, diyorum.

Okumaya devam ederken dedektifler, "Şu harita gibi görünen şeyler ne? Şu sayfalar dolusu çizimler ne anlama geliyor?" diye soruyorlar.

Çok komik ama ben bunları tamamen unutmuşum. Bunlar haritalar. Küçük, aptal ve saf bir bok parçasıyken yaptığım haritalar. Annem bütün dünyayı baştan yaratabileceğimi söylemişti. Öyle bir güce sahip olduğumu söylemişti. Dünyayı olduğu gibi, sınırları çizilmiş ve en ufak noktasına kadar idare altına alınmış şekilde kabul etmek zorunda olmadığımı, istediğim şekilde değiştirebileceğimi söylemişti.

İşte bu kadar deliydi.

Ve ben ona inanmıştım.

Ketçabın kapağını ağzıma atıyorum. Ve yutuyorum.

Bir dakika sonra öyle hızlı ayağa fırlıyorum ki, sandalyem geriye uçuyor. Ellerim boğazıma yapışıyor. Ayakta dikilmiş, tavana bakıyorum; gözbebeklerim kayıyor. Çenem ileri uzanıyor.

Dedektifler de yerlerinden fırlıyorlar.

Nefes alamadığım için boğazımdaki damarlar şişiyor. Yüzüm kızarıyor, ısınıyor. Alnımda ter damlacıkları birikiyor. Gömleğimin arkasından ter akıyor. Ellerimle boğazımı sıkıyorum.

Çünkü ne doktor ne de evlat olarak kimseyi kurtaramam. Kimseyi kurtaramadığım için kendimi de kurtaramam.

Çünkü artık bir öksüzüm. İşsizim, sevilmiyorum. Çünkü bağırsaklarım acıyor ve nasıl olsa içimdeki tıkanıklıktan dolayı ölüyorum.

Çünkü kaçışınızı planlamanız gerekiyor.

Çünkü bazı çizgileri geçtikten sonra, hep geçmek istiyorsunuz.

Ve devamlı kaçmaktan kaçış yoktur. Kendimizi şaşırtıyoruz. Yüzleşmekten kaçınıyoruz. Anı yaşıyoruz. Otuz bir çekiyoruz. Televizyon izliyoruz. Reddediyoruz.

Günlükten başını kaldıran dedektiflerden bir tanesi, "Sakin olun. Sarı defterde yazdığı gibi, numara yapıyor" diyor.

Durup beni izliyorlar.

Ellerim boğazımda ve hiç hava alamıyorum. Kurt şakası yapan aptal çoban gibiyim.

Boğazı çikolatayla dolan kadın gibiyim. Annem olmayan kadın gibi.

Hatırlayabildiğimden daha uzun bir zamandan beri ilk kez huzurlu hissediyorum kendimi. Mutlu değil. Üzgün değil. Endişeli değil. Azgın değil. Sadece beynimin daha üst bölümleri dükkânları kapatıyor. Beyin korteksi. Cerebellum. Problemim işte orada.

Kendimi sadeleştiriyorum.

Mutlulukla hüzün arasındaki mükemmel ortayı yakalamış durumdayım.

Çünkü süngerler asla kötü bir gün geçirmezler.

Kırk Yedi

Bir sabah okul otobüsü kaldırıma yanaştı ve üvey annesi arkasından el sallarken çocuk otobüse bindi. Otobüsteki tek yolcu çocuktu ve otobüs okulun yanından saatte yüz yirmi kilometreyle geçip gitti. Otobüs şoförü Annecikti.

Bu Anneciğin çocuğu son kez almaya gelişiydi.

Dev direksiyonun gerisinde oturan Annecik güneşlikteki aynadan baktı ve "Bu araçlardan kiralamanın ne kadar kolay olduğunu bilsen şaşarsın" dedi.

Otoyola çıkmak için bir rampaya saptı ve "Otobüs şirketi aracın çalındığını rapor edene kadar en az altı saatimiz var" dedi.

Otobüs otoyola girdi ve şehir yanlarından geçip gitti. Ve her saniye bir evin yanından geçmemeye başladıklarında Annecik çocuğa, gelip yanına oturmasını söyledi. Çantasından kırmızı bir günlük ve katlanmış bir harita çıkardı.

Annecik bir eliyle haritayı direksiyonun üzerine yaydı, diğeriyle pencereyi açtı. Direksiyonu dizleriyle kullanıyordu. Gözleriyle bir haritaya bir yola baktı.

Sonra da haritayı buruşturup pencereden dışarı fırlattı.

Bunlar olurken aptal çocuk orada öylece oturdu.

Annecik çocuğa kırmızı günlüğü almasını söyledi.

Çocuk günlüğü Anneciğe uzatmaya kalkışınca Annecik, "Hayır. İlk sayfayı aç" dedi. Torpido gözünden bir kalem bulmasını ve çabuk olmasını çünkü nehre yaklaştıklarını söyledi.

Yol bütün evleri, tarlaları, ağaçları, her şeyi yarıp geçiyordu ve bir dakika sonra otobüsün iki yanından sonsuza kadar uzanan bir nehrin üzerindeki köprüye geldiler.

"Çabuk ol" dedi Annecik. "Nehri çiz."

Sanki nehri oğlanın kendisi keşfetmiş gibi, sanki dünyayı daha yeni keşfetmiş gibi yeni bir harita çizmesini söyledi Annecik. Sadece kendisi için bir dünya haritası çizmesini söyledi. Kendi özel dünyasının haritasını.

"Dünyayı sana anlattıkları gibi kabul etmeni istemiyorum" dedi.

"Senin icat etmeni istiyorum. Böyle bir yeteneğinin olmasını istiyorum. Kendi gerçekliğini yaratabilmen için. Kendi kanunlarını koyman için. Bunu sana öğretmeyi denemek istiyorum" dedi.

Çocuk kalemi eline almıştı ve Annecik nehri deftere çizmesini istedi. Nehri ve önümüzdeki dağları çiz, sonra da onlara isim ver, dedi. Bildiği kelimelerle değil de, halihazırda başka anlamları olmayan, onun üreteceği yeni kelimelerle isimlendirmesini istedi.

Kendi sembollerini yaratması için.

Küçük çocuk ağzında kalem, kucağında açık duran defter, bir süre düşündü, sonra da hepsini çizdi.

İşin salakça tarafı ise küçük çocuğun bütün bunları unutmuş

olmasıydı. Yıllar sonra polis dedektifleri bu haritayı bulana dek aklına bile gelmemişti. Bunu yapmış olduğunu hiç hatırlamamıştı. Bunu yapabileceğini, bu tür bir gücü olduğunu unutmuştu.

Annecik dikiz aynasından çocuğun çizdiği haritaya baktı ve "Mükemmel" dedi. Saatine baktı ve gaza bastı; otobüs hızlandı ve Annecik, "Şimdi adlarını yaz. Yeni haritamıza nehri çiz ve adını yaz. Ve hazır ol, yeni isimler verilmesi gereken bir sürü şey daha çıkacak karşımıza" dedi.

"Çünkü öncülük yapılacak tek şey kaldı, o da elle tutulamayanların dünyası; fikirler, hikâyeler, müzik ve sanat" dedi.

"Çünkü hiçbir şey hayalindeki kadar güzel olamaz" dedi.

"Çünkü sana hatalarını söylemek için sürekli etrafında olamam" dedi.

Ama gerçek şu ki, çocuk kendisinin veya kendi dünyasının sorumluluğunu üzerine almak istemedi. Gerçek şu ki, aptal bok parçası bir sonraki restoranda bir hadise çıkarmak, Anneciği yakalatmak ve hayatından sonsuza dek uzaklaştırmak için bir plan yapmıştı bile. Çünkü bu maceralardan sıkılmıştı ve kıymetli, sıkıcı, aptal hayatının sonsuza dek süreceğini sanıyordu.

Emniyet, güvenlik, rahatlık ve Annecik arasında bir seçim yapmıştı bile.

Otobüsü dizleriyle süren Annecik eğilip çocuğun omzunu sıktı ve "Öğle yemeğinde ne istersin?" diye sordu.

Sanki çok masum bir cevapmış gibi ufaklık, "Mısır unlu sosis" dedi.

Kırk Sekiz

Bir dakika sonra kollar etrafıma dolanıyor. Polis dedektiflerinden biri beni sıkıca kavrıyor ve göğüs kafesimin altını yumruklarken kulağıma, "Nefes al! Lanet olası nefes al!" diye fısıldıyor.

Kulağıma soluyarak, "Bir şeyin yok" diyor.

İki kol bana sarılıyor, ayaklarımı yerden kesiyor ve bir yabancı kulağıma, "İyileşeceksin" diye fısıldıyor.

Periabdominal basınç.

Doktorların yeni doğan bebeğe vurduğu gibi birileri sırtıma vuruyor ve şişe kapağı uçarak boğazımdan fırlıyor. Bağırsaklarımdaki plastik toplar, arkasına biriken bokla birlikte paçamdan aşağıya bir anda boşalıyor.

Bütün özel hayatım gözler önüne seriliyor.
Hiçbir şey gizli kalmıyor.
Maymun ve kestaneler de.
Bir saniye sonra yere yıkılıyorum. Hıçkırırken birileri her şeyin yoluna girdiğini söylüyor. Hayattayım. Beni kurtardılar. Neredeyse ölüyordum. Kafamı göğüslerine bastırıp kucaklarında sallarken, "Rahatla" diyorlar.
Dudaklarıma bir bardak su dayayıp, "Ağlama" diyorlar.
Artık geçti, diyorlar.

Kırk Dokuz

Benim hatırlayamadığım ama beni hiç unutmayacak olan binlerce kişilik bir insan kalabalığı Denny'nin şatosunun etrafına yığılmış.
Vakit neredeyse gece yarısı. Kalabalığın arasından kokuşmuş, öksüz, işsiz ve sevilmeyen bir halde Denny'ye doğru ilerliyor ve ortada durup, "Dostum" diyorum.
Denny de, "Dostum" diyor. Ellerinde taşlar tutan insan kalabalığına bakıyor.
"Şu anda kesinlikle burada olmamalıydın" diyor.
Televizyona çıkışımızdan sonra, ellerinde taşlar olan ve gülümseyen insanlar bütün gün buraya akın ettiler, diyor. Güzel

taşlar tutan. İnanamayacağın taşlar. Taşocağından çıkarılmış granitler, yontma bazalt. Bloklar halinde işlenmiş kumtaşı ve kireçtaşı. Her gelen yanında harç, kürek ve mala getiriyor.

Hepsi sırayla, "Victor nerede?" diye soruyor.

Alanda o kadar fazla insan var ki çalışmak mümkün değil. Hepsi şahsi olarak bana bir taş vermek istemiş. Buradaki kadın ve erkeklerin hepsi Denny'yle Beth'e benim iyi olup olmadığımı sormuş.

Televizyonda gerçekten berbat göründüğümü söylüyorlar.

Tek bir kişinin çıkıp kahramanlığıyla övünmesi yeterli oluyor. Kurtarıcı olması; Victor'ın hayatını bir restoranda nasıl kurtardığını anlatması.

Benim hayatımı kurtardığını.

"Patlamaya hazır bomba" ifadesi gayet yerinde olur.

Yüzüp yüzüp kuyruğuna gelmişken, kahramanlardan bir tanesi konuşmaya başlamış. Karanlıkta bile, kalabalık arasında dalgalanan kargaşayı görebilirsiniz. Hâlâ gülümseyenlerle gülümsemeyenler arasındaki görünmez çizgidir bu.

Kendini hâlâ kahraman gibi hissedenlerle gerçeği bilenler arasındaki ince çizgi.

En gurur duyduğu andan yoksun kalanlar etraflarına bakınmaya başlıyor. Bir anda kahramanlık mertebesinden ahmaklık mertebesine inen bu insanlar hafiften çıldırıyor.

Denny, "Tüymen lazım dostum" diyor.

Ortalık öyle kalabalık ki Denny'nin binasını göremezsiniz; kolonlar, duvarlar, heykeller ve merdivenler kaybolmuş. Birisi, "Victor nerede?" diye bağırıyor.

Bir diğeri, "Victor Mancini'yi verin bize!" diye bağırıyor.

Ve ben bunu gerçekten hak ettiğimi düşünüyorum. İdam mangasını. Fazlasıyla genişlemiş olan ailemi.

Birileri bir arabanın farlarını yakıyor ve duvarın karşısında kabak gibi açıkta kalıyorum.

Herkesin üzerine düşen gölgem korkunç görünüyor.

Ben yeterince para kazanabileceğini, her şeyi bilebileceğini, sahip olabileceğini, yeterince hızlı koşabileceğini, yeterince iyi saklanabileceğini sanan zavallı, deli bir taşralıyım. Yeterince sikebileceğini sanan biriyim.

Benimle arabanın farları arasında yüzlerini göremediğim binlerce insanın silueti duruyor. Bunlar beni sevdiğine inanan insanlar. Bana hayatımı geri verdiklerini sanan insanlar. Hayatlarının efsanesi bir anda buhar oluverdi. Sonra taş tutan bir el havaya kalkıyor ve gözlerimi kapatıyorum.

Nefes alamamaktan boğazımdaki damarlar şişiyor. Yüzüm kızarıyor, ısınıyor.

Güm diye bir sesle ayağıma bir şey çarpıyor. Koca bir taş. Sonra başka bir taş daha düşüyor. Birkaç düzine daha. Yüzlerce gümbürtü duyuluyor. Taşlar çarpışıyor ve yer sarsılıyor. Etrafımdaki kayalar parçalanıyor ve herkes bağrışıyor.

Aziz Benliğimin şehit oluşu.

Gözlerim kapalı ve yaşarıyorlar. Arabanın farları, gözkapaklarımdan, kendi etimden ve kanımdan girip içeride parlıyor. Gözyaşlarımı delip geçiyor.

Daha fazla gümbürtü duyuluyor. Yer sarsılıyor ve insanlar bütün güçleriyle çığlık atıyorlar. Biraz daha sallanıyor ve gümbürdüyor. Biraz daha küfrediliyor. Sonra her şey sessizliğe bürünüyor.

Denny'ye, "Dostum" diyorum.

Gözlerim hâlâ kapalı; burnumu çekiyorum ve "Bana neler olduğunu söyle" diyorum.

Yumuşak, pamuklu ve pek de temiz kokmayan bir şey burnuma değiyor ve Denny, "Sümkür, dostum" diyor.

Sonra bir bakıyorum herkes gitmiş. Hemen hemen herkes.

Denny'nin şatosu yıkılmış, bütün duvarlar yerle bir olmuş ve taşlar düştükleri hıza bağlı olarak yuvarlanıp gitmişler. Kolonlar üst üste devrilmiş. Sıralı sütunlar. Kaideler baş aşağı dönmüş. Heykeller paramparça olmuş. Darmadağın taşlar ve harçlar, moloz yığınına dönüşerek araziyi kaplamış. Ağaçlar bile düşen kayaların altında ezilmiş. Parçalanmış merdivenler boşluğa uzanıyor.

Beth bir kayanın üzerine çökmüş ve gözlerini Denny'nin kendisine bakarak yaptığı parçalanmış heykele dikmiş. Beth'in gerçek görüntüsünün değil de, Denny'ye nasıl göründüğünün heykeli. Denny'nin gördüğü kadar güzel. Hatta mükemmel. Ama artık paramparça.

Deprem mi oldu, diye soruyorum.

Denny, "Yaklaştın; ama bu seferki Tanrı'nın başka türlü bir mucizesiydi" diyor.

Taş taş üstünde kalmamış.

Denny burnunu çekiyor ve "Bok kokuyorsun dostum" diyor.

Bir sonraki emre kadar şehri terk edemem, diyorum. Polis öyle söyledi.

Arabanın farlarında silueti görünen bir kişi daha var. Park halindeki aracın farları yön değiştirerek çekip gidene kadar kambur ve siyah bir siluet olarak kalıyor.

Ay ışığında Denny ve Beth'le birlikte, hâlâ orada duranın kim olduğunu görebilmek için bakıyoruz.

Bu, Paige Marshall. Beyaz önlüğü lekelenmiş; önlüğün kolları yukarı sıvanmış. Plastik bileklik hâlâ bileğinde. Mokasenleri ıslak ve çamurlu.

Denny öne çıkıp, "Kusura bakma ama büyük bir yanlış anlaşılma olmuş" diyor.

Ona, "Yapma, sorun yok" diyorum. Düşündüğün gibi değil.

Paige yaklaşıyor ve "İşte, hâlâ buradayım" diyor. Siyah saçları dağılmış, beyne benzeyen, çörek gibi kıvrılmış topuzu tamamen açılmış. Gözlerinin etrafı şişmiş ve kızarmış. Burnunu çekiyor, omuz silkiyor ve "Sanırım bu benim deli olduğumu gösterir" diyor.

Hep birlikte devrilen kayalara bakıyoruz. Geriye sadece taşlar kalmış, özel olmayan kahverengi kütleler.

Pantolon paçalarımdan bir tanesi bok yüzünden hâlâ ıslak ve içeriden bacağıma yapışıyor. "Sanırım hiç kimseyi kurtarmıyorum" diyorum.

"Yaa, evet" diyor Paige ve elini kaldırıp, "Şu bilekliği bileğimden çıkarabilir misin?" diye soruyor.

Tabii, diyorum. En azından deneyebiliriz.

Denny yıkılmış taşları ayağıyla ittiriyor, sonra da durup birini kaldırmak için eğiliyor. Beth de ona yardım etmek için yanına gidiyor.

Paige'le birbirimize bakıyoruz. Gerçekte kim olduğumuzu bilerek bakıyoruz. İlk kez.

Hayatımızın geri kalanını, dünyanın bize kim olduğumuzu söylemesine izin vererek geçirebiliriz. Akıllı veya deli. Aziz veya seks bağımlısı. Kahraman veya kurban. Tarihe bırakırız, iyi mi yoksa kötü mü olduğumuzu söylemeyi.

Geçmişimizin geleceğimizi belirlemesine izin verebiliriz.

Ya da kendi adımıza karar verebiliriz.

Ve belki de bizim işimiz daha iyi bir şey icat etmektir.

Ağaçlarda bir güvercin ötüyor. Gece yarısı olmalı.

Denny, "Burada biraz yardıma ihtiyacımız var" diyor.

Paige gidiyor; ben de onu takip ediyorum. Dördümüz ellerimizle bir kayanın altını kazıyoruz. Karanlığın içinde hissettiğimiz şey sert ve soğuk ve sonsuza dek sürecekmiş gibi görünüyor ve hep birlikte bir taşın üzerine diğerini koymak için çabalayıp duruyoruz.

"Şu eski Yunan kızı biliyorsun, değil mi?" diye soruyor Paige.

Kaybolan sevgilisinin resmini kayaya çizen kızı mı? Evet, biliyorum.

Paige, "Aslında kız sevgilisini unutmuş ve duvar kâğıdını icat etmiş" diyor.

Çok acayip ama Amerika'ya ilk göç eden Çilekeşler olarak buradayız; kendi alternatif gerçekliğimizi yaratmaya çalışan zamanımızın delileriyiz. Taşlardan ve kaostan bir dünya yaratmaya çalışan.

Sonuç ne olacak, bilmiyorum.

Onca koşuşturmadan sonra, vardığımız nokta gecenin köründe, bir hiçliğin ortası.

Ve belki de bilmek önemli değildir.

Şu anda durduğumuz yere, karanlıktaki yıkıntıların arasına kurmaya çalıştığımız şey herhangi bir şey olabilir.